Rebecca Michéle

Die Angst der alten Dame

Rebecca Michéle

Die Angst der alten Dame

Ein Cornwall-Krimi mit Sandra Flemming

Cornwall-Krimi

Michéle, Rebecca: Die Angst der alten Dame. Ein Cornwall-Krimi. Hamburg, Dryas Verlag 2024

3. Auflage 2024
ISBN: : 978-3-948483-55-5

Dieses Buch ist auch als ePub erhältlich und kann über den Handel oder den Verlag bezogen werden.
ePub-eBook ISBN: 978-3-948483-56-2

Lektorat: Christa Pohl, Heßdorf
Korrektorat: Tessa Brinkhaus, Hamburg
Satz: metiTec Satzsystem, me-ti GmbH Berlin
Umschlaggestaltung: © Guter Punkt, München
Umschlagmotiv: © Stephanie Gauger, Guter Punkt, unter Verwendung von Motiven von iStock.com (MichaelStephenWills, sergioboccardo und Alphotographic und Getty Images Plus (zoom-zoom; Nastco / iStock und DigitalVision

Bibliografische Information der Deutschen Nationalbibliothek: Die Deutsche Nationalbibliothek verzeichnet diese Publikation in der Deutschen Nationalbibliografie; detaillierte bibliografische Daten sind im Internet über https://dnb.d-nb.de abrufbar.

Der Dryas Verlag ist ein Imprint der Bedey und Thoms Media GmbH, Hermannstal 119k, 22119 Hamburg

EINS

Südengland, Sommer 2020

Süß rann der schwere Rotwein durch ihre Kehle. Sie leerte die Flasche bis zur Neige und ließ sie dann achtlos zu Boden fallen. Aus ihrer Jackentasche zog sie eine kleinere Flasche, schraubte mit zitternden Fingern den Deckel ab, setzte sie an die Lippen und nahm einen langen Schluck. Der Gin entfaltete schnell seine Wirkung. Sie fühlte sich leicht und beschwingt, als könne sie abheben und in den mondhellen Nachthimmel aufsteigen. Sie stand am Rand der Klippen, und der Boden unter ihren Füßen schwankte wie ein Fischerboot im Sturm. Sechzig Meter unter ihr schlug die Brandung krachend gegen die Felsen. Weit draußen auf dem Meer sah sie ein paar Lichter tanzen, vermutlich ein Frachter auf seinem Weg zu einem der Häfen an der Küste.

Sie lachte glucksend und nahm den nächsten Schluck. Wenn der Gin leer war, hatte sie für heute nichts mehr. Sie wusste, dass sie zu viel Alkohol trank, und um nicht aufzufallen, kaufte sie ihren täglichen Bedarf in verschiedenen Geschäften, jeweils nur zwei Flaschen Wein, Gin oder Brandy. Sie lebte in einer ländlichen Gegend, in der man sich zumindest vom Sehen her kannte, und wollte kein Gerede aufkommen lassen.

Vor zwei Jahren hatte der Arzt, den sie wegen stechender Schmerzen im Oberbauch konsultiert hatte, gesagt, ihre Leber sei angegriffen und sie müsse sofort mit dem Trinken aufhören.

»Ich trinke lediglich ab und zu ein Glas Wein«, hatte sie sich empört. »Das machen doch alle!«

Über den Rand seiner Brille hatte der Arzt sie skeptisch gemustert und gemeint, sie müsse ja wissen, was sie ihrer Gesundheit zumuten könne. Das Rezept über ein paar Tabletten hatte sie eingesteckt, nicht jedoch den Flyer mit den Informationen einer Selbsthilfegruppe für Alkoholiker. Den Arzt hatte sie nie wieder aufgesucht, und die Schmerzen waren nach der Einnahme des Medikaments auch schnell verschwunden.

Sie hörte ein Geräusch hinter sich, als wäre jemand auf einen morschen Ast getreten, und wandte den Kopf.

»Wer ist da?«, lallte sie, doch außer dem Rauschen der Brandung war nichts mehr zu hören. »Ist hier jemand? Dann zeigen Sie sich!«

Ich habe mich wohl geirrt, dachte sie. Sicher war es ein Tier, vielleicht ein Kater auf der Suche nach einer willigen Gefährtin in dieser sternklaren Vollmondnacht. Sie blickte wieder über das Meer.

Wenn Sie nicht sofort mit dem Trinken aufhören, begehen Sie Selbstmord auf Raten ...

Die Worte des Arztes klangen in ihren Ohren wie eine Prophezeiung.

Selbstmord ...

Sie bräuchte nur einen Schritt nach vorne zu machen, und alles wäre vorbei. Nicht länger nachdenken, keine quälenden Tage mehr und schlaflosen Nächte, in denen ihr nur der Alkohol half, zu vergessen.

Sie taumelte, fand wieder Halt und trat ein Stück vom Klippenrand zurück. Trotz allem hing sie an ihrem Leben, mochte es auch armselig und perspektivlos sein. Außerdem hatte sie Angst vor dem Schmerz. Was, wenn sie nicht gleich starb, sondern mit gebrochenem Rückgrat zwischen den Felsen lag und für immer gelähmt wäre oder in der Flut ertrinken würde? Sie war zu feige, ihr Leben auf diese Art zu beenden.

Feige ist nicht der, der am Leben bleibt, sondern der, der sich der Herausforderung nicht stellt ...

Wieder setzte sie die Flasche an die Lippen und meinte erneut, in der Dunkelheit hinter sich ein Geräusch zu vernehmen. Sie drehte sich nicht um, straffte entschlossen die Schultern, schloss die Augen und trank, bis der letzte Tropfen Gin durch ihre Kehle gelaufen war.

Am nächsten Morgen wurde ihre Leiche am Fuß der Klippen von zwei Brüdern gefunden, die an diesen Küstenabschnitt zum Fischen gekommen waren. Noch am selben Abend vermerkte ein Beamter in der schmalen Akte abschließend »Tod durch Unfall«. In ihrem Blut waren 2,2 Promille festgestellt worden, und oben auf den Klippen hatte man die leeren Flaschen gefunden.

ZWEI

Sandra Flemming gähnte herzhaft und holte sich schon die zweite Tasse vom Kaffeevollautomaten. Es war sechs Uhr morgens. Christopher, bereits geduscht und vollständig angezogen, aß die letzten Bissen eines schnellen Frühstücks: Cornflakes mit Früchten und zwei Scheiben Buttertoast. Um acht Uhr hatte er einen Termin beim Devon & Cornwall Police Chief Officer in Exeter.

»Lieb von dir, dass du mit mir zusammen aufgestanden bist. Du solltest dich jetzt noch mal hinlegen«, riet er Sandra.

»Lieber nicht. Die Gefahr, dann zu verschlafen, ist groß. Wenn ich noch einen Kaffee getrunken habe, bin ich fit.« Sie sah Christopher ernst an und fragte: »Dein Termin in Exeter – geht es wieder um die Schließung eures Büros?«

»Das ist zum Glück vom Tisch«, antwortete Christopher gelassen. »Hier in der Gegend passiert einfach zu viel, als dass Lower Barton auf eine eigene Polizeidienststelle verzichten könnte.« Er gab Sandra einen Nasenstüber. »Woran du nicht unschuldig bist, Darling.«

»Ich? Was kann ich dafür, dass das Higher Barton Romantic Hotel immer wieder Dreh- und Angelpunkt von kriminellen Machenschaften ist?«

»Derzeit ist alles ruhig, oder?« Christopher schmunzelte zwar, im Blick aber eine Spur Skepsis.

»Keine Sorge, Christopher«, erwiderte Sandra. »Das Haus ist nur zu einem Drittel belegt, und bei meinen

Gästen handelt es sich um integre und anständige Leute. Sie sind nach Higher Barton gekommen, um sich zu erholen und die Gegend zu erkunden, nicht um zu morden.«

»Dein Wort in Gottes Ohr!« Christopher küsste Sandra, dann machte er sich auf den Weg. Auf keinen Fall durfte er den Chief Officer warten lassen. An den Türrahmen gelehnt, die Finger um die Tasse Milchkaffee gelegt, sah Sandra Flemming dem Wagen nach, bis die Rücklichter im Frühnebel verschwunden waren.

Detective Chief Inspector Christopher Bourke war der Leiter des Polizeipostens in Lower Barton. Der Ort lag etwa sechs Meilen von der Südküste und den Fischerdörfern Looe und Polperro entfernt und hatte sich seine ländliche Beschaulichkeit bewahrt. Im Hauptquartier der Devon & Cornwall Police in Exeter waren Überlegungen angestellt worden, den Posten dauerhaft zu schließen. Wie überall im Land musste auch in Cornwall gespart werden, doch wegen weiterer Mordfälle im letzten Jahr war zu Sandras Erleichterung dieser Plan nicht weiterverfolgt worden. Seit zwei Jahren waren sie und Christopher ein Paar, und Sandra verspürte keine Lust auf eine Fernbeziehung. Sie hatten zwar getrennte Wohnungen, Christopher aber verbrachte die Nächte häufig in Sandras altem Cottage im Park von Higher Barton.

Sie trank den Kaffee aus, nun war es auch für sie an der Zeit, mit der Arbeit zu beginnen. Nein, die Leitung des Higher Barton Romantic Hotels empfand Sandra nicht als Arbeit, für sie war es ein Vergnügen. Jahrelang hatte sie davon geträumt, ein kleines, feines Hotel ihr Eigen zu nennen, in dem sie nach ihrem Gusto schalten und walten konnte. Dafür hatte sie unermüdlich gearbeitet, sich kaum Freizeit und selten Urlaub gegönnt. Manchmal gingen Träume tatsächlich in Erfüllung. Sandra wusste ihr Glück zu schätzen und war dankbar, dass es das Schicksal so gut mit ihr meinte.

Sie schlüpfte in eine knallrote Windjacke und verließ das etwa zweihundert Yards vom Haupthaus entfernte Cottage, früher der Wohnsitz des jeweiligen Leiters der ertragreichen Tremaine-Zinnmine.

Durch den Nebel waren nur die Umrisse des dreistöckigen Gebäudes aus dem 16. Jahrhundert, einst ein herrschaftlicher Landsitz, zu erkennen. Noch war alles ruhig, das Frühstück wurde erst ab sieben Uhr serviert. Nachdem das Hotel während der Hauptsaison ausgebucht gewesen war, waren jetzt im Herbst nur drei Zimmer und zwei Suiten belegt. Sandra war es nicht unrecht, etwas weniger Betrieb zu haben, die Sommermonate waren arbeitsintensiv und hektisch gewesen. Jetzt endlich kam sie dazu, liegengebliebenen Schriftkram aufzuarbeiten. Vor dem Weihnachtsgeschäft mussten in drei Räumen die Badezimmer renoviert und in der Küche die elektrischen Leitungen erneuert werden. Das würde nicht ohne Schmutz und Lärm vonstattengehen, deshalb plante Sandra, im November das Hotel für zwei oder drei Wochen zu schließen. Ein altes Haus krankte immer an irgendeiner Ecke. Dennoch bereute es Sandra keinen Tag, Higher Barton mit seinen altmodischen Zimmern und verwinkelten Korridoren gekauft zu haben.

Um halb sieben betrat Sandra die Lobby. Die fast fünfhundert Jahre alte Halle war über die Zeit hinweg nahezu unverändert geblieben. Auch bei der Umgestaltung zu einem gemütlichen Landhotel war der Charme vergangener Zeiten erhalten geblieben. Manche mochten es altmodisch und verstaubt nennen, Sandras Gäste schätzten das Haus gerade wegen seines historischen Charmes.

Neben dem mannshohen Kamin stand eine Ritterrüstung, an der Wand darüber eine Rosette mit Handfeuerwaffen aus dem Bürgerkrieg. Der Eingangstür gegenüber befand sich die Rezeption, dahinter das Büro. Eine Tür führte ins Personalzimmer, die anderen zu den Wirtschaftsräumen. Im Gegensatz zur Halle war die große Küche hell und mit modernen Geräten ausgestattet. Früher hatte hier eine Heerschar von Bediensteten für die Gäste von Higher Barton gearbeitet. Noch die vorletzte Besitzerin aus der Familie Tremaine, Lady Abigail, hatte ein offenes Haus geführt und sich stets mit vielen Menschen umgeben. Lady Abigail lebte jetzt in Frankreich, ihre Cousine, der sie das Haus überlassen hatte, befand sich auf Reisen. So war aus Higher Barton ein Romantic Hotel geworden, das sich in den letzten vier Jahren gut etabliert hatte.

Aus dem Wirtschaftstrakt hörte Sandra das Klappern von Pfannen und Töpfen. Der Koch Edouard Peintré und seine Hilfe Rosa Piotrowski waren bereits fleißig bei den Vorbereitungen für das Frühstück. Seit Monaten lag Peintré Sandra in den Ohren, einen ausgebildeten Beikoch einzustellen.

»Ms Flemming, mir wird das zu viel«, klagte Monsieur immer wieder. »Ich bin schließlich nicht mehr der Jüngste.«

Sandra nahm es schmunzelnd zur Kenntnis. Edouard Peintré, der auf die Anrede *Monsieur* bestand, war erst sechsundfünfzig Jahre alt, und Sandra wusste, wenn er nichts zu jammern hatte, fühlte sich Peintré nicht wohl in seiner belgischen Haut. Sie musste aber zugeben, dass es zumindest in der Hauptsaison sinnvoll wäre, einen Koch oder eine Köchin einzustellen, um Monsieur zu entlasten. Sie wollte dies für die Weihnachtstage in Angriff nehmen, was Edouard Peintré mit einem wohlwollenden Nicken befürwortete, aber darauf bestand, in die Auswahl eines Bewerbers involviert zu werden.

Über die breite Treppe aus Eichenholz mit dem blank polierten Eichenholzgeländer kam eine hagere Frau herunter. Ihre schulterlangen, hellbraunen Haare hielt ein schlichter silberner Reif aus ihrer hohen Stirn.

»Guten Morgen, Eliza«, begrüßte Sandra ihre engste Mitarbeiterin und Stellvertreterin. Eliza Dexter kümmerte sich vorrangig um die wirtschaftlichen Belange des Hotels, Sandra lag die persönliche Betreuung jedes einzelnen Gastes am Herzen.

»Ebenfalls einen guten Morgen. Sie sind heute aber früh dran, Sandra.«

»Christopher musste zu einem Termin. Da konnte ich nicht länger schlafen.«

»Viel liegt heute nicht an«, sagte Eliza. »Keine Ab- oder Anreisen.«

»Etwas Ruhe ist auch mal schön«, erwiderte Sandra und sah auf dem Tresen einen länglichen, grauen Umschlag liegen, auf dem in Großbuchstaben geschrieben stand: SANDRA FLEMMING PERSÖNLICH.

»War die Post heute Morgen schon da?«, fragte sie.

Eliza schüttelte den Kopf. »Ich fand den Umschlag in die Eingangstür geklemmt, als ich öffnete. Jemand muss ihn heute Nacht persönlich hergebracht haben. Er ist auch nicht frankiert.«

Mit dem Brieföffner schlitzte Sandra den Umschlag auf und zog ein liniertes DIN-A5-Blatt heraus, das aus einem Schreibheft herausgerissen sein könnte. In der gleichen eckigen Handschrift wie auf dem Umschlag stand:

Helfen Sie mir! Es ist wichtig! Heute, 11 Uhr, am St Gwinnodock Well. Bitte!

Sie reichte den Zettel ihrer Mitarbeiterin.

»Was hat das zu bedeuten?«, fragte Eliza.

Sandra zuckte mit den Schultern. »Keine Ahnung.«

»Es gibt nur einen Platz für anonyme Nachrichten: den Papierkorb!« Eliza wollte den Zettel zerknüllen, doch Sandra rief:

»Warten Sie!«

Verwundert fragte Eliza: »Sie wollen doch nicht etwa hingehen? Sandra, es erlaubt sich jemand einen schlechten Scherz!«

Nachdenklich rieb sich Sandra den Nasenrücken, eine Geste, die sie unbewusst machte, wenn sie angestrengt nachdachte.

»Vielleicht ist es wichtig ...«

»Oder eine Falle«, fiel ihr Eliza aufgebracht ins Wort. »Bei allem, was hier schon passiert ist ...«

»Ach, Eliza.« Sandra schmunzelte. »Wer sollte mir eine Falle stellen und warum? Wenn nun wirklich jemand meine Hilfe benötigt?«

»Kann er ins Hotel kommen oder Sie anrufen«, erwiderte Eliza nachdrücklich. »Oder zumindest seinen Namen unter den Wisch setzen.«

Sandra war hin- und hergerissen. Eliza Dexter hatte recht: Anonyme Nachrichten ignorierte man am besten. Sie hatte aber das Gefühl, dass es in diesem Fall anders war.

»Es kann auch ein Streich von ein paar Kindern sein«, fuhr Eliza fort. »Die lauern dann im Gebüsch und lachen sich halbtot, wenn Sie zu der Quelle gehen. Haben Sie als Kind nicht auch solche Streiche gespielt?«

Sandra lachte. »Das habe ich tatsächlich nicht, Eliza. Meine Mutter achtete streng darauf, dass ich mich stets gut benahm, und die Schule stand ohnehin an erster Stelle. Bei einer schlechten Note gab's sofort Stubenarrest, wenn ich frech gewesen war, sprach meine Mutter einen ganzen Tag lang nicht mit mir.«

Nun schmunzelte Eliza. Ihr kantiges Gesicht wirkte dadurch gleich weicher. »Wie ich Heather Flemming kennengelernt habe, kann ich mir das lebhaft vorstellen. Nun, aus Ihnen ist ja auch was geworden, Sandra.« Sie wurde wieder ernst. »Kann ich den Zettel jetzt wegwerfen?«

»St Gwinnodock Well werden besondere Heilkräfte zugeschrieben, nicht wahr?«

Eliza nickte. »Angeblich soll das Wasser alle Leiden heilen und auch einen Liebeszauber haben. St Gwinnodock war ein Mönch aus Südwales. Im sechsten Jahrhundert kam er nach Cornwall, ließ sich an der Quelle nieder, lebte als Eremit, aber die Menschen durften zu ihm kommen, um mit dem Wasser ihre Krankheiten zu heilen.«

»Das trifft auf nahezu alle kornischen Heiligen zu«, erwiderte Sandra. »In keiner anderen Gegend Englands gab es so viele wie hier in Cornwall. Noch heute zeugen jede Menge Orts- und Quellennamen mit dem Zusatz *Saint* von dieser Zeit, und um jeden Einzelnen rankt sich eine mehr oder weniger interessante Legende.«

»Sie werden immer mehr zur Kennerin des Landes«, sagte Eliza. »Sie wissen aber, dass es nur Geschichten sind.«

»Diese Sagen gehören ebenso zu Cornwall wie der klassische Cream Tea und die herzhaft gefüllten Pasties. In jeder alten Überlieferung steckt auch ein Körnchen Wahrheit.« Sandra wiederholte die Worte ihrer Freundin Ann-Kathrin, die sich seit Jahrzehnten intensiv mit der kornischen Geschichte beschäftigte. »Ich kann doch mal einen kleinen Spaziergang machen.« Sandra lächelte verschmitzt. »Die Quelle ist etwa eine halbe Stunde Fußmarsch entfernt.«

»Soll ich Sie begleiten?«, fragte Eliza, als sie merkte, dass Sandra von ihrem Entschluss nicht abzubringen war.

»Das ist nicht nötig.«

Eliza war nicht überzeugt. »Ich finde, Sie sollten nicht allein gehen«, beharrte sie. »Rufen Sie Ihre Freundin Ms Trengove an, oder bitten Sie einen der Kellner …«

Laut lachend hob Sandra die Hand. »Eliza, entweder ist die Nachricht ein Scherz, dann habe ich nicht mehr verloren als die Zeit eines Spaziergangs, oder jemand ist wirklich in einer misslichen Lage und braucht meine Hilfe.«

So leicht wollte Eliza nicht aufgeben. »Vielleicht kann Sie DCI Bourke begleiten«, schlug sie vor. »Wenn jemand in Not ist, ist die Polizei der richtige Ansprechpartner.«

»Christopher ist bei einem Termin in Exeter und würde mir das Gleiche wie Sie sagen.«

»Mir gefällt das nicht«, murmelte Eliza, »aber Sie müssen wissen, was sie tun.«

Als der Dauergast Major Collins die Treppe herunterkam und einen fröhlichen »Guten Morgen« wünschte, endete das Gespräch zwischen ihnen.

Den Zettel in der Hand zog sich Sandra ins Büro zurück. Die Schrift wirkte nicht kindlich, dennoch war sie geneigt, an einen Scherz zu glauben. Es rührte sie, dass Eliza um ihre Sicherheit besorgt war, aber Sandra glaubte nicht, dass etwas dahintersteckte, was sie in Schwierigkeiten bringen könnte.

Der Morgennebel hatte sich gelichtet. Durch das dichte Blätterdach der Bäume, deren Kronen sich über dem Trampelpfad berührten und einen grünen Tunnel bildeten, blitzten Sonnenstrahlen und malten goldene Tupfer auf den Waldboden. Efeu rankte sich um die Baumstämme, mannshoher Farn, Sträucher mit roten Beeren, Fingerhutgewächse und Wildblumen säumten den Fußweg. In Cornwall kam der Herbst später als sonst in England, so hatte sich das Laub noch nicht verfärbt. Neben Sandra gurgelte ein Bach. Er entsprang im Norden im Bodmin Moor, dementsprechend bräunlich war sein Wasser, und mündete westlich von Polperro ins Meer. Immer wieder raschelte es im Gebüsch. Das Tal von St Gwinnodock war ein Paradies für Tiere, wie Mäuse, Dachse und Kaninchen. Sandra dachte an die Piskies: Gnome mit wilden, runzligen Gesichtern und übergroßen Nasen, auf den Köpfen umgestülpte Blütenkelche. Es hieß, die Piskies lebten im dichten Unterholz neben den Bachläufen. Zu ihren liebsten Beschäftigungen zähle das Necken und Irreführen von harmlosen Menschen. Wer einen Piskie zu Gesicht bekam, dem wurde immerwährendes Glück beschert. Nur kannte niemand einen, der dieses Glück schon erfahren hatte.

Sandra erreichte eine grasbewachsene kleine Lichtung. In deren Mitte überspannte ein mannshoher, steinerner Bau die heilige Quelle von Gwinnodock. Sie war mit einem Eisengitter abgedeckt. Es war Tradition, Pennys in das Wasser zu werfen und sich etwas zu wünschen. Die Ortsverwaltung von Lower Barton reinigte die Quelle regelmäßig und spendete die Münzen wohltätigen Zwecken. Ein paar bunte Bänder und kleine Figuren aus Holz und Plastik schmückten die Überdachung, ebenso Räucherstäbchen. Für einige Menschen war hier ein magischer Ort, zu dem sie kamen, um für sich und ihre Lieben zu beten.

Sandra sah auf ihre Armbanduhr. Es war fünf Minuten nach elf Uhr und weit und breit niemand zu sehen. Sie wollte noch zehn Minuten warten. Eliza schien recht zu behalten: Die Nachricht war ein Scherz. Aus ihrer Hosentasche kramte Sandra einen Penny und warf ihn durch das Gitter in die Quelle. Sie schloss die Augen und wünschte sich Gesundheit für sich und ihre Familie und auch, dass sie und Christopher weiterhin miteinander glücklich wären. Als sie vor fünf Jahren aus den schottischen Highlands nach Cornwall gekommen war, hätte sie nicht gedacht, hier einen Partner zu finden, der zugleich ihr Liebhaber und bester Freund war.

»Ich hoffe, Ihr Wunsch wird sich erfüllen.«

Sandra zuckte zusammen und drehte sich um.

Aus dem Gebüsch trat eine Frau, einen Kopf kleiner und etwa Mitte sechzig Jahre alt. Sie trug eine praktische dunkelgrüne Cargohose, ein kariertes Herrenhemd, darüber eine Windjacke. Ihre glatten Haare waren kurz geschnitten und vollständig ergraut, ihr langes, schmales Gesicht von Falten durchzogen, der Ausdruck aus ihren bernsteinfarbenen Augen klar und wach. Mit der rechten Hand stützte sich die Frau auf eine Gehhilfe. Sandra war ihr nie zuvor begegnet.

»Haben Sie den Zettel geschrieben und mich herbestellt?«, fragte Sandra skeptisch.

Die schmalen, farblosen Lippen deuteten ein Lächeln an.

»Es war eine Bitte, Ms Flemming, kein Befehl.«

Sandra blieb zurückhaltend. »Sie kennen meinen Namen, wer sind Sie?"

»Ich bin Creeda Pengelly. Bitte, nennen Sie mich Creeda, das tun alle.«

»Warum wollen Sie mich sprechen?«, fragte Sandra. »Ausgerechnet hier? Sie hätten mich jederzeit in Higher Barton aufsuchen können.«

Creeda Pengelly hinkte näher heran, bei jedem Schritt verzog sie schmerzvoll das Gesicht.

»Niemand darf erfahren, dass ich mit Ihnen spreche, Sandra. Ich darf doch Sandra sagen?« Automatisch nickte Sandra. »Sie müssen versprechen, dass Sie niemandem etwas erzählen.«

Unwillkürlich wich Sandra einen Schritt zurück.

»Das kommt darauf an, was Sie von mir wollen«, erwiderte sie kühl. »Wenn Sie bitte zur Sache kommen würden, Ms Pengelly ... Creeda. Ich muss zurück ins Hotel.«

»Haben Sie jemandem meine Nachricht gezeigt? Jemandem gesagt, dass Sie mich treffen werden?«

Sandra antwortete ausweichend: »Wie hätte ich das tun sollen, da ich nicht wusste, wer den Zettel geschrieben hat?«

»Mein Mann will mich umbringen.«

»Wie bitte?«

Creeda nickte. »Sam, mein Mann, versucht, mich langsam zu vergiften, damit es aussieht, als sei ich krank. Wenn er mein Essen zubereitet, geht es mir danach schlecht. Mir ist übel, und ich fühle mich erschöpft und müde. Wenn er nicht zu Hause ist und ich koche selbst, geht es mir gut.«

»Warum wenden Sie sich mit dem Verdacht ausgerechnet an mich, Creeda?«, fragte Sandra skeptisch. »Das ist eine Sache für die Polizei.«

Mit der freien Hand winkte Creeda ab und schnaubte verächtlich. »Bei der war ich natürlich längst! Niemand glaubt mir.«

»Waren Sie bei der Polizei in Lower Barton, und mit wem haben Sie gesprochen?«

Creeda schüttelte den Kopf. »Ich war im Revier in Looe. Man sagte mir, ich müsse Beweise vorlegen. Ich hatte etwas von der Suppe, die Sam am Vorabend gekocht hat, mitgebracht. Die Polizistin weigerte sich, sie untersuchen zu lassen. Außerdem …«

»Außerdem?«

Creeda seufzte. »Mehrmals habe ich Speisereste testen lassen. Es wurde nichts darin gefunden. Ich weiß aber, dass Sam mich auf diese Weise töten will. Ich *weiß* es einfach!«

Die Frau hat ihre Sinne nicht mehr beisammen, dachte Sandra. Da ihr Creeda trotzdem leidtat und sie sie nicht einfach stehenlassen wollte, fragte Sandra: »Wenn Sie der Ansicht sind, Ihr Mann wolle so etwas Schreckliches tun: Warum verlassen Sie ihn nicht? Oder kochen selbst?«

Creeda sah Sandra bekümmert an. Mit der linken Hand griff sie sich an die rechte Hüfte.

»Vor zwei Jahren brauchte ich eine neue Hüfte. Vor der Operation und allem danach hatte ich große Angst, es hat mir aber jeder dazu geraten. Die Schmerzen waren auch unerträglich. Ich konnte keine Treppen mehr steigen und keine Nacht mehr durchschlafen. Bei der Operation ging dann was schief. Mein rechtes Bein ist jetzt drei Zentimeter kürzer, und ich habe ständig Schmerzen. An manchen Tagen ist es so schlimm, dass ich das Bett nicht verlassen, geschweige denn die Arbeit auf der Farm erledigen kann.«

»Auf der Farm?«, hakte Sandra nach.

»Sam und ich sind Milchfarmer«, erklärte Creeda. »Die Long-Rock-Farm bei Millendreath. Wir stellen Käse her, liefern unsere Produkte an die Bioläden in der Gegend, verkaufen sie auf den Märkten und betreiben auch einen kleinen Hofladen. Haben Sie schon mal das Hinweisschild an der Hauptstraße gesehen?«

»Bedaure, nein«, sagte Sandra. »Ich komme nur selten nach Millendreath.« Demonstrativ sah Sandra auf ihre Uhr. »Ich möchte nicht unhöflich sein, Creeda, es wird Zeit für mich. Ich weiß wirklich nicht, wie ich aber Ihnen helfen kann.« *Vorausgesetzt, ich würde Ihnen glauben*, fügte Sandra in Gedanken hinzu.

»Wie viele Mörder haben Sie schon dingfest gemacht?«, fragte Creeda. »Es sind vier oder fünf, nicht wahr? Bitte, helfen Sie mir! Sie haben mich gefragt, warum ich meinen Mann nicht verlasse. Ich will die Farm nicht aufgeben, dann hätte er gewonnen. Long-Rock ist seit acht Generationen in meiner Familie! Mein Urahn hat aus einem handtuchgroßen Stück Brachland die Farm aufgebaut. Vor einem halben Jahr habe ich ein Kaufangebot erhalten. Von einer Investorengruppe, die die Farm plattmachen und auf dem Grund ein Neubauviertel errichten will. Ich habe dem Typen gesagt, er möge sich zum Teufel scheren. Niemals verkaufe ich das Erbe meiner Ahnen! Sam allerdings …«

Da Creeda nach der langen Rede atemlos nach Luft schnappte, warf Sandra ein: »Ihr Mann will verkaufen.«

»Er meint, wir hätten lange genug gearbeitet«, sagte Creeda grimmig. »Sam will weg aus Cornwall, irgendwohin, wo immer die Sonne scheint. Wir haben ein Alter erreicht, in dem die meisten Leute in Rente gehen, und er will noch was vom Leben haben. Das ist es aber nicht allein.« Bitter zogen sich Creedas Mundwinkel nach unten. »Wir haben eine Hilfskraft einstellen müssen, weil ich ja nicht mehr so richtig kann. So ein blondes Gift. In engen Jeans wackelt sie mit dem Hintern, und ihre Ausschnitte sind immer eine Spur zu tief. Genau der Typ Frau, auf die ein alter Mann seine Augen wirft. Und auch seine Hände.« Vielsagend zog Creeda eine Augenbraue hoch.

»Sind Sie sicher?«, fragte Sandra skeptisch.

»Die beiden meinen, ich bekäme nicht mit, wie sie miteinander herumtändeln«, bemerkte Creeda bitter. »Tamara schwänzelt die ganze Zeit um mich herum und tut so, als würde sie sich um mich sorgen.«

»Tamara?«, wiederholte Sandra. »Ist das die Frau, die …«

»Die meinem Mann das Bett wärmt. Tamara Stevens, ein falsches, hinterhältiges Weibsstück. Ich weiß genau, dass sie sich wünscht, ich würde verschwinden. Besser gestern als morgen. Bei einer Scheidung bekommt Sam nämlich keinen Penny, wir haben einen entsprechenden Ehevertrag. Das kann er natürlich nicht riskieren.« Creeda streckte den Arm aus und umklammerte Sandras Handgelenk. Ihre Kraft verriet, dass die Frau Zeit ihres Lebens hart gearbeitet hatte. »Verstehen Sie jetzt, Sandra? Mein Mann und seine

Geliebte wollen mich loswerden, die Farm verkaufen und sich vom Erlös ein schönes Leben unter südlicher Sonne machen.«

Unwillkürlich nickte Sandra. »Selbst wenn das alles stimmt – ich habe keine Ahnung, wie ich Ihnen helfen kann.«

»Ihnen wird etwas einfallen. Sie haben einen guten Kontakt zu einem Polizisten und können ihn dazu bringen, Sam unter die Lupe zu nehmen und mein Essen testen zu lassen.«

Sandra fragte: »Kennen Sie Agnes Roberts, die Metzgerin in Lower Barton?«

»Ab und zu kaufe ich bei ihr ein, wenn mich mein Weg nach Lower Barton führt.«

Diese Antwort hatte Sandra erwartet. Agnes Roberts wusste stets über alles und jeden Bescheid, und ihr Fleischerladen war der Dreh- und Angelpunkt für Neuigkeiten der Gegend. So war es keine Überraschung, dass Creeda Pengelly von Agnes erfahren hatte, dass sich Sandra hin und wieder als Hobbydetektivin betätigte und manchen komplizierten Fall gelöst hatte.

»Werden Sie mir helfen?«, fragte Creeda flehend.

Sandra zögerte. Sie hatte zwar nicht den Eindruck, Creeda sei verwirrt, ihre Vorwürfe klangen allerdings absonderlich und in einem Punkt auch widersprüchlich. »Sie sagten, Sie hätten Speisereste bereits testen lassen. Wer hat das gemacht?«

»Meine Ärztin. Sie betreut mich nicht nur gesundheitlich, seit unserer Kindheit sind wir auch Freundinnen. Ich habe ihr von dem Verdacht erzählt und sie gebeten, mein Blut auf Spuren von Gift zu untersuchen. Und ich habe ihr von dem Essen gebracht. Sie hat nichts gefunden und gesagt, ich bilde mir alles nur ein.

Das tue ich nicht, Sandra! Ich weiß, was ich mit eigenen Augen sehe! Ich versuche, so wenig wie möglich zu essen. Sam lässt mich aber nur selten allein und besteht darauf, mit mir zusammen zu essen. Wenn er nicht da ist, passt seine Geliebte auf mich auf.«

»Trotzdem könnten Sie die Farm verlassen«, sagte Sandra.

»Niemals!«, rief Creeda aufgeregt. »Seit Generationen ist der Besitz in meiner Familie, auf keinen Fall werfe ich das weg. Dann hätten Sam und sein Flittchen gewonnen.«

Besser, als zu sterben, dachte Sandra und sagte laut: »Ich fürchte, ich kann Ihnen nicht helfen, Creeda. Wenn Sie bereits mit der Polizei gesprochen haben, sind den Beamten in Lower Barton sowieso die Hände gebunden. In die Vorgänge seiner Kollegen in Looe kann sich DCI Bourke nicht einmischen.«

Verzweifelt sah Creeda Sandra an. »Ich weiß, alles klingt nach dem Hirngespinst einer alten Frau, aber bitte, Sandra, glauben Sie mir! Mein Leben ist in Gefahr! Sie dürfen mit niemandem darüber sprechen. Sam hat seine Augen und Ohren überall. Wenn er erfährt, dass ich mir Hilfe hole, wird er es wohl schnell zu Ende bringen.«

Sandra kruschtelte in ihrer Jackentasche. Sie fand einen alten Kassenbon von *Boots* und einen Kugelschreiber.

»Ich gebe Ihnen meine Privatnummer«, sagte sie und kritzelte die Nummer auf die Rückseite des Bons. »Wie kann ich Sie erreichen?«

»Ich habe kein Handy. Sam möchte das nicht. Auf keinen Fall dürfen Sie auf dem Festnetz der Farm anrufen! Sam geht immer ans Telefon, und wenn er nicht da ist, dann das blonde Gift. Ich melde mich bei Ihnen, wenn ich allein bin.«

Warum Sandra der Frau ihre private Nummer gab, wusste sie selbst nicht genau. Eine von Sandras positiven Eigenschaften war ihre ausgezeichnete Menschenkenntnis. Diese sagte ihr, dass Creeda wirklich Angst hatte. Ob begründet oder ob sie an Verfolgungswahn litt, sei dahingestellt. Sie befand sich in großer Not, und Sandra hatte Mitleid mit ihr. Deswegen hatte sie sich die Geschichte angehört und war nicht längst gegangen. Wenn es Creeda half, mit jemandem zu sprechen, dem sie vertraute, wollte Sandra sie nicht zurückweisen.

Sorgfältig faltete Creeda den Zettel zusammen und steckte ihn in die Westentasche.

»Danke, Sandra. Werden Sie mit Ihrem Freund sprechen? Aber nur mit ihm! Sonst darf niemand erfahren, was mein Mann plant.«

»Ich werde DCI Bourke von unserer Unterhaltung berichten«, antwortete Sandra aufrichtig. »Wie kommen Sie nach Hause? Haben Sie Ihren Wagen in der Nähe geparkt?«

»Seit der missglückten Operation kann ich nicht mehr Auto fahren«, antwortete Creeda und seufzte. »Ich bin mit dem Bus gekommen, die Haltestelle ist gleich vorn an der Straße nach Pelynt. Sam musste heute nach Truro.« Sie lächelte bitter und fügte hinzu: »Zum ersten Mal bin ich froh, dass er seine Geliebte mit in die Stadt genommen hat. Sonst hätte ich mich nicht davonstehlen können.«

»Vielleicht ist Ihr Mann nur um Sie besorgt, Creeda?«, fragte Sandra behutsam. »Seit der Operation geht es Ihnen nicht gut, und Sam achtet darauf, dass Sie sich nicht übernehmen, damit Sie wieder auf die Höhe kommen.«

»So besorgt, dass er mich so bald wie möglich unter der Erde sehen will, ohne dass jemand Verdacht schöpft.« Creedas Finger krampften sich um den Griff der Gehhilfe, ihre Knöchel stachen weiß durch die Haut, und mit einem funkelnden Kampfgeist in den bernsteinfarbenen Augen rief sie: »Aber ich werde ihm einen Strich durch die Rechnung machen, denn ich habe noch ein Ass im Ärmel.«

DREI

Gegen halb eins kehrte Sandra nach Higher Barton zurück. Eliza Dexter sah ihr fragend entgegen. Sie brannte darauf, zu erfahren, was Sandra an der heiligen Quelle erlebt hatte.

»Die Nachricht war kein Scherz, allerdings musste ich versprechen, außer Christopher Bourke niemanden ins Vertrauen zu ziehen.«

Eliza riss die Augen auf. »Das hört sich ja geheimnisvoll an!«

Sandra winkte ab. »Wohl eher nicht.«

»Sandra, Mr Shaw möchte Sie sprechen«, sagte Eliza zusammenhangslos. »Seit einer Stunde wartet er im Büro.«

»Shaw?«, fragte Sandra verwundert. »John Shaw vom Three Feathers?«

Eliza nickte und raunte: »Er ist sehr aufgeregt und meint, es sei ungemein wichtig, dass er mit Ihnen spricht.«

Sandra konnte sich nicht vorstellen, was der Inhaber des Hotels Three Feathers in Lower Barton mit ihr zu besprechen hatte. Nachdem Sandra das Higher Barton Romantic Hotel übernommen hatte, war John Shaw über die Konkurrenz wenig erfreut gewesen, da das Three Feathers das einzige Hotel in einem Umkreis von zehn Meilen gewesen war. Shaw hatte aber schnell erkannt, dass er und Sandra unterschiedliche Klientel beherbergten. In Shaws Hotel stiegen vorrangig Geschäftsreisende ab oder Leute auf der Durchreise, die nur für eine Nacht blieben. Higher Barton hingegen lag drei Meilen außerhalb des Ortes, hierher kamen Gäste auf der Suche nach Ruhe und Erholung. Aus für Sandra unverständlichen Gründen hatte Shaw dann versucht, mit ihr zu flirten. Seitdem er eingesehen hatte, dass er bei Sandra nicht landen konnte, zumal ihre und Christophers Beziehung in Lower Barton bekannt geworden war, verband Sandra und Shaw zwar keine Freundschaft, aber ein kollegiales Miteinander.

Mit dem Rücken zur Tür stand der Hotelinhaber am Fenster und blickte in den Park.

»Mr Shaw?«

Er drehte sich um. Seine Lippen verzogen sich zu einem verkrampften Lächeln.

»So förmlich?«, fragte er. »Wir wollten uns doch beim Vornamen nennen, Sandra. Unter Kollegen ist das üblich.«

»Okay, John. Ms Dexter sagt, Sie möchten mich sprechen?«

John Shaw war ein großer Mann mit einer kräftigen Statur, ohne dick zu sein. Sein graues Haar lichtete sich bereits deutlich, und sein sorgfältig gepflegter Henriquatre Bart verlieh ihm ein seriöses Aussehen.

»Ich bin gekommen, um Sie zu warnen, Sandra.«

»Mich zu warnen?«, wiederholte Sandra verständnislos. »Ich wüsste nicht …«

»Vergangenen Samstag hatte ich Gäste, die ein fünfgängiges Dinner gebucht hatten. Hummer, Krabben, Jakobsmuscheln frisch aus dem Meer als Vorspeise, bestes Roastbeef aus Devon zum Hauptgericht, zur Nachspeise Eiscreme und Käse aus Cornwall. Alles beste Qualität und selbstverständlich rein ökologisch.

Dazu tranken die Damen Champagner, Sherry und Wein. Natürlich nur die teuersten Marken.«

Sandra begann, zu verstehen. »Lassen Sie mich raten, John: Die Gäste haben die Zeche geprellt.«

Shaw nickte und stieß wutschnaubend heraus: »Es waren sechs Frauen, alle nicht mehr in ihren besten Jahren. Die, die das Dinner bestellt hatte, machte den Eindruck einer richtigen Dame, wie man sie heute nur noch selten sieht. Rosa gefärbte Kringellöckchen, eine weiße, zarte Haut und sehr elegant gekleidet. Sie sagte, sie wolle ihren siebzigsten Geburtstag mit ihren Freundinnen gebührend begehen. Gefeiert haben die Damen dann auch. Und wie!« Shaw ballte seine Hände zu Fäusten, eine steile Falte über der Nasenwurzel. »Als ich die Rechnung vorlegte, funktionierte ihre goldene Kreditkarte nicht. Sie vermittelte mir den Eindruck, es sei ihr außerordentlich peinlich. Ja, sie besaß sogar die Kaltblütigkeit, vor Verlegenheit zu erröten. Von ihren Freundinnen hatte keine eine Kreditkarte und natürlich auch nicht so viel Bargeld dabei. Ich schwöre Ihnen, Sandra, die Frau hatte Tränen in den Augen. Sie schrieb mir ihre Adresse auf und versprach, das Geld am nächsten Tag zu bringen. Als ich zögerte – Anschreiben ist in meinem Haus nicht üblich – streifte sie sich einen goldenen Ring vom Finger. Es sei ihr Verlobungsring, sagte sie. Ein Schmuckstück aus dem 19. Jahrhundert mit einem Rubin und viel mehr wert als die ausstehende Rechnung. Sie gab mir den Ring als Pfand.« Er brach ab und schnappte nach Luft.

»Möchten Sie ein Glas Wasser?«, fragte Sandra und schenkte ihm aus der bereitstehenden Karaffe ein.

Shaw trank durstig und erzählte weiter: »Am nächsten Tag kam niemand, auch nicht am folgenden und in den Tagen darauf. Die von der Frau genannte Adresse in Wadebridge war ebenso falsch wie ihr Name Daisy Smith.«

»Und der Ring?«, warf Sandra ein und ahnte die Antwort.

Zerknirscht gestand Shaw: »Modeschmuck, keine zehn Pfund wert. Sandra, ich bin Gastwirt, kein Juwelier, und der Ring machte optisch wirklich was her.«

»Das tut mir sehr leid für Sie.« Sandra meinte es aufrichtig. Vor Zechprellern waren Gastronomen niemals gefeit. »Waren Sie bei der Polizei?«

»Heute Vormittag. Sergeant Greenbow nahm meine Anzeige auf, machte mir aber wenig Hoffnung, die Betrügerinnen zu finden und mein Geld zu bekommen.«

»Das fürchte ich auch«, murmelte Sandra und lauter: »Danke, dass Sie mich gewarnt haben.«

»Da behauptet man immer, die jungen Leute hätten keinen Respekt mehr, würden lügen und betrügen! Den alten Frauen habe ich es wahrlich nicht zugetraut.« Shaw sah Sandra eindringlich an. »Halten Sie Ihre Augen und Ohren offen, Sandra, nicht dass Sie zum nächsten Opfer der Bande alter Ladies werden.«

»Das werde ich, John, obwohl ich glaube, dass die Frauen Cornwall längst verlassen haben und die Masche anderswo durchziehen, doch ich spreche mit DCI Bourke. Sobald er etwas in Erfahrung bringt, lassen wir es Sie wissen. Wir Gastronomen müssen schließlich zusammenhalten, John.« Sandra dachte, so langsam sollte sie eine Liste mit all den Themen erstellen, die sie mit Christopher besprechen wollte. Zum zweiten Mal wurde sie heute um Hilfe gebeten, und auch diesmal sah Sandra keinerlei Möglichkeit, etwas auszurichten.

John Shaw seufzte. »Nur noch Lug und Betrug. Manchmal frage ich mich, ob ich das Three Feathers nicht besser verkaufen und mich auf die Scilly-Inseln zurückziehen soll. Seit Jahren habe ich auf St Mary's ein Cottage, in dem ich meinen Urlaub verbringe. In absoluter Ruhe, lange Spaziergänge und Sonnenuntergänge am Meer.«

Das war neu für Sandra. Über das Privatleben von John Shaw hatte sie sich nie Gedanken gemacht. Sie wusste nur, dass er vor Jahren von seiner Frau wegen eines anderen Mannes verlassen worden war und keine Kinder hatte.

»Sie wollen nicht ernsthaft verkaufen, John! Was wäre Lower Barton ohne das Three Feathers?«

»Wenn ich es ernsthaft in Erwägung ziehe, erhalten Sie, Sandra, das Vorkaufsrecht.« John Shaw lächelte gezwungen.

Sandra wusste nicht, ob er sein Angebot ernst meinte. Sicherheitshalber wehrte sie ab: »Seien Sie versichert, John, dass ich kein Interesse an einem zweiten Hotel habe. Mit Higher Barton bin ich vollkommen ausgelastet.«

»Man wird sehen, was die Zukunft bringt«, murmelte Shaw gedankenverloren. »Einen schönen Tag noch, Sandra, und passen Sie bei Ihren Gästen auf.«

Nachdem er fort war, kam Eliza ins Büro. Durch die angelehnte Tür hatte sie alles mitangehört.

»Dumme Sache«, sagte Eliza. »Glücklicherweise blieb Higher Barton bisher vor Zechprellern verschont. Warum schmunzeln Sie, Sandra? Sie freuen sich doch nicht darüber, was John Shaw passiert ist?«

»Natürlich nicht!«, versicherte Sandra hastig. »Ich amüsiere mich nicht über den Betrug, sondern darüber, dass ich heute zweimal gebeten wurde, mich um die Aufklärung einer Straftat zu kümmern.«

»Die geheimnisvolle Person, die Sie am St Gwinnodock Well trafen?« Eliza sah sie erwartungsvoll an. »Sie sagten, Sie dürfen nicht darüber sprechen, aber eine kleine Andeutung oder so?«

»Ich glaube, ich kann Sie ins Vertrauen ziehen, Eliza, da ich weiß, dass es unter uns bleibt. Die Sache klingt sehr seltsam, und ich weiß nicht, ob ich sie glauben soll.«

Zusammengefasst erzählte Sandra von Creeda Pengelly und ihrer Behauptung, ihr Mann wolle sie töten.

»Obwohl ich viele Leute in Cornwall kenne, ist mir diese Frau unbekannt. Die Long-Rock-Farm liegt aber auch ein gutes Stück von Lower Barton entfernt. Was werden Sie unternehmen, Sandra?«

Sandra zuckte mit den Schultern. »Wie ich es Creeda versprochen habe, werde ich Christopher von den Anschuldigungen erzählen. Der arme Mann!« Sandra schmunzelte. »Wenn er mich heute Abend besucht, erwartet er bestimmt nicht, mit einem Betrugsfall und einem geplanten Mord empfangen zu werden. Wobei ich glaube, dass sich Creeda Pengelly irrt oder etwas durcheinanderbringt. Es mag sein, dass sie sich nach dem Essen, das ihr Mann zubereitet, krank fühlt, das kann aber viele Ursachen haben. Zum Beispiel Lebensmittelallergien, ich tippe eher auf eine psychische Anspannung. Vielleicht hat Sam Pengelly eine Affäre mit der Angestellten und will die Farm verkaufen – das drückt Creeda aufs Gemüt. Das sind allerdings private Angelegenheiten, in die ich mich nicht einmischen werde. Was könnte ich auch ausrichten?«

»Eine gute Einstellung, Sandra«, erwiderte Eliza zufrieden. »Es reicht, wenn Sie sich auf die Suche nach Tätern begeben, die einen *richtigen* Mord auf dem Kerbholz haben.«

»Das sehe ich ebenso. Gehen wir also wieder an die Arbeit.«

Sie und Eliza verließen das Büro genau in dem Moment, als Major Collins von seinem vormittäglichen Spaziergang zurückkehrte. Der Achtzigjährige, ehemaliger Jagdflieger der Royal Air Force, lebte seit Jahren in der Queen-Mary-Suite. Im Higher Barton Romantic Hotel waren alle Räume nach historischen Persönlichkeiten der Tudorzeit benannt – dem Jahrhundert, in dem das Haus erbaut worden war.

»Meine Damen.« Der Major deutete eine Verbeugung an. »Ich hoffe, es geht Ihnen gut. Es gibt nicht zufällig wieder einen Mord?«

»Gott behüte!«, riefen Sandra und Eliza unisono, und Sandra fügte hinzu: »Ich bin heilfroh, wenn Higher Barton nicht wieder in was Schreckliches verwickelt wird.«

»Nun ja, unser kleines Abenteuer im vergangenen Jahr war das Aufregendste, das ich seit langer Zeit erlebt habe.« Die wasserhellen Augen des Majors bekamen einen versonnenen Ausdruck. »Wenn ich wieder behilflich sein kann – Sie wissen, wo Sie mich finden.«

»Wir werden daran denken, Major«, erwiderte Sandra und salutierte.

»Ich gehe jetzt zum Lunch. Was gibt es denn Gutes?«

Eliza erklärte: »Monsieur Peintré hat eine neue Füllung aus Krabben, Steckrüben und Spinat für Ofenkartoffeln kreiert. Er freut sich, wenn Sie es probieren und Ihre ehrliche Meinung äußern, Major.«

»Die Kombination hört sich zwar seltsam an, ich bin jedoch überzeugt, es wird mir vorzüglich munden. Wie alles, was Monsieur auf die Teller zaubert.«

Auf seinen Spazierstock mit dem vergoldeten Griff gestützt, ging Major Collins zum Restaurant. Mit Eliza allein, sagte Sandra: »Der alte Haudegen ist mir richtig ans Herz gewachsen.«

»Mir ebenfalls, Sandra. Wollen Sie jetzt auch zu Mittag essen? Ich halte derweil die Stellung, denn ich habe ausgiebig gefrühstückt und im Moment keinen Hunger.«

»Ich gehe auf einen Sprung zu Emma rüber«, sagte Sandra und zwinkerte ihrer Mitarbeiterin zu. »Vielleicht hat sie gerade einen Apfelkuchen im Ofen.«

Sandras Hoffnung auf ein Stück von Emma Penroses überaus köstlichem gedeckten Apfelkuchen wurde heute enttäuscht. Eine roséfarbene Schürze umgebunden und die Arme bis zu den Ellenbogen in roten Gummihandschuhen, war sie damit beschäftigt, die Sprossenfenster des weißen Cottages auf Hochglanz zu polieren. Emma war Ende fünfzig, und ihre mollige Figur verriet, dass sie gern und gut kochte und buk. Heute hatte sie ihre nahezu ergrauten Haare zu einem lockeren Dutt aufgesteckt.

»Ach, Sandra, schön, Sie zu sehen!«

»Ich möchte Sie nicht bei der Hausarbeit stören, Emma.«

Emma lachte und streifte sich die Handschuhe ab. »Ein Großputz muss hin und wieder sein.« Sie zwinkerte Sandra schelmisch zu. »George ist vor meiner übergroßen Aktivität, wie er es nennt, an die Küste geflüchtet. Da ich seit dem frühen Morgen das Haus auf den Kopf stelle, habe ich mir jetzt eine Pause verdient. Trinken Sie einen Kaffee mit mir? Ich kann Ihnen allerdings nur ein paar gekaufte Kekse anbieten, Backen steht heute nicht auf meinem Plan.«

»Ein Kaffee wäre wunderbar.«

Sandra musste sich ducken, um durch die niedrige Tür in das dreihundert Jahre alte Cottage mit den schrägen Wänden und den verwinkelten Räumen zu treten. Seit Jahrzehnten lebten Emma und George Penrose in dem Haus am Rande des Parks von Higher Barton. Der früheren Besitzerin Lady Abigail Tremaine hatten sie als Hausmeisterpaar gedient und nach der Umgestaltung zu einem Hotel ein lebenslanges Wohnrecht auf dem Grund und Boden von Higher Barton erhalten. Wenn Not am Mann war, sprang Emma auch im Service ein, und Georges handwerkliches Geschick nahm Sandra gern in Anspruch.

In der gemütlichen Wohnküche schob Emma die auf dem Tisch stehenden Putzmittel beiseite, dann brühte sie den Kaffee per Handfilter auf, nach ihrer Ansicht die einzige Art, ein vollmundiges Aroma zu erhalten.

»Wie läuft es im Hotel?«, fragte sie.

»Wie immer um diese Jahreszeit ist es ruhig, was uns allen etwas Zeit zum Durchatmen beschert, bevor zu Weihnachten das Haus wieder voll wird. Sie wissen, dass im November Renovierungsarbeiten anstehen.«

»Freuen Sie sich auf die Zeit danach, wenn alles wieder fast wie neu sein wird.« Emma lächelte versonnen. »In drei Wochen fliegen George und ich nach Teneriffa. Wir können es kaum erwarten.« Schnell fügte sie hinzu: »Das soll nicht heißen, dass wir von Ihnen und Higher Barton genug haben, Sandra, im Gegenteil! Sie werden mir fehlen, aber das wechselhafte, feucht-kühle Herbstwetter setzt Georges Arthrose von Jahr zu Jahr mehr zu.«

»Es tut mir leid und gut, dass es Ihrem Mann auf Teneriffa besser geht«, erwiderte Sandra. »Wobei ich es sehr bedaure, drei oder vier Monate auf Ihren köstlichen Apfelkuchen verzichten zu müssen.«

»Ich gebe Ihnen gern das Rezept.«

Lachend hob Sandra die Hände. »Das hätte keinen Zweck. Ich mag einige Talente haben, als diese jedoch beim Kochen und Backen verteilt worden sind, war ich gerade abwesend.«

»Deswegen führen Sie ein Hotel und beschäftigen einen Spitzenkoch. Wie geht es Monsieur?«

»Ausgezeichnet, zumindest vergeht kaum ein Tag, an dem er nicht etwas zu meckern hat. Wobei …« Sandra seufzte.

Emma sagte verstehend: »Der Brexit, nicht wahr?«

»Bereits vor Monaten hat Monsieur Peintré den Antrag gestellt, in Großbritannien bleiben zu können. Ich habe eine Unmenge an Dokumenten ausfüllen und bestätigen müssen, dass die Arbeit meines Kochs absolut systemrelevant ist und ich auf keinen Fall auf ihn verzichten kann, ohne erhebliche finanzielle Einbußen zu erwarten. Die Mühlen der Regierung mahlen jedoch langsam.«

»Und Rosa?«, fragte Emma, denn auch die Küchenhilfe hatte keine britische Staatsangehörigkeit. Sie stammte aus Polen.

»Rosa wartet ebenfalls auf ihren Bescheid«, antwortete Sandra. »Sie kennen sie, Emma. Rosa sorgt sich nicht um die Zukunft. Probleme lacht sie mit ihrer herzlichen Art einfach weg.«

»Ich hätte nicht gedacht, dass es wirklich so weit kommt«, sagte Emma leise und auch ein wenig traurig. Sie und George machten ebenso wie Sandra keinen Hehl aus ihrer Meinung, dass der Brexit der größte Fehler war, den das Land seit Hunderten von Jahren begangen hat.

Der Kaffee war durchgelaufen, und Sandra goss einen reichlichen Schuss frische Milch hinein. Gedankenverloren rührte sie in der Tasse und fragte: »Emma, kennen Sie Creeda und Sam Pengelly von der Long-Rock-Farm in der Nähe von Looe? Der Hof verkauft Milch und Käse aus eigener Herstellung.«

Emma dachte kurz nach, schüttelte dann den Kopf.

»Ich glaube nicht.« Sie sah Sandra aufmerksam an. »Warum fragen Sie? Haben Sie Ärger mit den Leuten?«

»Ihnen gegenüber kann ich nichts verbergen.« Sandra schmunzelte. »Ärger würde ich es nicht nennen. Heute Vormittag bin ich Creeda Pengelly begegnet. Sie hat mir eine irre Geschichte erzählt, und ich weiß nicht, wie ich die Frau einschätzen soll. Auf mich machte sie keinen verwirrten Eindruck, für das, was sie behauptet, gibt es aber keinen einzigen Beweis.« Sandra winkte ab. »Da ich Creeda versprochen habe, über ihr Anliegen nicht zu sprechen, wechseln wir am besten das Thema.«

Mit gerunzelter Stirn fragte Emma: »Sie glauben nicht an irgendeine Geschichte, Sandra, und wollen trotzdem nicht darüber sprechen?«

»Ich weiß, das klingt seltsam.« Sandra trank ihren Kaffee aus. »Versprochen ist versprochen. Da Sie ihr ganzes Leben in Cornwall verbracht haben, dachte ich, Sie kennen vielleicht auch die Pengellys. Creeda muss ein paar Jahre älter als Sie sein, Emma.«

»Tut mir leid, Sandra. Creeda ist ein ungewöhnlicher Name, selbst hier in Cornwall. Pengelly hingegen heißen viele. Sie wissen doch, Sandra: An Tre-, Pol- und Pen- erkennen Sie die Cornishmen überall auf der Welt. George und ich sind stolz, Penrose zu heißen.«

Sandra nickte. »Es hätte ja sein können. Ich überlasse Sie jetzt wieder Ihrem Hausputz.«

»Wahrscheinlich wird es heute, spätestens morgen regnen«, erwiderte Emma. »Das ist immer so, wenn ich die Fenster frisch geputzt habe. Dann kann ich wieder von vorn anfangen.«

Sandra stimmte in Emmas Lachen ein und verließ das Cottage. Noch standen keine Regenwolken am Himmel. Das Licht der Nachmittagssonne spiegelte sich in den zahlreichen Fensterscheiben von Higher Barton. Dunkel ragten ein Dutzend Kamine in den wolkenlosen Himmel empor. Auch nach über zwei Jahren empfand Sandra Stolz und Dankbarkeit, wenn sie *ihr* Hotel betrachtete. Das alles hier, jede Fensterscheibe, jede einzelne Platte des Schieferdaches, jedes Möbelstück und jeder Teller gehörte ihr ganz allein! Sandras Leben war nicht immer geradlinig verlaufen. Wie alle Menschen hatte sie Höhen und Tiefen durchlebt, die meiste Zeit hindurch war sie aber auf der Sonnenseite gestanden. Sie wusste, dass sie sehr viel Glück gehabt hatte. Glück und Menschen, die sie liebten. An erster Stelle ihre Eltern, wenngleich ihre Mutter etwas gluckenhaft war und hin und wieder vergaß, dass Sandra inzwischen Mitte dreißig war. Im Gegensatz zu seiner Frau war Douglas Flemming nüchtern und praktisch veranlagt. Ein anpackender Geschäftsmann, der noch im fortgeschrittenen Alter täglich in seinem Laden stand, in dem man von Schrauben über Lebensmittel bis zu

Waschbecken fast alles kaufen konnte. Und dann war da noch Christopher Bourke …

Sandras Handy piepte. Sie nahm es aus der Hosentasche, sah auf das Display und schmunzelte. Als hätte sie mit ihren Gedanken Christopher heraufbeschworen, hatte er ihr eine Textnachricht geschickt.

Sorry, Darling, heute Abend klappt es nicht. Auch nicht in den nächsten Tagen. Hab eine Menge zu tun. XXX C.

Sandras Lächeln schwand. Sie hatte sich auf einen gemütlichen Abend mit Christopher gefreut. So war es aber, wenn man mit einem Vertreter des Gesetzes liiert war: Es konnte immer etwas dazwischenkommen. Der Dienst stand für Christopher an erster Stelle.

Sandra antwortete: *Das ist schade, aber verständlich. Hast Du einen neuen Fall? Hoffentlich keinen Mord … Love S.*

Vergeblich wartete Sandra auf eine Antwort. Das graue Häkchen sagte ihr, dass Christopher die Nachricht nicht gelesen hatte. Über ihren Rücken lief ein Kribbeln. Sie war nicht neugierig, aber gespannt, ob es in der Gegend wieder ein Verbrechen gegeben hatte. Nicht, dass sie sich das wünschte, im Gegenteil! Am vorigen Abend hatte er noch gemeint, dass es in und um Lower Barton ruhig war. Nun ja, jetzt die Zechprellerei im Three Feathers, aber dieser Fall würde Christopher bestimmt nicht bis spät in die Nacht hinein beschäftigen.

Sandra zögerte einen Moment, dann wählte sie die Nummer eines Anschlusses in Lower Barton.

»Hallo?«

»Hi, Agnes, ich bin es, Sandra.«

»Oh, Sandra, was gibt es? Ich habe leider keine Zeit, der Laden ist gerammelt voll«, sagte die Metzgerin hastig. Im Hintergrund hörte Sandra vielstimmiges Gemurmel.

»Nichts Besonderes«, antwortete Sandra. »Ist in Lower Barton alles okay?«

»Sicherlich.«

»Nur noch eine Frage, Agnes: Haben Sie Creeda Pengelly zu mir geschickt?«

»Ja, das habe ich mir erlaubt. Hat sie mit Ihnen gesprochen? Was wollte sie denn?«

Sandra hatte erwartet, dass Creeda der Metzgerin nichts von ihrem Verdacht, ihr Ehemann wolle sie töten, erzählt hatte, und antwortete ausweichend: »Creeda fragte, ob Higher Barton Milchprodukte von ihrer Farm beziehen wolle.«

»Nur das wollte sie mit Ihnen besprechen?« Die Enttäuschung war Ms Roberts Stimme anzuhören. »Nun ja, weil Creeda gemeint hat, Sie, Sandra, würden immer wieder Verbrechen aufklären, dachte ich …« Sandra hörte eine lautere Stimme, konnte die Worte aber nicht verstehen. Dann sagte Ms Roberts: »Einen Moment, Ms Lovelock, ich bin sofort für Sie da. Sandra, ich muss jetzt auflegen. Wenn Sie im Ort sind, kommen Sie doch mal wieder bei mir vorbei.«

Ohne einen Abschiedsgruß beendete Agnes Roberts das Telefonat.

Sandra seufzte und steckte das Telefon ein. Sie stellte fest, dass sie sich an manchen Tagen etwas mehr Aufregung wünschte. Sie konnte sich nicht erinnern, wann sie je zuvor ähnlich empfunden hatte. Nicht während der Schulzeit, in ihrer Ausbildung und ihren Tätigkeiten in Hotels in Frankreich, der Schweiz und in Schottland. Nach der Übernahme des Higher Barton Romantic Hotels waren ihre Tage lang und bis an die Grenzen ausgefüllt gewesen. Die unermüdliche Arbeit hatte Sandra nie gestört. Sie liebte es, zu planen, zu organisieren, und sie probierte gern Neues aus. Stillstand bedeutete für Sandra Rückschritt. Beim Umgang mit den vielfältigen Charakteren der Gäste blühte Sandra auf. Manche waren nicht einfach zu händeln, oft kapriziös, manche dermaßen arrogant und von sich eingenommen, dass Sandra sich zwingen musste, ihr freundliches Lächeln beizubehalten. Der Gast war schließlich König. Die meisten waren höflich und nett, und Sandra freute sich, wenn sie Tipps für besonders schöne Wanderwege und zu den Sehenswürdigkeiten Cornwalls geben konnte.

Nach über drei Jahren hatte sich auf Higher Barton alles eingespielt. Sandra stand ein hervorragendes und treues Team zur Seite. Manchmal schien es, als würden sich die Mitarbeiter auch ohne Worte verstehen. Eliza Dexter hatte die Buchungen und Finanzen fest im Griff, der Zimmerservice lief ebenso reibungslos wie das Restaurant, und in den letzten Wochen hatte es nicht einmal einen Disput mit Monsieur Peintré gegeben. Der hervorragende, extrem exzentrische belgische Koch war strikt gegen Veränderungen, die – seiner Ansicht nach – seine Kreativität negativ beeinflussten. Peintré ließ sich von niemandem über die Schulter schauen, selbst seine Hilfe Rosa kannte nur die Ansätze der Rezepte. Edouard Peintrés ungeklärter Aufenthaltsstatus hatte ihn wohl etwas *zahmer* gemacht, wie Eliza es ausdrückte.

Sandra war weit davon entfernt, sich überflüssig zu fühlen, dachte aber manchmal, dass der Hotelbetrieb auch ohne sie wie am Schnürchen lief.

»Sei doch froh«, hatte ihre Freundin Ann-Kathrin gesagt, nachdem Sandra angedeutet hatte, dass ihr manchmal langweilig war. »Du hast dir Freizeit mehr als verdient, und du hast einen wundervollen Mann an deiner Seite, mit dem du jeden Augenblick genießen solltest.« Sie hatte geseufzt. »Ich wünschte, Alan hätte etwas weniger zu tun und könnte mehr zu Hause sein. Wenn Demi drei Jahre alt ist und in die Vorschule gehen kann, werde ich wieder als Lehrerin arbeiten.«

Sandras Freundin, die Frau des erfolgreichsten Anwalts in Cornwall, war zwar leidenschaftlich gern Mutter, aber ebenso wie Sandra nicht der Typ, der die Hände untätig in den Schoß legte.

Dies alles führte dazu, dass Sandra den Gedanken an Creeda Pengelly und die angebliche Bedrohung ihres Lebens nicht aus dem Kopf bekam. Sie konnte sich ja mal diskret in Looe nach ihr erkundigen, dort war die Long-Rock-Farm bestimmt bekannt. Sie glaubte nicht, dass Creedas Leben ernsthaft in Gefahr war, vielleicht fand sie aber einen Weg, um der Farmerin die Angst zu nehmen.

VIER

Detective Chief Inspector Christopher Bourke stieß die Tür zum Polizeiposten in Lower Barton so heftig auf, dass sie gegen den Wandstopper knallte.

Sergeant John Greenbow blickte überrascht hoch und sagte: »Guten Morgen, Sir.«

»Ebenfalls Morgen«, brummte Christopher. »Ob er allerdings gut ist, ist Ansichtssache.«

»Alles in Ordnung, Sir?«

»Natürlich, Greenbow.« Christopher zog eine Augenbraue hoch. »Was sollte nicht in Ordnung sein? Ist, während ich weg war, etwas vorgefallen, das ich wissen sollte?«

»Zechprellerei im Three Feathers. Die Akte liegt auf Ihrem Schreibtisch.«

»Bei John Shaw?«

Der DS nickte. »Sechs ältere Ladies haben die besten Speisen und teuersten Getränke bestellt und die Rechnung nicht bezahlt. Mr Shaw erstattete Anzeige, seine Personenbeschreibung ist leider vage. Sie trifft auf Hunderte Frauen jenseits der sechzig zu.«

»Geben Sie die Meldung an alle Reviere in Devon und Cornwall weiter«, sagte Christopher, drehte sich um und ging in sein Büro. Die Tür fiel lauter als nötig ins Schloss.

Der Sergeant sah seinem Vorgesetzten erstaunt nach. Bourke wirkte, als habe er in der Nacht kein Auge zugetan. Greenbow wusste, dass der DCI und die Hotelinhaberin Sandra Flemming ein Paar waren. Wenn Bourke die Nächte bei seiner Freundin verbrachte, wirkte er hin und wieder zwar etwas müde, aber niemals mürrisch und derart schlecht gelaunt wie heute. Die Zechprellerei schien Bourke nur am Rand zu interessieren, obwohl er sich sonst auch in kleine Fälle verbiss und keine Ruhe gab, bis der Schuldige überführt war. Ein unangenehmes Gefühl in der Magengegend beschlich Greenbow. Gestern war der Chef den ganzen Tag im Hauptquartier in Exeter gewesen. Drohte doch die Schließung des Postens in Lower Barton, obwohl es im letzten Jahr geheißen hatte, das Thema sei vom Tisch? In den letzten Monaten hatte es nur geringfügige Delikte gegeben: Ein paar Schlägereien, häusliche Gewalt, bei der sie hatten einschreiten müssen, einen versuchten Wohnungseinbruch und zwei Autodiebstähle. Einmal war auch ein Hund als vermisst gemeldet worden. Greenbow hatte das Tier wohlbehalten auf dem Gelände von Wheal Kerris wiedergefunden, der alten Zinnmine von Higher Barton. Der Sergeant arbeitete gern in Lower Barton und an der Seite von DCI Bourke. In der Regel war der Chief ein freundlicher, aufgeschlossener Mann, nach Dienstschluss gingen sie manchmal zusammen ins Pub und tranken ein oder auch zwei Pint Tribute. Auch wenn es Greenbow nicht anstand, seinen Chef auszufragen, konnte er nicht warten. Er klopfte an die Bürotür und trat ein.

»Sir, wegen gestern … Während Sie in Exeter waren …«

Mit fünf Fingern fuhr sich Christopher durch das kurze, feuerrote Haar, das daraufhin nach allen Seiten abstand, was ihn aber nicht störte. Lange blickte er Sergeant Greenbow an und sagte schließlich: »Sie möchten wissen, warum man mich ins Hauptquartier zitiert hat.«

»Wird Lower Barton nun doch aufgelöst?«, platzte Greenbow heraus. »Hat der Führungsstab seine Meinung geändert?«

Ein verhaltenes Lächeln zuckte um Christophers Mundwinkel, er seufzte und erklärte: »Keine Sorge, Greenbow, unser Posten bleibt erhalten. Ein paar Monate Ruhe bedeutet ja nicht, dass die Polizei in Lower Barton überflüssig ist.« Christophers Daumen klickte ununterbrochen auf den Drücker des Kugelschreibers, er wirkte so nervös, wie Greenbow seinen Chef nie zuvor erlebt hatte. »Es ist etwas anderes«, fuhr Christopher leise fort. »Sie werden es in den nächsten Tagen erfahren, da es auch Sie betrifft. Es ist eine Neuigkeit, über die wir uns beide, besonders aber Sie, außerordentlich freuen sollten ...«

»Ich?«, fragte Greenbow verwundert. »Mein Eindruck ist eher, dass Sie von Begeisterung meilenweit entfernt sind.«

»Dabei sollte das Gegenteil der Fall sein«, murmelte Christopher. »Es ist nämlich so, dass ...«

Als John Greenbow zwanzig Minuten später das Büro seines Chefs verließ, fühlte er sich hin- und hergerissen. Mit dieser Nachricht hatte er nicht gerechnet. Jetzt verstand er, warum DCI Christopher Bourke eine Laune hatte, als würde man ihn zum Schafott führen.

FÜNF

I can't get no satisfaction …

Sandra griff zu ihrem privaten Handy, das auf dem Schreibtisch lag. Die auf dem Display angezeigte Nummer war ihr unbekannt.

»Ja, bitte?«, meldete sie sich. Keine Antwort. »Wer ist da?« Der Anrufer schwieg weiterhin, aber sie hörte jemanden atmen. »Hören Sie, wenn das ein schweinischer Anruf ist, dann legen Sie am besten auf, bevor ich mit der Trillerpfeife Ihrem Trommelfell einen bleibenden Schaden zufüge.«

Sandra hatte gelesen, dies sei das wirksamste Mittel gegen unerwünschte Anrufe. Und da der Anrufer ihre Privatnummer gewählt hatte, die außer ihren Eltern und engsten Freunden niemandem bekannt war, musste Sandra nicht fürchten, einen potenziellen Gast zu vergraulen.

»Wer spricht denn da?«, fragte eine tiefe, männliche Stimme. »Ms, ich will Sie nicht belästigen, sondern nur wissen, wem diese Nummer gehört.«

Der Sprecher wirkte eingeschüchtert. Sofort tat es Sandra leid, derart barsch gewesen zu sein.

»Entschuldigen Sie, aber ich mag es nicht, wenn man sich am Telefon nicht gleich mit Namen meldet. Ich bin Sandra Flemming vom Higher Barton Romantic Hotel. Woher haben Sie diese Telefonnummer?«

»Higher Barton Hotel?«, wiederholte der Mann. »Wo ist das?«

»Sechs Meilen nördlich von Polperro«, antwortete Sandra automatisch. »Warum wollen Sie das wissen? Wer sind Sie?«

Ohne Kommentar legte der Anrufer auf.

»Seltsamer Kauz«, murmelte Sandra. Sie war sicher, die Stimme nie zuvor gehört zu haben.

Sandra wandte sich wieder der Planung des Bingoabends für die kommende Woche zu und hatte den Anruf bald darauf vergessen. Manchmal dachte sie noch an Creeda Pengelly. Christopher hatte vehement abgelehnt, über den Mann der Milchfarmerin Erkundigungen einzuziehen.

»Eine vage Aussage ist kein Grund für Ermittlungen, zumal ihre Ärztin keinen Hinweis auf eine eventuelle Vergiftung finden konnte.«

Seit ihrer Begegnung bei St Gwinnodock Well waren neun Tage vergangen. Creeda hatte sich nicht mehr bei Sandra gemeldet, daher dachte sie, die Farmerin habe sich wieder beruhigt. Creeda befand sich ja in regelmäßiger ärztlicher Behandlung, und Sandra sah ohnehin keine Möglichkeit, wie sie ihr hätte helfen können.

Am Nachmittag bat Major Collins Sandra, ihm beim Tee Gesellschaft zu leisten. Da sie Zeit hatte und das Wetter zum Sitzen im Freien verlockte, nahm sie am Tisch des ehemaligen Jagdfliegers auf der Terrasse Platz. Sie waren allein, die anderen Gäste nutzten das schöne Wetter für Ausflüge und würden erst gegen Abend zurückkehren.

Der Major räusperte sich. »Ms Flemming, ich glaube, ich habe Ihnen noch nicht ausführlich von meinem Einsatz im Falklandkrieg erzählt.«

Sandra bemühte sich, ernst zu bleiben. »Sie haben erwähnt, Sie seien während eines Einsatzes am Bein verwundet worden.«

Major Collins nahm eine bequeme Sitzposition ein, legte die Fingerspitzen aufeinander und schloss die Augen. Das Zeichen, dass jetzt eine längere Geschichte folgte. Der alte Haudegen liebte es, von seinen Erfahrungen in der Royal Air Force zu erzählen. Zugegeben, seine Berichte waren interessant und spannend, wenngleich Sandra den Verdacht hatte, der Major schmücke das eine oder andere Detail zu seinem Vorteil aus. In der Regel fehlten ihr und dem Personal die Zeit, Major Collins länger zuzuhören. Daher war sie froh, dem alten Herrn heute ihre volle Aufmerksamkeit schenken zu können.

»Es war eine kalte, nasse Nacht«, begann der Major. »Neumond, und so stockfinster, dass man die Hand nicht vor Augen erkennen konnte …«

»Sandra, da ist jemand, der Sie unbedingt sprechen möchte.«

An der Terrassentür stand Eliza Dexter, hinter ihr ein älterer Mann, den Sandra nicht kannte. Er war groß, mit bulligem Körperbau, Stiernacken, einer Glatze und einem grauen Drei-Tage-Bart. Er trug eine derbe braune Cordhose, ein grün-blau kariertes Baumwollhemd, darüber eine grüne Steppweste, an den Füßen nicht ganz saubere Boots.

»Ist sie das?«, fragte der Fremde und zeigte mit dem ausgestreckten Zeigefinger auf Sandra.

Unwillig sagte Major Collins: »Ms Flemming hat keine Zeit. Sie leistet *mir* Gesellschaft.« Die Enttäuschung, dass er mit seiner Erzählung nicht fortfahren konnte, stand dem Major ins Gesicht geschrieben.

»Ist wichtig, mit Ihnen zu reden, Miss«, sagte der Mann. »Dauert nicht lang, hab' nur 'ne Frage.«

In diesen zwei Sätzen erkannte Sandra die Stimme des Anrufers vom Vormittag.

»Ich bin gleich wieder für Sie da, Major.« Sandra stand auf und trat vor den Fremden. »Sie haben mich heute angerufen, nicht wahr? Nun, Sie sind mir gegenüber im Vorteil, denn Sie kennen meinen Namen, Mister …?«

Ohne seinen Namen zu nennen, musterte er Sandra abschätzend. Sein Blick war ihr unangenehm, aber Sandra widerstand dem Impuls, ihren knielangen, blauen Rock tiefer zu ziehen, und hoffte, dass alle Knöpfe der cremefarbenen Bluse ordnungsgemäß geschlossen waren.

»Bin gekommen, weil ich wissen will, was meine Frau mit Ihnen zu schaffen hat«, brummte der Glatzkopf.

»Ihre Frau?«, fragte Sandra verständnislos.

Er nickte. »Creeda. Sie kennen sie doch, nich' wahr? Fand diesen Zettel im Nachlass und wollt' wissen, wem die Nummer gehört. Ist mein Recht als Ehemann. Muss schließlich wissen, mit wem sich meine Frau getroffen hat.«

Nachlass? Getroffen hat?, hämmerte es in Sandras Kopf. Ihre Kehle wurde trocken, ihre Zunge schwer, als sie fragte: »Geht es Creeda gut?«

»Wie man's nimmt.« Der Mann, bei dem es sich um Sam Pengelly handeln musste, seufzte. »Letzte Woche ist sie gestorben.«

Sandras Stimme zitterte: »Das tut mir sehr leid, Mr Pengelly.«

»Sie und Creeda kannten sich also? Was hatte meine Frau mit einer wie Ihnen zu schaffen?«

»Was wollen Sie mit *einer wie Ihnen* andeuten?«

Sam Pengelly merkte wohl, dass er einen Schritt zu weit gegangen war.

»'Tschuldigung, war nicht abwertend gemeint«, presste er zwischen den Zähnen heraus. »Bin nur ein einfacher Farmer und in so einer piekfeinen Bude wie hier noch nie gewesen. Wenn ich mal übernachten muss, nehm' ich was Günstiges. Travelodge oder so.«

Blitzschnell dachte Sandra nach und hoffte, überzeugend zu klingen, als sie erklärte: »Creeda, Ihre Frau, hat mich gefragt, ob wir von Ihrer Farm Milch und Käse beziehen wollen. Ich sagte ihr, dass wir seit Jahren fest mit einem Anbieter aus der Gegend von Lower Barton zusammenarbeiten. Wir tauschten trotzdem die Telefonnummern aus. Man weiß ja nie, was kommt.«

»Aha.« Sam Pengelly ließ sich nicht anmerken, ob er Sandras Erklärung glaubte. »War nicht Creedas Art, was hinter meinem Rücken zu tun. Hat immer alles mit mir besprochen. Gerade, seit sie krank war. Nach der Operation ging's ihr nicht gut, wissen Sie?«

»Wann ist die Beerdigung?«, fragte Sandra.

»Die war vorgestern. Creedas Asche hat jetzt ihren Frieden.« Er musterte Sandra fragend. »Nehm' nicht an, Sie wollen mit mir ein Geschäft machen? Wär' auch sinnlos, werd' die Farm nämlich verkaufen. Nichts für ungut, Ms Flemming. Hab' mich nur gewundert über die unbekannte Nummer. Creeda hatte keine Geheimnisse vor mir.«

Und ob sie die hatte, dachte Sandra.

Ohne Abschiedsgruß drehte sich Pengelly um und stapfte davon.

Sandra blieb wie angewurzelt stehen. Erst jetzt merkte sie, dass die Bluse an ihrem schweißnassen Rücken klebte. Creeda Pengelly war tot! Letzte Woche war sie gestorben, hatte er gesagt, also unmittelbar nachdem sie sie um Hilfe gebeten hatte, weil ihr Mann sie umbringen wollte …

»Alles in Ordnung, Sandra?« Eliza Dexter legte eine Hand auf Sandras Arm. »Sie sind kreidebleich. Wer war der Mann? Hatte er schlechte Nachrichten?«

Sandra nickte. Ihr Kopf fühlte sich an wie in Watte gepackt.

»Gehen wir ins Büro, Eliza, dort erkläre ich Ihnen alles.« Sandra wandte sich an Major Collins. »Entschuldigen Sie, Major. Ich fürchte, ich kann Ihnen heute nicht länger Gesellschaft leisten.«

Im Büro sank Sandra auf ihren Stuhl, ihre Hände zitterten.

»Ich fürchte, ich habe einen schrecklichen Fehler gemacht und bin gerade einem Mörder gegenübergestanden.«

»Schon wieder diese Farmerin? Ich habe dir bereits gesagt, dass ich in dem Fall nichts ausrichten kann.« Christopher klang ungeduldig, und er wich Sandras Blick aus.

Sandra winkte ab. »Ja, und dass die Long-Rock-Farm nicht in deinen Zuständigkeitsbereich fällt.« Ernst sah Sandra ihren Freund an. »Deine Kollegen in Looe haben nichts unternommen, als sich Creeda hilfesuchend an sie gewandt hat.«

»Obwohl ich keinen Moment geglaubt habe, was du mir von Creeda Pengellys Vorwürfen erzählt hast, habe ich im Revier in East Looe nachgefragt«, verteidigte sich Christopher. »Man schilderte mir die Frau als eine nervige Person, unter Halluzinationen und Verfolgungswahn leidend.«

»Dann ist es wohl nur eine Halluzination, dass Creeda jetzt tot ist«, bemerkte Sandra sarkastisch.

»Meine Güte, Sandra! Du hast selbst gesagt, sie sei krank …«

»Nicht im Kopf!«, widersprach Sandra entschieden. »Creeda hatte Probleme nach einer missglückten Hüftoperation. Doch auch ich habe sie nicht ernst genommen und gedacht, sie fantasiert oder deutet etwas falsch. Aber nur einen Tag, nachdem sie mich um Hilfe gebeten hat, ist sie gestorben. Wir wissen beide, dass es solche Zufälle nicht gibt!«

Christopher wandte ein: »Wenn an Creedas Tod etwas seltsam gewesen wäre, hätte es der zuständige Arzt gemeldet.«

»Gift ist auf den ersten Blick nicht zu erkennen.« So leicht gab sich Sandra nicht geschlagen. »Creeda behauptete, ihr Mann verabreiche ihr kleine Dosen, die sie zunehmend krank machten. Heute habe ich Sam Pengelly kennengelernt. Er ist ein unsympathischer Typ, dem ich durchaus zutraue, dem Tod nachgeholfen zu haben. Pengelly hat gleich zwei schwerwiegende Motive, seine Frau loszuwerden. Er will die Farm verkaufen, und er hat eine wesentlich jüngere Geliebte, mit der er ein neues Leben beginnen will. Einem Verkauf hätte Creeda niemals zugestimmt, und bei einer Scheidung wäre Pengelly leer ausgegangen. Gute Gründe, das Problem anderweitig zu lösen.«

»Wenn jeder, der bei einer Trennung finanziell verliert, seinen Partner ermorden würde, wäre wohl die Hälfte der Weltbevölkerung ausgerottet.« Ernst sah Christopher sie an. »Dein Engagement in allen Ehren, Darling, und ich schätze es, dass du Creeda Pengelly und ihre Angst nicht länger als überspannt ansiehst. Ihr Tod braucht dich aber nicht zu kümmern.«

Zischend stieß Sandra die Luft aus und erwiderte empört: »Creedas Tod geht mich nichts an? Die Frau hat mich um Hilfe gebeten! Sie ahnte, dass ihr Mann bald den letzten, entscheidenden Schritt tun würde. Und ich habe nichts unternommen! Ich habe sie einfach im Stich gelassen! Das werde ich mir nie verzeihen.«

»Ach, Sandra ...«

Erneut wich Christopher ihrem Blick aus, und er machte auch keine Anstalten, sie tröstend in die Arme zu nehmen. »Du willst also Creedas Tod nicht untersuchen?«

»Meinen Kollegen in Looe funke ich nicht dazwischen. Wäre es andersrum, würde ich mir eine Einmischung ebenfalls strikt verbieten. Zudem ist es unmöglich, eine eventuelle Vergiftung jetzt noch festzustellen, da die Leiche eingeäschert wurde.«

»Aus gutem Grund! Pengelly hat keine Zeit verschwendet, alle Spuren zu beseitigen.« Nachdenklich rieb sich Sandra den Nasenrücken und fragte: »Ist es beim heutigen Stand der Wissenschaft nicht möglich, auch in der Asche eines Verstorbenen Reste von Gift nachzuweisen?« Auf Christophers erstaunten Blick fügte sie schnell hinzu: »Das habe ich im Internet gelesen.«

Schmunzelnd schüttelte Christopher den Kopf. »Du darfst nicht alles für bare Münze nehmen, was im Netz verbreitet wird. Sandra, du bist weder für den Tod der Farmerin verantwortlich, noch hast du sie im Stich gelassen. Es gibt keinen Grund, Sam Pengelly zu verdächtigen.«

»Außer Creedas felsenfester Überzeugung, getötet zu werden«, murmelte Sandra. »Du enttäuschst mich.

Ich glaubte, dass auch dir die Umstände auffällig erscheinen.«

»Es tut mir leid, deine Erwartungen nicht zu erfüllen«, sagte Christopher mit einem Hauch von Sarkasmus in der Stimme. »Warum kannst du nicht begreifen, dass ich meine Arbeit mache und du deine? Ich mische mich doch auch nicht ständig ein und gebe dir gut gemeinte Ratschläge, wie du das Hotel zu führen hast.« Sein Ton war schärfer geworden.

Sandra schluckte. »Was ist los, Christopher? Seit ein paar Tagen bist du so komisch.«

»Sorry, dass ich lächerlich auf dich wirkte.«

»So habe ich es nicht gemeint!«, brauste Sandra auf. »Du hast dich verändert und scheinst mit den Gedanken ständig woanders zu sein. Hast du einen Fall, der dich derart beschäftigt? Agnes Roberts weiß von keinem Verbrechen in Lower Barton …«

»Ach, du glaubst der geschwätzigen Metzgerin mehr als mir?«, fiel ihr Christopher ins Wort. »So, wie du meinst, das Internet liefere dir umfangreiche Informationen über die Arbeit der Polizei?« Er sprang auf und stieß mit dem Knie gegen die Tischplatte. Sandra konnte gerade noch ihr Saftglas festhalten, sonst wäre es umgekippt. »Es ist besser, wenn ich jetzt gehe.«

Auch Sandra war aufgestanden. Sie wagte nicht, Christopher zu umarmen, denn seine Miene war verschlossen. Leise fragte sie: »Haben wir gerade unseren ersten Streit, Christopher?«

»*Ich* bin es nicht, der streitet, und habe mir den Abend wahrlich anders vorgestellt.«

Sandra schluckte ihren Stolz hinunter und sagte versöhnlich: »Lass uns nicht länger von Creeda sprechen, Christopher. Ich mache eine Flasche Rotwein auf, und wir sehen uns eine Musiksendung auf ITV an.«

»Ich möchte jetzt allein sein. Gute Nacht, Sandra.«

Christopher küsste Sandra auf die Stirn und verließ so eilig das Cottage, als könne er gar nicht schnell genug wegkommen.

Perplex starrte Sandra auf die hinter ihm zugefallene Tür. Sie schluckte den Kloß in ihrem Hals hinunter. Seit sie Christopher von dem Treffen mit Creeda Pengelly erzählt hatte, verhielt er sich ihr gegenüber so reserviert. Sandra überlegte, ob sie etwas gesagt oder getan hatte, was ihn verärgert haben könnte. Außer dass sie ihn gebeten hatte, ein paar Erkundigungen einzuziehen – die er ohnehin abgelehnt hatte –, war sich Sandra jedoch keiner Schuld bewusst. Seit sie sich vor fünf Jahren kennengelernt hatten, war es immer wieder dazu gekommen, dass sich Sandra in die Arbeit des DCI's eingemischt hatte. Nicht weil sie Christopher für inkompetent hielt, im Gegenteil! Meistens waren es Kleinigkeiten gewesen, denen er nicht hatte nachgehen können oder dürfen, Sandra als Privatperson hingegen schon. Christopher hatte sie deswegen zwar immer getadelt, aber mit einem Augenzwinkern. Seit Monaten war in Lower Barton kein Kapitalverbrechen mehr geschehen, und noch in der letzten Woche waren sie und Christopher ein Herz und eine Seele gewesen. Seine heutige Reaktion verletzte Sandra mehr, als sie zugeben wollte. Sie sah ein, dass Christopher im Todesfall Creeda Pengellys nicht offiziell ermitteln konnte. Ein paar vorsichtige Nachforschungen wären aber sicher möglich. Zum Beispiel über die finanzielle Situation der Farm, über die Ehe der Pengellys, über die Frau, die angeblich Sams Geliebte war, und natürlich über

Creedas Testament und das Angebot eines Investors, den Grund und Boden kaufen zu wollen.

Ihre Behauptung Christopher gegenüber, sie fühle sich schuldig, weil sie Creeda im Stich gelassen habe, entsprach der Wahrheit. Sandra kam sich vor, als habe sie versagt, wenngleich sie nicht wusste, was sie hätte unternehmen können. Sie konnte wohl kaum zu Sam Pengelly gehen und ihm auf den Kopf zusagen, er habe seine Frau ermordet.

Sie erinnerte sich, wie Creeda über ihre Ärztin gesprochen hatte. Diese hatte Essensreste untersucht, aber nichts gefunden. Creeda hatte gesagt, die Ärztin und sie seien seit ihrer Jugend miteinander befreundet. Sandra schaltete den Laptop ein und suchte nach der *Old Bridge Surgery* in East Looe, dem Fischerort, welcher der Long-Rock-Farm am nächsten lag. Nach einem Klick hatte Sandra die Webseite gefunden. Im Ärztezentrum waren fünf Ärzte angestellt, drei Frauen und zwei Männer. In Creedas Alter praktizierte nur eine Frau dort: Dr Jane Odgers. Auf dem Foto wirkte sie herb, das dunkle Haar trug sie geschnitten wie ein Mann, und die Brille schmeichelte ihrem eckigen Gesicht kein bisschen.

Sandra schloss nicht aus, dass Creeda eventuell keine Betreuung über den Nationalen Gesundheitsdienst in Anspruch genommen, sondern sich privat hatte behandeln lassen. Sie öffnete die Flasche Wein, die sie eigentlich mit Christopher zusammen hatte genießen wollen, und trank einen Schluck, bevor sie nach Ärztinnen suchte, die ihre Patienten ausschließlich auf Honorarbasis behandelten. In Looe und der näheren Umgebung fand sie insgesamt drei, eine schied aufgrund ihrer jungen Jahre aus.

»Es bleibt mir nichts anderes übrig, als bei allen nachzufragen«, sagte Sandra laut und trank erneut von dem trockenen Chianti. Nach einem Glas verkorkte sie die Flasche wieder und stellte sie in den Kühlschrank. Christophers Verhalten würde sie nicht dazu bringen, aus Kummer zu viel zu trinken, und morgen früh brauchte sie einen klaren Kopf.

Sandra beschloss, zuerst Jane Odgers aufzusuchen. Wenn es sich bei ihr um Creedas Freundin handelte, war die Ärztin sicher bereit, über die Tote zu sprechen. Sandra musste hundertprozentig wissen, dass nichts und niemand, auch nicht sie, Creedas Tod hätte verhindern können. Erst dann würde sie den Gedanken, versagt zu haben, vergessen können.

SECHS

Der junge Mann wirkte gestresst und sagte: »Es tut mir leid, Ms Flemming. Wenn es sich um keinen Notfall handelt, kann ich Sie ohne Termin nicht annehmen.« Er tippte auf der Tastatur des Computers. »Nächste Woche Donnerstag um zehn Uhr ist noch was frei.«

Sandra setzte ihr charmantes Lächeln auf, mit dem sie bei den Gästen immer Erfolg hatte. »Ich brauche nur fünf Minuten.«

Der Mann deutete in den Wartebereich des Ärztezentrums. Nahezu alle Stühle waren von Patienten belegt.

»Sie sehen doch, was heute hier los ist. Lassen Sie sich einen Termin geben.«

»Ich möchte Dr Odgers in einer privaten Angelegenheit sprechen«, erwiderte Sandra, »und bezahle privat.«

Auch dieses Argument überzeugte den Sekretär nicht, im Gegenteil. Mit unwillig gerunzelter Stirn erwiderte er: »Wir sind eine Einrichtung des staatlichen Gesundheitsdienstes. Alle Patienten werden gleichbehandelt. Wenn Sie privatärztliche Hilfe wollen, wenden Sie sich an einen dafür zuständigen Arzt.«

So schwer hatte es sich Sandra nicht vorgestellt. Sie machte einen letzten Versuch, sah dem jungen Mann tief in die Augen und raunte: »Fünf Minuten! Es ist wirklich wichtig.«

Er seufzte und schob Sandra ein Klemmbrett mit einem Formular über den Tresen. »Ach, geht's mich was an? Sie werden sowieso keine Ruhe geben.« Ob das ständige Klingeln des Telefons oder Sandras intensiver Blick ihn mürbe gemacht hatte, konnte sie nicht einschätzen. »Stellen Sie sich aber auf eine längere Wartezeit ein, und füllen Sie die Formulare vollständig aus.«

»Ist das wirklich notwendig?«, fragte Sandra. »Ich habe nur eine Frage an Dr Odgers.«

Der Mann griff nach dem Telefonhörer und drehte Sandra den Rücken zu. Sie nahm das Klemmbrett, setzte sich auf den letzten freien Stuhl aus hartem, mokkabraunem Plastik und beantwortete wahrheitsgetreu die Fragen. Genau genommen durfte sie in der Surgery von Looe gar nicht angenommen werden, da für Lower Barton das Ärztezentrum in Lostwithiel zuständig war. Glücklicherweise musste Sandra den Dienst nur selten in Anspruch nehmen, da sie kerngesund war.

Der Zeiger der runden Wanduhr bewegte sich im Schneckentempo. Immer wieder sah Sandra auf ihr Smartphone. Auch heute hatte sich Christopher nicht gemeldet. Das ganze Wochenende über war keine Nachricht von ihm gekommen. Mehrmals war Sandra versucht gewesen, ihn anzurufen oder eine Nachricht zu schreiben, hatte es dann doch gelassen. *Sie* hatte keinen Fehler begangen und keine Ahnung, warum sich Christopher an jenem Abend derart gereizt und abweisend verhalten hatte. Und schließlich hatte auch sie ihren Stolz! Dass Christopher etwas bedrückte, spürte Sandra seit über einer Woche. Wenn er kein Vertrauen hatte, sie in seine Sorgen einzuweihen, würde sie nicht versuchen, in ihn zu dringen. Sandra war enttäuscht, sie hatte geglaubt, in den letzten zwei Jahren habe sich ihre Beziehung so gefestigt, dass sie dauerhaft sein könnte.

»Ms Flemming!« Sandra schreckte auf. Der junge Mann sah sie ungeduldig an. »Sie können jetzt reingehen. Ich habe Sie schon zweimal aufgerufen.«

»Äh, ja, danke ...«

»Zimmer drei.«

Sandra ging durch einen schmalen Gang und trat in das Sprechzimmer mit der Nummer 3. Die Fensterfront gab den Blick auf die Mole von East Looe frei. Hinter einem modernen Schreibtisch saß eine ältere, dunkelhaarige Frau. Sandra erkannte sie aufgrund des Fotos auf der Webseite wieder, nur jetzt trug Jane Odgers eine moderne, randlose Brille, die ihr wesentlich besser stand.

»Ms Flemming, was kann ich für Sie tun?« Ihre Stimme klang so rau, als würde die Frau regelmäßig rauchen und mit kräftigem Single Malt nachspülen. »Sie leben bei Lower Barton, das ist nicht unser Zuständigkeitsbereich.«

»Mein Besuch ist privater Natur.«

»Privat?« Die Ärztin runzelte die Stirn und bat Sandra mit einer Handbewegung, sich zu setzen. »Ich habe nicht viel Zeit und wüsste nicht, dass wir uns schon mal begegnet sind, Ms Flemming.«

»Es geht nicht um mich, Dr Odgers, sondern um eine gemeinsame Bekannte.« Sandra holte tief Luft und stieß hervor: »Creeda Pengelly.«

»Creeda?« Sandra hatte nun die volle Aufmerksamkeit der Ärztin. »Sie kannten Creeda Pengelly?«

Sandra war erleichtert, dass gleich ihr erster Versuch, Creedas Ärztin zu finden, erfolgreich war.

»Creeda und ich sind uns nur einmal begegnet«, erklärte Sandra. »Ihr plötzlicher Tod hat mich aber sehr überrascht.«

Die Ärztin seufzte. »Es war für uns alle ein Schock«, erwiderte sie leise. »Sam, ihr Mann, ist am Boden zerstört.«

Den Eindruck habe ich nicht, dachte Sandra und fuhr fort: »Creeda hat mir erzählt, Sie seien nicht nur ihre behandelnde Ärztin, sondern auch ihre Freundin gewesen.«

»Wir kannten uns seit der Schulzeit.«

»Woran ist Creeda denn gestorben?«

»Abgesehen davon, dass die ärztliche Schweigepflicht auch über den Tod hinaus gilt: Warum wollen Sie das wissen? Wer sind Sie überhaupt?« Aus zusammengekniffenen Augen musterte sie Sandra skeptisch. »Wenn Sie von der Polizei kommen: Creeda starb eines natürlichen Todes, so habe ich es auch auf dem Totenschein vermerkt. Es gibt keinen Hinweis auf ein eventuelles Fremdverschulden. So drücken Sie das doch aus, nicht wahr?«

Jane Odgers lehnte sich zurück, abwehrend verschränkte sie die Arme vor der Brust.

»Ich bin nicht von der Polizei«, sagte Sandra. »Mein Interesse an Creedas Tod ist persönlicher Natur. Creeda sagte mir, sie fühle sich durch ihren Mann bedroht.«

Die Ärztin pfiff durch die Zähne. »Sie also auch! Hören Sie, Ms Flemming, das ist völliger Unsinn! Gut, Sam ist nicht gerade Prince Charming, sondern der praktische, zupackende Typ. Trotzdem muss er Vorzüge haben, sonst hätte Creeda ihn nicht geheiratet.«

»Mr Pengelly soll eine Geliebte haben«, warf Sandra ein.

Bitter antwortete die Ärztin: »In diesem Punkt könnte Creeda durchaus recht gehabt haben, obwohl ich es weder bestätigen noch dementieren kann. Nach allem, was ich weiß, stand es um die Ehe nicht zum Besten. Was mich nicht wundert. In letzter Zeit war Creeda häufig etwas verwirrt. Ich will es nicht paranoid nennen, es fiel ihr aber zunehmend schwerer, Realität und Fantasie auseinanderzuhalten. Unter diesen Umständen habe ich Verständnis, wenn sich ein Mann anderweitig orientiert. Was nicht heißen soll, dass Sams Verhalten meine Zustimmung findet! In Creedas Ehe habe ich mich nicht eingemischt, das war einzig die Sache meiner Freundin. Das ist alles, was ich Ihnen sagen kann, Ms Flemming.« Demonstrativ sah die Ärztin auf ihre Armbanduhr. »Sie müssen mich jetzt entschuldigen, meine Patienten warten.«

Sandra stand auf. »Nur noch eine Frage, Dr Odgers: Creeda hat gesagt, Sie hätten ihre Blutwerte und Proben von Speisen auf giftige Substanzen getestet, jedoch ohne Befund.«

»Das ist richtig«, bestätigte Jane Odgers, »und da Creeda es Ihnen selbst gesagt hat, darf ich wohl darüber sprechen. Ich habe versucht, meine Freundin zu beruhigen. Ihr klar zu machen, dass die starken Schmerzmittel, die sie regelmäßig einnehmen musste, Nebenwirkungen haben. Zudem litt Creeda an einer Herzschwäche. Nicht lebensbedrohlich, aber sie hätte sich mehr schonen sollen. Die Hände in den Schoß zu legen, fiel Creeda schwer. Kein Wunder, dass ihr Herz …« Die Ärztin brach ab und schob ihren Stuhl energisch nach hinten. »Ich muss Sie jetzt bitten zu gehen, Ms Flemming. Ich habe mehr gesagt, als ich befugt bin, und gehe davon aus, dass jedes Wort unter uns bleibt.«

»Selbstverständlich, Dr Odgers. Danke für Ihre Offenheit, und mein aufrichtiges Beileid zum Tod Ihrer Freundin.«

»Danke.« Jane Odgers Mundwinkel zuckten, und sie zwinkerte mehrmals. Creedas Tod ging ihr wohl sehr nahe.

»Schicken Sie mir bitte die Rechnung zu«, sagte Sandra.

Jane Odgers winkte ab. »Ich verlange doch kein Geld für ein Gespräch über meine Freundin.«

Bevor Sandra zu ihrem Wagen zurückkehrte, den sie auf dem großen Besucherparkplatz Mill Pool am anderen Ufer des Flusses geparkt hatte, ging sie ein Stück nach East Looe hinein. Im Drogeriemarkt *Boots* kaufte sie ein paar Toilettenartikel und holte sich bei *Fleur* einen Becher Kaffee mit einer fluffigen Haube Milchschaum. Gedankenverloren schlenderte sie, den Becher in der einen Hand, in der anderen die Tüte mit den Toilettenartikeln, über die Brücke, die den Fluss überspannte und East und West Looe miteinander verband. Die Brücke war Mitte des 19. Jahrhunderts erbaut worden. Obwohl es weiter flussaufwärts bereits im Mittelalter eine Brücke gegeben hatte, waren die Orte strikt getrennt gewesen. Wer in East Looe lebte, gab sich nicht mit den Bewohnern des anderen Ufers ab und umgekehrt. Früher war es zu regelrechten Dramen gekommen, wenn sich ein junger Bursche in ein Mädchen aus dem Dorf auf der anderen Seite des Flusses verliebt hatte.

»Die beiden durften nicht zusammenkommen«, hatte Ann-Kathrin erklärt. »Es war wie bei Romeo und Julia, wobei bis heute niemand weiß, warum die Dörfer überhaupt miteinander verfeindet waren.«

Just in diesem Moment kam Sandra die Freundin entgegen. Sie schob einen Buggy.

Als sich die beiden Frauen erkannten, riefen sie lachend wie aus einem Mund: »Was machst du denn hier?«

Ann-Kathrin antwortete zuerst: »In East Looe gibt es einen kleinen Laden für Babykleidung mit ganz entzückenden Sachen. Demelza wächst so schnell, ich könnte ihr jede Woche was Neues kaufen.«

Sandra beugte sich zu dem Kleinkind mit den hellbraunen Locken hinunter. Mit strahlenden, sherryfarbenen Augen sah das fünfzehn Monate alte Mädchen sie an und brabbelte vor sich hin. Zuerst war Sandra über den außergewöhnlichen Namen *Demelza* irritiert gewesen. Ann-Kathrin hatte ihr dann jedoch erklärt, dass die Protagonistin der Romanserie *Poldark*, geschrieben von Winston Graham, diesen Namen trug. Die Bücher waren bereits zweimal mit großem Erfolg für das britische Fernsehen verfilmt worden. Gerade die jüngste Produktion hatte in Cornwall einen regelrechten *Poldark*-Tourismus ausgelöst. Die Besucher kamen nicht nur aus Großbritannien, sondern aus ganz Europa, um die Drehorte zu besichtigen. Seit Wochen lag auf Sandras Nachttisch der erste Band der Buchreihe, bisher war sie über den An-fang nicht hinausgekommen. Abgekürzt wurde Ann-Kathrins und Alans Tochter häufig *Demi* gerufen.

»Sie versucht, Sandra zu sagen«, bemerkte Ann-Kathrin stolz, »und sie erkennt dich schon genau.«

»Das will ich hoffen, schließlich bin ich ihre Patentante.« Ihr Lächeln schwand. »Ich war in der Surgery.«

»Bist du krank?«, fragte Ann-Kathrin erschrocken. »Warum gehst du ausgerechnet nach Looe und nicht nach Lostwithiel?«

Sandra seufzte. »Keine Sorge, mir geht's prima. Warum ich hier bin, ist eine längere Geschichte.«

»Ich habe Zeit. Das Geschäft hat bis heute Abend geöffnet.«

Sandra zögerte. Sie hatte bereits mehr Zeit in Looe verbracht, als sie eingeplant hatte, und Eliza versprochen, gegen Mittag wieder zurück zu sein. Im Hotel war es aber ruhig. Heute fielen keine Ab- und Anreisen an, und der Speiseplan für die Woche war mit Monsieur besprochen.

»Gehen wir einen Kaffee trinken«, schlug Sandra vor.

»Noch einen?« Skeptisch sah Ann-Kathrin auf den Becher in Sandras Hand.

»Okay, ich bestelle mir einen Früchtetee«, lenkte Sandra ein. »Ich wollte sowieso mit dir sprechen, bei Gelegenheit auch mit Alan. Das heißt, wenn er gerade etwas Zeit erübrigen kann.«

»Kaum, du kennst doch meinen Mann.« Ann-Kathrin schmunzelte. »Alan vertritt eine nicht unbekannte Person bei deren Scheidung, wobei es um viel Geld geht. Er ist in London und weiß nicht, wie lange sich die Sache hinziehen wird.«

»Wen?«, fragte Sandra prompt.

Ann-Kathrin lachte. »Das ist natürlich streng geheim. Nicht einmal mir gegenüber darf Alan den Namen nennen. Ich weiß nur, dass es um eine Abfindung in Millionenhöhe geht.«

Zu Alan Trengoves Klientel zählten viele vermögende Personen sowie Angehörige des englischen Adels. Seine Arbeit führte ihn regelmäßig nach London und häufig auch ins Ausland. Man könnte ihn durchaus als gut situiert bezeichnen, deswegen arbeitete Alan gelegentlich auch pro bono und hatte schon vielen geholfen, die sich keinen so erfolgreichen Anwalt leisten konnten.

»Schade«, murmelte Sandra. »Ich könnte Alans Rat gut gebrauchen.«

»Ist wieder ein Mord passiert?« Ann-Kathrins grüne Augen wurden kugelrund.

»Durchaus möglich, vielleicht ist es auch nur ein Hirngespinst.«

»Gehen wir ins Loowena Café«, schlug Ann-Kathrin vor. »Dort können wir in Ruhe reden.«

Da Creeda tot war, fühlte sich Sandra nicht länger an ihr Versprechen gebunden, ihre Begegnung zu verschweigen. Eine Stunde später war Ann-Kathrin im Bilde.

»Du musst unbedingt für dich behalten, was die Ärztin ausgeplaudert hat«, ermahnte Sandra die Freundin. »Alan ist natürlich eine Ausnahme.«

»Das versteht sich von selbst. Wie ist Christophers Meinung zu der Sache?«

Sandras Miene verdüsterte sich. »Es interessiert ihn nicht. Er scheint sich gerade mit anderen Problemen herumzuschlagen. Vergangenen Freitag hatten wir eine kleine Meinungsverschiedenheit, seitdem habe ich nichts mehr von ihm gehört.«

»Oh je, erste Wolken am Horizont der großen Liebe?« Mitfühlend und mit einem aufmunternden Lächeln drückte Ann-Kathrin Sandras Hand. »Das wird schon wieder. Alan und ich sind häufig unterschiedlicher Meinung, finden aber immer einen Kompromiss.«

»Christopher war schon verändert, bevor Creeda starb und ich den Verdacht äußerte, es könnte sich um Mord handeln. Ich habe das Gefühl, er weicht mir aus.« Offen sah Sandra ihre Freundin an. »Wenn Christopher die Beziehung beenden will, so soll er es mir ins Gesicht sagen! Ich habe keine Lust, auf die französische Art verabschiedet zu werden.«

»Das würde Christopher niemals machen!«, rief Ann-Kathrin. »Ich kenne ihn nun auch schon ein paar Jahre. Er ist nicht der Typ, der Probleme ignoriert und ihnen aus dem Weg geht.«

»Das dachte ich auch«, fuhr Sandra fort. »Derzeit frage ich mich aber, ob ich den Mann, den ich liebe, wirklich kenne.«

»Ich wünsche euch, dass sich schnell alles einrenkt. Ihr seid ein so schönes Paar. Was jedoch den Tod dieser Frau betrifft: Gleichgültig, ob es ein Herzanfall oder Mord war – du trägst keine Schuld! Das darfst du nicht einmal denken! Was hättest du unternehmen können, sollte Creedas Mann sie wirklich vergiftet haben? Wobei du gerade gesagt hast, dass die Ärztin in dieser Richtung nichts feststellen konnte.«

»Ich danke dir, Ann-Kathrin.« Sandra ließ offen, für welche Worte sie der Freundin dankte.

SIEBEN

Gegen Mittag des folgenden Tages trat eine Frau in die Hotelhalle. Sie war mittelgroß, hatte das dunkelblonde Haar am Hinterkopf zu einer Banane aufgesteckt und trug einen dunkelblauen Hosenanzug mit einer taillierten, kurzen Jacke, die sich eng an ihre überschlanke Figur schmiegte.

Sandra sah ihr freundlich entgegen und fragte: »Kann ich Ihnen behilflich sein?«

»Haben Sie zufällig ein freies Zimmer?«

Sandra nickte. »Sie haben nicht reserviert?«

»Nein, ich musste kurzfristig nach England kommen.«

»Für wie lange benötigen Sie ein Zimmer?«

Die Frau zuckte mit den Schultern. »Das kann ich im Moment nicht sagen. Ein paar Tage auf jeden Fall.«

Sandra schob ihr das Anmeldeformular zu.

»Bitte, füllen Sie das aus. Ich gebe Ihnen den Anne-Boleyn-Room, oder bevorzugen Sie eine Suite?«

»Anne Boleyn?« Zum ersten Mal lächelte die Frau. »Solange ich in dem Zimmer meinen Kopf nicht verliere, soll es mir recht sein.«

»Alle Räume sind nach historischen Persönlichkeiten aus der Tudorzeit benannt«, erklärte Sandra. »Das Haus wurde nämlich im 16. Jahrhundert erbaut.«

»Eine tolle Idee! Mein Name ist übrigens Marion West.«

»Sandra Flemming. Mir gehört das Higher Barton Romantic Hotel. Darf ich fragen, wie Sie auf das Haus aufmerksam geworden sind?«

»Übers Internet«, antwortete Marion West. »Ich mag richtig alte Häuser, keine unpersönlichen Betonbunker, in denen ein Zimmer dem anderen bis aufs Haar gleicht.«

Sandra wollte nicht neugierig sein, musste aber fragen: »Kommen Sie aus den Staaten?«

»Ich wurde in Cornwall geboren, lebe aber schon lange in Amerika«, antwortete sie lächelnd. »Da übernimmt man automatisch den Akzent.«

Sandra sah zu, wie die attraktive Frau das Anmeldeformular ausfüllte. Bei ihrem Geburtsdatum stutzte Sandra. Marion West gab 1981 an, Sandra hätte sie gut zehn Jahre jünger geschätzt. Sie drückte auf die Klingel. Unverzüglich erschien eines der Hausmädchen.

»Ist Ihr Gepäck draußen im Wagen?«, fragte Sandra.

Marion West nickte. »Es ist der dunkelblaue Ford.«

»Holly wird es hinauftragen und Ihnen das Zimmer zeigen. Oder möchten Sie zuerst eine Tasse Tee oder eine andere Erfrischung?«

»Ein Cappuccino wäre prima«, antwortete Marion West. »Wenn möglich mit einer ordentlichen Haube Milchschaum, aber bitte kein Kakaopulver.«

»So mag ich meinen Kaffee auch am liebsten«, erwiderte Sandra. »Nehmen Sie bitte am Kamin Platz, der Kaffee kommt sofort.«

»Danke, Ms Flemming, das ist sehr freundlich.« Marion West strich sich eine Haarsträhne, die sich aus ihrer Frisur gelöst hatte, hinters Ohr. »Freundlichkeit kann ich im Moment gebrauchen. Heute Morgen hatte ich nämlich eine äußerst unschöne Begegnung. Die halbe Nacht war ich von Heathrow nach Cornwall unterwegs, da meine Maschine erst nach Mitternacht gelandet ist. Ich habe mir einen Mietwagen genommen und geriet auf der M4 vor einer Baustelle prompt in einen meilenlangen Stau. Um drei Uhr! Himmel, haben die Leute nichts anderes zu tun, als mitten in der Nacht die Autobahnen zu verstopfen? An das Fahren auf der linken Seite muss ich mich auch erst wieder gewöhnen. Mein letzter Besuch in England liegt schon länger zurück. Völlig erledigt kam ich also heute Morgen endlich in Cornwall an und werde behandelt wie eine Schwerverbrecherin.« Sie seufzte und fuhr sich mit dem Handrücken über die Stirn. »Ich trinke jetzt den Kaffee, dann werde ich mich aufs Ohr hauen und den Rest des Tages schlafen.«

»Im Gegensatz zu den meisten Menschen kann auch ich nach einem guten Kaffee wunderbar schlafen«, sagte Sandra. »Möchten Sie zu einer bestimmten Uhrzeit geweckt werden?«

»Rechtzeitig zum Dinner«, antwortete Marion West. »In diesem Haus kann man doch zu Abend essen, nicht wahr? Nur ungern würde ich mich noch auf die Suche nach einem Restaurant machen müssen.«

»Selbstverständlich, Ms West.«

»Auch vegetarisch?«

»Auch das«, bestätigte Sandra. »Unser Koch erfüllt fast alle Wünsche, Ms West.«

»Ach, bitte, nennen Sie mich Marion. In den Staaten geht es zwanglos zu. Selbst meine Angestellten nennen mich beim Vornamen.«

»Gern, Marion, und ich bin Sandra.«

Sandra bat den Kellner Lucas um den Cappuccino, der gleich darauf serviert wurde. Gern hätte sie sich mit Marion weiter unterhalten, merkte aber, dass die Frau müde und erschöpft war. Ihre Bemerkung, sie habe heute eine unfreundliche Begegnung erlebt, interessierte Sandra. Gäste auszufragen, war jedoch ein absolutes No-Go. Sollte jemand von sich aus über Vorfälle oder

Probleme sprechen, war das Personal natürlich ganz Ohr. Es verstand sich von selbst, dass alles, was Sandra und ihre Mitarbeiter von den Gästen erfuhren, die Mauern von Higher Barton nicht verließ.

Die Gelegenheit, ausführlicher mit der sympathischen Marion West zu plaudern, ergab sich nach dem Dinner. Zu diesem war sie sichtlich erholt in einem schicken Kostüm aus kupferrotem Leinen mit einer beigen Bluse erschienen. Sie hatte sich die Haare gewaschen, die offen und gewellt auf den Rücken fielen. Da Sandra auch an diesem Abend von Christopher keine Nachricht erhalten hatte, ob er zu ihr kommen würde – und sie ihrerseits auf keinen Fall nachfragte! –, nutzte Sandra die Zeit, im Restaurant von Tisch zu Tisch zu gehen. Sie fragte die Gäste, ob alles zu ihrer Zufriedenheit war, und bot ihnen an, nach dem Essen noch einen Drink an der Bar zu nehmen.

»Darf ich Sie zu einem Cocktail einladen?«, fragte Marion West. »Nachdem ich den halben Tag verschlafen habe, bin ich jetzt putzmunter. Allein zu trinken, macht jedoch keinen Spaß.«

Sandra stimmte gern zu, ließ sich von Marion aber nicht einladen. Sie setzten sich auf zwei Barhocker, und Marion hängte ihre kleine, rote Handtasche an den Haken unter dem Tresen. Auf der Klappe erkannte Sandra das unauffällige Label eines teuren Designers. Wie Marions Kostüm war auch die Handtasche von unauffälliger Eleganz. Das Higher Barton Romantic Hotel gehörte zwar der gehobenen Preisklasse an, war aber keineswegs mit den Luxushotels an den Küsten zu vergleichen.

»Was gibt's Neues in unserem beschaulichen Cornwall?«, fragte Marion, nachdem sie einen Schluck von ihrem Gin Tonic genommen hatte. »Hat es sich in den letzten Jahren verändert?«

»Nur unwesentlich«, antwortete Sandra und nippte an ihrem trockenen Weißwein. »Wobei ich selbst aus Schottland komme und erst seit fünf Jahren in Cornwall bin.«

»Daher Ihr Akzent.« Marion zwinkerte ihr zu. »Heute Vormittag habe ich ihn nicht genau einordnen können, aber manchmal höre ich das rollende R in Ihrer Aussprache.«

Sandra lachte laut auf. »Ebenso, wie ich Ihnen angehört habe, dass Sie in den Staaten leben.«

»Wobei ich viel in der Welt unterwegs bin. Tokio, Sydney, Mailand, Rom, Paris.« Marion sah Sandras erstaunten Blick und erklärte: »Mir gehört eine kleine, aber feine Modefirma in New York. Einst war es die Firma meines Schwiegervaters. Mein Mann Jake zeigte nie Interesse an Mode, ich hingegen habe Modedesign studiert und nach unserer Heirat die Zügel in die Hand genommen. Inzwischen ist West-MoDa – das ist die Abkürzung für Mode für die Dame – auf allen fünf Kontinenten vertreten.« Marion sah Sandra erschrocken an und fragte: »Ich hoffe, ich rede nicht zu viel? Jake hat immer gesagt, ich würde mein Gegenüber zutexten und schrecklich langweilen.«

»Mich interessiert es sehr«, versicherte Sandra, was der Wahrheit entsprach. Selten hatte sie jemanden so schnell sympathisch gefunden, außerdem lenkte sie das Gespräch von Christophers Schweigen ab. »Ihr Mann hat Sie nicht nach England begleitet?«

Marion winkte ab. »Wir sind längst geschieden. Jake wollte Kinder, ein kleines Haus auf dem Land mit einer Veranda und einem Schaukelstuhl, um den Sonnenuntergang zu genießen. Für einen Mann klingt das ziemlich kitschig, nicht wahr? Ich mag zwar Kinder, aber nur Hausfrau und Mutter sein, ist nichts für mich. Jake und ich haben uns gütlich getrennt. Nach der Scheidung hat er bald wieder geheiratet, schnell zwei kleine Wests ins Leben gesetzt und lebt jetzt glücklich und zufrieden in einem kleinen Ort in Maine.«

»Die Firma haben Sie übernommen?«

Marion nickte. »Das war meine Abfindung für eine schnelle, unkomplizierte Scheidung. Immerhin habe ich die Firma zu dem gemacht, was sie heute ist.«

»Sind Sie nach England gekommen, um Verwandte zu besuchen?«, fragte Sandra und hoffte, nicht aufdringlich zu wirken.

Marions Miene verdüsterte sich. Sie trank ihr Glas bis zur Neige und gab David, dem Barkeeper, mit einer Geste zu verstehen, er möge ihr einen neuen Gin Tonic mixen.

»Ja, es handelt sich um eine verwandtschaftliche Angelegenheit, leider keine angenehme. Genau genommen ist es so, dass meine letzte Verwandte gestorben ist. Da sie mich in ihrem Testament bedacht hat, musste ich herkommen. Als ich die Nachricht erhielt, war ich sehr überrascht, gleichzeitig auch beschämt. Zu meiner Schande muss ich gestehen, dass ich meine Tante seit Jahren nicht mehr besucht und sie nur selten angerufen habe. Sie war die jüngere Schwester meines Vaters. Er konnte dem Landleben nichts abgewinnen, wurde Architekt, überließ den Besitz seiner Schwester, und wir lebten in London, bis ich zum Studium in die Staaten ging. Da meiner Tante die Farm alles bedeutet hat, haben sich die Geschwister unbürokratisch geeinigt, und jeder war glücklich und zufrieden.«

»Ihre Eltern sind tot?«, fragte Sandra mitfühlend, da Marion gesagt hatte, die Tante sei ihre letzte Verwandte gewesen.

»Es war ein Autounfall.« Ein Schatten fiel über Marions Gesicht. »Sie besuchten mich in New York und wollten dann an die Westküste. Im Yellowstone-Nationalpark ist es passiert. Das ist jetzt sieben Jahre her.«

»Das tut mir sehr leid.« Sandra berührte kurz Marions Arm.

»Bei der Beerdigung habe ich meine Tante das letzte Mal gesehen«, fuhr Marion fort. »Ich ließ meine Eltern nach England überführen und sie hier bestatten. Tantchen hat nie verstanden, warum ich freiwillig in einer riesigen Stadt wie dem Big Apple lebe. Für sie war schon London ein Moloch, den sie nur aufsuchte, wenn es unabdingbar war. Umso überraschter bin ich, dass sie ausgerechnet mich als alleinige Erbin bestimmt hat.«

»Ihre Tante hatte keine Kinder?«, fragte Sandra. »Sie lebte allein?«

Marion schüttelte den Kopf. »Keine Kinder, obwohl sie sich immer welche gewünscht hat, sie war aber verheiratet. Das ist es ja, warum ich heute Morgen derart aufgebracht war. Vom Flughafen bin ich direkt zur Farm gefahren, wo mich mein Onkel nicht ins Haus gelassen hat und drohte, die Polizei zu rufen, wenn ich nicht unverzüglich verschwinde. Er war fuchsteufelswild, was ich unter den gegebenen Umständen verstehe. Er ging davon aus, dass ihm alles zufällt, und jetzt geht er leer aus. Mit krebsrotem Gesicht schrie er, er habe einen Anwalt eingeschaltet, der das Testament anfechten und ihm zu seinem Recht verhelfen wird.«

»In der Tat ist es überraschend, dass Ihre Tante Sie, eine weit entfernt lebende Nichte, und nicht ihren Ehemann bedacht hat«, bemerkte Sandra nachdenklich. »Können Sie sich vorstellen, warum sie es getan hat?«

Marion schüttelte den Kopf und seufzte. »Ich kann nur vermuten, dass es um die Ehe nicht gut bestellt war. Meine Tante war eine Frau, die genau wusste, was sie wollte, mehr noch, was sie *nicht* wollte. Und Onkel Sam ...« Marion zuckte mit den Schultern. »So richtig sympathisch war er mir nie. Brummig, introvertiert, etwas derb. Da meine Tante ihn zumindest bei ihrer Hochzeit geliebt hat, mischte ich mich in die Beziehung nicht ein. Mir gegenüber hat sie nie ein schlechtes Wort über Onkel Sam geäußert. Nun ja, ich sagte schon, dass wir in den letzten Jahren nur wenig Kontakt hatten.«

»Onkel Sam?« Sandras Nackenhaare stellten sich auf. Sie sagte sich, dass Sam ein weitverbreiteter Name war, und fragte: »Wie hieß Ihre Tante?«

»Creeda«, antwortete Marion. »Creeda Pengelly. Hatte ich ihren Namen bisher nicht erwähnt?«

ACHT

In der Nacht kamen Sandras Gedanken nicht zur Ruhe. Creeda Pengelly hatte eine Nichte – und diese erbte die Farm, die nach Creedas Aussage einen nicht unerheblichen Wert darstellte. Sam Pengelly hatte auf das Erbe gehofft, um an die Investorengruppe verkaufen zu können. Wenn er vom Testament seiner Frau nichts geahnt hatte, hatte er ein Motiv, Creeda zu töten. Oder er wusste es, und Creeda fühlte sich zu Unrecht bedroht? Marion West behauptete, von dem Erbe überrascht zu sein. Was, wenn das eine Lüge war? Wenn die Frau ihre Tante getötet hatte, um die Farm zu bekommen?

Deine Fantasie schlägt Purzelbäume, dachte Sandra, denn diese Theorie war nun doch weit hergeholt. Creeda hatte gesagt, jemand vergifte ihr Essen. Marion konnte das nicht getan haben. Sie hätte regelmäßig von New York nach Cornwall reisen müssen.

Sie kann in Cornwall einen Helfershelfer haben, überlegte Sandra. Nachdem er sein Werk vollendet hatte, war Marion gekommen, um ihr Erbe anzutreten und zu verkaufen. Sie gab zwar vor, eine erfolgreiche Modefirma zu besitzen, aber was war, wenn das Unternehmen in finanziellen Schwierigkeiten steckte und die Frau jeden Penny brauchte?

»Sandra, du siehst überall Mord und Totschlag«, sagte sie laut. Außer Creedas Angst gab es keinen Anhaltspunkt, dass bei ihrem Tod jemand seine Hände im

Spiel gehabt hatte – und es würde auch nicht zu beweisen sein. Jane Odgers hatte bestätigt, dass Creeda zunehmend verwirrter geworden war, fast schon paranoid, und sie litt an einer Herzschwäche. Das waren genug Hinweise, dass ihr Tod ein natürlicher war und niemand dafür verantwortlich.

Ich habe noch ein Ass im Ärmel ...

Sandra erinnerte sich an Creedas Bemerkung, bei der sie selbstgefällig gelächelt hatte. Jetzt ergaben ihre Worte Sinn. Ohne Wissen ihres Mannes hatte Creeda ein Testament aufgesetzt, in dem Sam Pengelly leer ausging. Ihren Tod hatte das allerdings nicht verhindern können. Sandra vermutete, Creeda wollte auf keinen Fall zulassen, dass ihr Mörder von ihrem Tod auch noch profitierte.

Am nächsten Morgen trat Sandra noch müde ihren Dienst an. Erst nach zwei großen Tassen Kaffee wurde sie munter. Gegen zehn Uhr sah sie Marion West in der Halle. Sie grüßte Sandra flüchtig und verließ Higher Barton. Am liebsten wäre Sandra ihr gefolgt, doch das ging entschieden zu weit! Ihren Gästen durfte sie nicht nachspionieren, schon gar nicht wegen irgendwelcher Vermutungen.

Nach der Lunchzeit kam ein mittelgroßer, stämmiger Mann mit grauem, schütterem Haar und einem ausgeprägten Bauchansatz ins Hotel. Seine dezent gemusterte Krawatte war leger gebunden, der oberste Knopf des hellen Hemdes offen. In der Mitte der Halle blieb er stehen, die Hände in die Taschen seiner dunkelblauen Stoffhose gesteckt. Er sah sich um und lächelte versonnen.

»Hier hat sich kaum etwas verändert.«

Er gehörte nicht zu den Gästen. Sandra trat hinter der Rezeption vor und fragte freundlich: »Kann ich Ihnen behilflich sein, Sir?«

»Ich frage mich, ob ich in diesem Haus einen Cream Tea bekommen kann?« Seine Stimme war tief und rau.

»Sehr gern«, antwortete Sandra. »Möchten Sie im Restaurant oder hier in der Halle vor dem Kamin Platz nehmen?«

»Gern am Kamin.« Er deutete auf die Rosette mit den Waffen aus dem Bürgerkrieg an der hell getünchten Wand und lächelte erneut. »Selbst die Pistolen sind noch da. Die Ritterrüstung ist jedoch neu, nicht wahr?«

»Äh, ja ... beziehungsweise ein Replikat nach Vorbildern der Rüstungen aus dem 15. Jahrhundert.« Sandra runzelte die Stirn. »Sie waren bereits zu Gast in Higher Barton?«

»Das nicht, aber ich kenne das Haus.« Er lachte laut, seine Augen funkelten vergnügt. »Und wie ich Higher Barton kenne! Früher habe ich viele Stunden hier verbracht, nicht alle habe ich in guter Erinnerung. Jetzt, mit Abstand, merke ich, dass mir das alte Haus gefehlt hat. Es riecht sogar noch so wie damals.«

Er ließ sich in einen der Sessel mit dem hellen Blütenbezug sinken.

Sandra vermutete, dass der Fremde ein Bekannter der ehemaligen Eigentümerin war, und sagte: »Der Cream Tea wird Ihnen gleich serviert.«

Sie ging in den Wirtschaftsbereich, gab dem Kellner Lucas die Bestellung weiter und kehrte in die Halle zurück. In diesem Moment kam Emma Penrose ins Hotel, in den Händen einen mit Folie abgedeckten Teller.

»Sandra, da Sie letzte Woche auf meinen Apfelkuchen verzichten mussten: Heute bin ich endlich wieder zum Backen gekommen.« Sie reichte Sandra den Teller. »Zwei Stücke, frisch aus dem Ofen und noch warm.«

»Das ist außerordentlich liebenswürdig, Emma!« Sandra roch den köstlichen Duft von gebackenen Äpfeln, Vanille und Zimt. Das Wasser lief ihr im Mund zusammen. »Dass Sie extra rübergekommen sind ...«

»Ms Penrose!«, wurde Sandra von dem fremden Gast unterbrochen. Er sprang auf. »Emma Penrose! Sie sind also immer noch hier!«

Emmas Augen weiteten sich überrascht. »Na, wenn das mal keine Überraschung ist, Chief Inspector! Was führt Sie denn nach Higher Barton?«

»Chief Inspector?«, warf Sandra verwundert ein. »Emma, Sie kennen den Herrn?«

Emma und der Polizist zwinkerten sich vertraut zu, und Emma erklärte: »Sandra, das ist DCI Randolph Warden. Lange Zeit war er Chef des Polizeipostens von Lower Barton.« Sie sah Warden an und fragte: »Sind Sie nicht nach Exeter gegangen, um junge Polizisten auszubilden?«

»Das ist richtig, Ms Penrose.« Er sah Sandra an. »Entschuldigen Sie, dass ich mich nicht selbst vorgestellt habe.«

»Sandra Flemming.«

»Sie sind das?« Eine seiner buschigen Augenbrauen hob sich. »Ich habe mich schon gefragt, wie Sie aussehen, Ms Flemming. Man hört und liest ja immer wieder von Ihnen.« Scherzhaft drohte er Sandra mit dem Finger. »Higher Barton und unnatürliche Todesfälle – das ist unweigerlich miteinander verbunden.«

Lucas brachte das Tablett mit einer Kanne Tee, einem Kännchen heißes Wasser, einer Tasse, einem leeren Teller, einen Korb mit zwei warmen Scones, ein Schälchen mit Erdbeermarmelade und ein zweites mit der dicken, goldgelben Clotted Cream.

»Guten Appetit«, wünschte er, und Sandra bat: »Bist du bitte so freundlich, mir einen Milchkaffee zu bringen, Lucas?«

»Klar. Kommt sofort, Chefin!«

In Vorfreude auf die kornische Spezialität leckte sich Randolph Warden mit der Zungenspitze über die Oberlippe. »Ich liebe Cream Tea! Drüben in Devon kann ich mich einfach nicht daran gewöhnen, dass dort zuerst die Clotted Cream auf den Scone kommt und dann die Marmelade. Nun ja, egal wo man lebt: Ein kornisches Herz bleibt immer ein kornisches Herz.«

Nun lächelte auch Sandra. Als Schottin hatte sie einige Zeit gebraucht, die vielfältigen Sitten und Gebräuche in Cornwall kennenzulernen – verstehen tat sie bis heute nicht alle. Eine davon war die Art, wie echte *Cornishmen* den Cream Tea zu sich nahmen. Seit Generationen stritten sie sich mit den Leuten aus Devon, die ihrerseits der festen Überzeugung waren, ihre Vorgehensweise sei die einzig wahre.

»Was führt Sie nach Higher Barton?«, wiederholte Emma ihre vorherige Frage. »Haben Sie etwa Heimweh?«

»Meine Frau ist zum Jahrgangstreffen in Pelynt eingeladen«, erklärte Warden. »Letzte Woche ist sie beim Sport umgeknickt, eine üble Bänderdehnung, und kann daher nicht selbst Auto fahren. So dachte ich, ich nehme mir einen Tag frei und bringe Ellen nach Cornwall. Bei dem Treffen, es sind nur Damen, würde ich mich ziemlich fehl am Platz fühlen. Daher habe ich mich spontan entschlossen, mal nachzusehen, was aus dem guten, alten Higher Barton geworden ist.«

»Sport ist Mord, das wusste schon Winston Churchill«, bemerkte Emma trocken. »Ich muss jetzt wieder rüber. Es war schön, Sie wiederzusehen, Chief Inspector. Ihrer Frau wünsche ich eine gute Besserung.«

»Eine Frage noch, Ms Penrose: Wie geht es unserer guten Ms Mabel? Und dem alten Doc?«

»Bestens«, antwortete Emma. »Derzeit genießen sie den Herbst in der Toskana, und Ms Mabel kann von den vielen Museen und Kunstschätzen gar nicht genug bekommen. Den Winter möchten sie auf Malta verbringen.«

»Ich freue mich, dass es allen gut geht«, erwiderte Randolph Warden.

Er goss zuerst die Milch, danach den Tee in die Tasse ein, teilte einen Scone in der Mitte, bestrich ihn mit der Erdbeermarmelade, darüber dann eine so dicke Schicht Clotted Cream, dass die rote fruchtige Masse restlos bedeckt war.

Schmunzelnd dachte Sandra, dass man Wardens Figur seine Vorliebe für Cream Tea und sicher auch andere, süße Köstlichkeiten ansah.

»Darf ich Ihnen Gesellschaft leisten?«, fragte Sandra, als Lucas ihr den Kaffee gebracht hatte. »Von Emmas Apfelkuchen muss ich sofort kosten, er schmeckt am besten, wenn er noch warm ist.«

»Es ist mir ein Vergnügen, Ms Flemming.«

Sandra setzte sich Warden gegenüber, entfernte die Folie von dem Teller, nahm ein Stück in die Hand und biss ab. Die Äpfel waren saftig, der Teig mit einem Hauch Vanille verfeinert und nicht zu süß.

»Sie waren also früher der Ermittler in Lower Barton«, stellte Sandra fest, nachdem sie geschluckt hatte. »Ich weiß, dass in diesem Haus und in der Umgebung zahlreiche Morde passiert sind.«

»Bei deren Aufklärung Ihre Vorgängerin mir tatkräftig zur Hand gegangen ist«, erwiderte Warden. »Mehrmals unter Einsatz ihres eigenen Lebens.« Auch das war Sandra bekannt. Die detektivischen Fähigkeiten von Mabel Clarence waren legendär. »Tja, nachdem ich Lower Barton verlassen hatte«, fuhr Warden fort, »blieb die Arbeit für meinen Nachfolger nicht aus. Sie kennen DCI Bourke, nicht wahr? Immerhin mussten Sie beide schon mehrmals zusammenarbeiten. Wobei *zusammenarbeiten* nicht das richtige Wort ist. Sie, Ms Flemming, haben sich ebenfalls der Detektivarbeit verschrieben.« Er zwinkerte verschmitzt und fuhr fort: »John Greenbow, den künftigen Chief Inspektor von Lower Barton, erwarten große Schuhe, in die er schlüpfen muss. In den letzten Jahren leistete Bourke großartige Arbeit.«

»Sergeant Greenbow wird zum DCI befördert?« Die Nachricht überraschte Sandra, Christopher hatte es mit keinem Wort erwähnt.

Warden nickte, biss von seinem Scone ab, kaute und schluckte, bevor er antwortete: »Da Kollege Bourke Chief Superintendent wird, braucht Lower Barton einen neuen Chief Inspector. So viel, wie immer in der Gegend passiert. Sie wissen vielleicht, dass die Überlegungen, den örtlichen Posten aufzulösen, kein Thema mehr sind.«

»Christopher Bourke wird ebenfalls befördert?« Sandra fragte sich, warum Christopher ihr auch das verschwieg.

Die Antwort erhielt sie von Randolph Warden: »Ab dem nächsten Ersten übernimmt Bourke die Abteilung für Drogen- und Bandenkriminalität in Bristol. So bedauerlich es für die *Devon and Cornwall Police* ist, einen so fähigen Beamten zu verlieren – Kollege Bourke hat die Beförderung mehr als verdient. Wenn er in diesem Tempo weitermacht, wird er bald Chef von Scotland Yard werden.« Den letzten Satz hatte er mit einem breiten Grinsen unterstrichen.

Ruckartig schob Sandra den Teller zurück. Der Appetit war ihr vergangen, die Krümel des Kuchens schienen in ihrem Hals festzustecken.

»Ich … ich muss wieder an die Arbeit«, murmelte sie. Randolph Warden schien zu entgehen, was seine Neuigkeiten bei Sandra auslösten. »Wenn Sie noch etwas wünschen, klingeln Sie einfach, Inspector Warden.«

Sandra stürmte ins Büro und sagte zu Eliza Dexter: »Können Sie für eine Stunde übernehmen? Ich muss an die frische Luft. Dringend!«

»Sandra, Sie sind ja ganz blass!«, rief Eliza. »Ist etwa wieder ein Mord passiert?«

»*Noch* nicht«, presste Sandra zwischen den Zähnen heraus, schnappte sich ihre Jacke und stob davon, ohne Eliza eine Erklärung zu geben.

Ziellos lief Sandra durch den Park von Higher Barton. Erst als sie die Ruinen des Maschinenhauses der verlassenen Zinnmine Wheal Kerries erreicht hatte, blieb sie stehen. Sie rang nach Atem und ballte die Hände zu Fäusten.

»Detective Chief Superintendent!«, rief Sandra dem efeuüberwucherten Mauerwerk zu. »Zweifelsfrei ein großer Karrieresprung!«

Plötzlich sah Sandra klar. Christophers seltsames Verhalten, seine Reserviertheit ihr gegenüber und sein Schweigen seit nunmehr fünf Tagen. Warden hatte gesagt, er werde am nächsten Ersten seinen neuen Job in Bristol antreten. Das war in weniger als drei Wochen!

Wann hätte Christopher es ihr gesagt? Wahrscheinlich gar nicht, beantwortete sich Sandra die Frage. Er wollte sich auf Französisch verabschieden, ihre Beziehung auslaufen lassen, zum Abschied dann die Floskel: »Wir bleiben Freunde …«

Bristol war über einhundertsechzig Meilen von Lower Barton entfernt. Mehrmals hatte Sandra zum Ausdruck gebracht, dass eine Fernbeziehung für sie nicht infrage kam. Christophers und ihre Aufgaben waren keine klassischen »Monday-to-Friday-Nine-to-Five-Jobs«. Es gab keine geregelten Arbeitszeiten, selten freie Wochenenden und Feiertage und immer wieder kurzfristige Terminänderungen. Häufig konnten sie sich tagelang gar nicht sehen. Christopher wusste genau, dass sie das Higher Barton Romantic Hotel niemals aufgeben würde. In den letzten Wochen hatte er nicht mehr darüber gesprochen, wie es mit ihrer Beziehung weitergehen sollte. Angedeutet, dass er sich vorstellen konnte, mit Sandra ein Kind zu haben, hatte er zwar schon, mehr aber auch nicht. Sandra war eine moderne, selbstbewusste Frau des 21. Jahrhunderts, im Grunde ihres Herzens aber auch ein wenig altmodisch, zumindest was Ehe und Kinder betraf. Vor Christopher hatte es in Sandras Leben nur lose Beziehungen gegeben. Ihr beruflicher Ehrgeiz hatte ihr nie Zeit und Raum gelassen, sich näher auf einen Mann einzulassen. In Christopher Bourke hatte sie tatsächlich geglaubt, den Partner gefunden zu haben, mit dem sich Job und Liebe zu gleichen Teilen verbinden ließen.

Sandras Augen wurden feucht. Es waren keine Tränen der Enttäuschung, sondern des Zorns, dass Christopher ihr seine Beförderung und den damit verbundenen Umzug nach Bristol verschwieg. Auf keinen Fall würde sie ihn zur Rede stellen, sich nicht die Blöße geben, vor ihm zu weinen, oder ihn gar anflehen, in Lower Barton zu bleiben! Sie besann sich auf die Worte ihres verstorbenen Großvaters:

»Gleichgültig, was geschieht, vergiss nie, dass du Schottin bist, Sandra! In deinen Adern fließt das Blut der Generationen, die für Recht und Freiheit gekämpft und ihr Leben gelassen haben. Wir Schotten sind das stolzeste Volk auf der britischen Insel!«

Sandra warf den Kopf in den Nacken. Von einem Moment auf den anderen war ihr Traum von einem Leben an Christophers Seite wie eine Seifenblase zerplatzt. Sie hatte aber immer noch Higher Barton. Die treuen Mitarbeiter waren zu Sandras Familie geworden. Diese schätzten und mochten sie so, wie sie war. Wenn Christopher plante, sich still und heimlich davonzumachen – würde sie den Spieß umdrehen und sich von ihm zurückziehen. Niemals sollte er erfahren, wie sehr er sie verletzt hatte.

Einigermaßen ruhig ging Sandra zum Haus zurück. Auf dem Kiesrondell mit der Rosenrabatte traf sie auf Marion West, die gerade aus ihrem Auto stieg. Sandra fragte unverbindlich: »Hatten Sie einen schönen Tag, Marion?«

»Ganz im Gegenteil.« Marion schnaubte. Ihr Blick fiel auf Sandras Schuhe. »Meine Güte, wo sind Sie denn gewesen?«

Sandra sah an sich hinunter. So aufgewühlt, wie sie nach Wardens Mitteilung gewesen war, hatte sie den weichen, torfigen Boden rund um Wheal Kerris nicht bemerkt. Der Matsch hatte nicht nur ihre Sneakers, sondern auch den Saum der beigen Leinenhose besudelt. Vergeblich versuchte Sandra, den schlimmsten Schmutz am Gras abzustreifen, machte es aber nur noch schlimmer. Die feuchte Erde war auch von oben eingedrungen, und Sandra spürte jetzt, dass ihre Füße eiskalt waren.

»Ich fürchte, die Schuhe sind hin«, murmelte sie, ohne Marions Frage zu beantworten.

»Es gibt Tage, an denen man am besten im Bett bliebe«, bemerkte Marion bitter.

»Hatten Sie wieder Ärger mit Ihrem Onkel?«, fragte Sandra. »Sind Sie noch mal zur Long-Rock-Farm gefahren, um mit Pengelly zu sprechen?«

Marion runzelte die Stirn. »Woher kennen Sie den Namen der Farm meiner Tante? Ich glaube nicht, dass ich diesen erwähnt habe.«

»Cornwall ist ein überschaubarer Landstrich, daher ist mir die Milchfarm geläufig.«

Marion gab sich mit dieser Antwort zufrieden. Sie erwiderte grimmig: »Onkel Sam hat keine Zeit verloren. Heute Morgen, noch bevor ich den ersten Kaffee getrunken hatte, erhielt ich den Anruf eines Anwaltes, der mich sprechen wollte. Ich komme gerade von ihm. Der arrogante Typ, so ein richtig versnobter Engländer, hat mir mitgeteilt, dass mein Onkel auf Unzurechnungsfähigkeit von Tante Creeda klagen wird. Als sie das Testament aufsetzte, sei ihr Geist verwirrt gewesen. Weiter sagte der Anwalt, Creeda habe behauptet, ihr Mann wolle sie ermorden. Dafür gäbe es Zeugen. Jeder Richter würde anerkennen, dass meine Tante unter Wahnvorstellungen, wenn nicht sogar Schizophrenie, gelitten hat.« Marion stutzte und sah Sandra verwundert an. »Sie scheinen nicht überrascht, Sandra. Wussten Sie davon?«

Sandra sah keinen Grund, Marion etwas zu verschweigen. Auch oder gerade weil sie Creedas Nichte nicht unbedingt aus dem Kreis der Verdächtigen ausschloss.

»Ihre Tante bat mich um Hilfe«, sagte sie und erzählte Marion von der Begegnung mit Creeda am St Gwinnodock Well, von ihren Vorwürfen gegen ihren Ehemann, ebenfalls von ihrem Gespräch mit der Ärztin.

»Hatten Sie den Eindruck, Tante Creeda war paranoid?«, fragte Marion.

»Auf mich wirkte sie vollkommen klar und überlegt«, antwortete Sandra. »Der Vorwurf, Pengelly wolle sie umbringen, erschien mir allerdings an den Haaren herbeigezogen. Ich spürte jedoch, dass Creeda wirklich Angst hatte. Ob begründet oder ob sie sich etwas einbildete, kann ich nicht einschätzen.«

»Meinen Onkel kenne ich zu wenig, um es beurteilen zu können«, sagte Marion leise. »Sein Verhalten und seine Absicht, aus dem Verkauf der Farm Profit zu schlagen, wecken Zweifel in mir, ob in Creedas Verdacht nicht doch ein Körnchen Wahrheit steckt.« Marion schüttelte sich wie ein nasser Hund. »Mein Onkel ein Mörder! Eigentlich will ich mir das gar nicht vorstellen.«

»Wer möchte das schon in seiner Verwandtschaft?«

Marion schnaubte. »Der schmierige Winkeladvokat besitzt die Frechheit, eine außergerichtliche Einigung vorzuschlagen. Zu Gunsten meines Onkels soll ich auf die Farm verzichten, als Ausgleich wird mir bei Verkauf ein großzügiger Anteil zugesichert. So würde Creedas Ansehen nicht in den Schmutz gezogen, was unweigerlich der Fall sein wird, wenn auf Unzurechnungsfähigkeit geklagt wird, und die Presse bleibt außen vor. Der Typ meint, das sei bestimmt auch in meinem Interesse.«

»Werden Sie darauf eingehen?«, fragte Sandra gespannt.

»Unter keinen Umständen! Meine Tante wird ihre Gründe gehabt haben, die Farm ausgerechnet mir zu hinterlassen. Ich achte Creedas Andenken und werde ihren letzten Willen respektieren.«

»Erlauben Sie mir die Frage, was Sie mit der Farm anfangen wollen? Ihr Lebensmittelpunkt liegt in Amerika.«

»Ihre Frage ist berechtigt, Sandra«, antwortete Marion mit einem offenen Blick. »Während des Fluges habe ich mir bereits Gedanken gemacht. Im Testament eines Ahns gibt es eine Klausel, die bestimmt, dass Long-Rock im Besitz der Familie bleiben muss.«

»Dann darf Sam Pengelly die Farm gar nicht verkaufen!«, rief Sandra dazwischen.

Marion winkte ab. »Die Klausel ist rechtlich nicht haltbar, sie ist mehr eine moralische Verpflichtung, den Wunsch unseres Vorfahrens zu respektieren. Nun habe ich keine Kinder und«, sie lächelte verhalten, »wie es aussieht, werde ich wohl auch keine mehr bekommen. Trotzdem werde ich die Farm behalten und einen Verwalter einsetzen. Nach meinem Tod, der hoffentlich in ferner Zukunft liegt, wird man dann sehen, was mit dem Besitz geschieht. Eigentlich wollte ich Onkel Sam vorschlagen, die Geschäfte zu führen, so würde sich auf Long-Rock nichts ändern. Unter diesen Umständen muss ich mich allerdings nach jemand anderem umsehen.«

»Was werden Sie jetzt tun?«

Marion seufzte und sah Sandra fragend an. »Sie kennen nicht zufällig einen guten Anwalt, der meine Seite vertreten kann? Pengelly und ich werden uns nämlich vor Gericht wiedersehen.«

Sandra zögerte, dann sagte sie: »Der Mann meiner Freundin ist Anwalt, ich kann ihn gern fragen. Allerdings ist er sehr beschäftigt, ich weiß nicht, ob er im Moment Zeit hat, sich Ihrer Sache anzunehmen. Zudem ist er nicht gerade günstig, dafür verliert er auch nur selten einen Fall.«

»Geld spielt keine Rolle.« Marion winkte ab. »Können Sie ihn bitte so schnell wie möglich anrufen? Ich fürchte, ich darf keine Zeit verlieren.«

Sandra versprach es und sah Marion nach, als sie das Hotel betrat. Letzte Nacht hatte sie gedacht, dass Marion West durchaus ein Motiv hatte, Creeda zu töten – wenngleich auch kaum die Gelegenheit dazu –, trotzdem wollte sie Alan Trengove bitten, sich mit Marion zumindest zu unterhalten. Sandra zweifelte nicht daran: Wenn die Frau etwas mit dem Tod ihrer Tante zu tun hatte, würde es Alan herausfinden. Wenn nicht, gab es keinen besseren Anwalt in Cornwall, um Creedas Zurechnungsfähigkeit zu beweisen und Marion zu ihrem Recht zu verhelfen.

NEUN

Gleich am Abend rief Sandra Alan Trengove an. Er war heute aus London zurückgekehrt und versprach, am nächsten Vormittag nach Higher Barton zu kommen.

»Warum willst du mir nicht sagen, worum es geht?«, fragte er.

»Das sage ich dir lieber persönlich«, antwortete Sandra. »Nur so viel: Es ist wirklich wichtig!«

Sie hörte Alan lachen. »Sonst würdest du mich nicht um meine Hilfe bitten. Dann bis morgen, Sandra.«

Er war um zehn Uhr gekommen, und Sandra hatte ihn über das Wesentliche im Fall von Creeda Pengellys Testament unterrichtet.

Sie schloss mit den Worten: »Alan, ich habe Creeda kennengelernt. Die Frau war nicht verrückt! Ihr Mann will die Farm verkaufen, um sich mit seiner Geliebten ein schönes Leben zu machen. Bitte, hilf Marion West, ihr Recht zu bekommen.«

Alan nahm die Brille mit dem dünnen Metallgestell ab. Mit zwei Fingern massierte er seine Nasenwurzel und sagte bedächtig: »So einfach ist das nicht, Sandra. Ich fürchte, ich werde für deine Bekannte nichts tun können.«

»Warum nicht?«, fragte Sandra. »Mit dem englischen Erbrecht kenne ich mich zwar nicht gut aus, denn es unterscheidet sich deutlich vom schottischen, trotzdem weiß ich, dass ein Testament gültig und bindend ist. Creeda Pengelly hatte Gründe, ihre Nichte und nicht ihren Ehemann als Erbe einzusetzen. Besonders, wenn an Creedas Behauptung, ihr Mann habe eine Geliebte und wolle Creeda umbringen, etwas Wahres dran war.«

Alan hob die Hand. »Das hast du mir alles ausführlich klargemacht, Sandra.« Er lächelte, wirkte aber nicht fröhlich. »Marion West ist Gast in deinem Haus. Warum willst du dich in ihre privaten Probleme einmischen?«

»Ich bin überzeugt, dass Creeda umgebracht wurde«, antwortete Sandra eindringlich. »Ich fürchte zwar, wir werden es nicht beweisen können, wenn Sam Pengelly allerdings die Farm bekommt …«

»Wird alles nach Recht und Gesetz vor sich gehen«, unterbrach Alan sie. »Es tut mir leid, aber die Umstände machen es mir unmöglich, diesen Fall zu übernehmen.«

»Ist es wegen der Scheidung des Promis?«, fragte Sandra. »Hält dich diese Sache von weiteren Klienten ab?«

»Woher weißt du davon? Hat Ann-Kathrin etwa geplaudert?«

»Sie trifft keine Schuld«, versicherte Sandra. »Deine Frau erwähnte nur, es handle sich um eine bekannte Persönlichkeit, mehr weiß Ann-Kathrin selbst nicht.«

Alan lächelte verhalten. »Ich komme in Teufels Küche, wenn von dem Verfahren beim jetzigen Stand etwas durchsickern würde. Nach Abschluss wird sich die Presse ohnehin auf die Sache stürzen.«

»Du lehnst es also ab, dich wenigstens einmal mit Marion West zu unterhalten?«, kehrte Sandra zum Grund ihres Gesprächs zurück.

»Ich kann nicht, Sandra«, antwortete Alan entschlossen.

Sandra seufzte. »Ich hole dir noch einen Tee und mir einen Kaffee.«

»Auch der beste Tee wird meine Entscheidung nicht ändern.«

Sandra verließ das Büro. Sie war enttäuscht und wusste, dass es sinnlos war, Alan weiter zu bedrängen. In der Halle traf sie auf Marion West. Leise sagte sie: »Der mir bekannte Anwalt ist gerade in meinem Büro, Marion. Allerdings ziert er sich, Ihren Fall zu übernehmen, ja, Sie überhaupt anzuhören, um sich ein Bild zu machen. Gehen Sie rein und sprechen Sie am besten selbst mit ihm.«

Sandra wusste, dass Alan zu höflich war, um Marion einfach abzuwimmeln. Vielleicht konnte es ihr gelingen, ihn zu überzeugen, sich wenigstens die bisher vorliegende Aktenlage anzusehen. In Marions Augen glomm ein Hoffnungsschimmer. Sie umrundete die Rezeption und öffnete die Tür zum Büro. Sandra folgte ihr auf dem Fuß. Marion blieb so ruckartig stehen, dass Sandra gegen sie prallte.

»Soll das ein Scherz sein?« Marion drehte den Kopf, aus ihren Augen sprühten Funken. »Sorry, Sandra, aber darüber kann ich überhaupt nicht lachen.«

Alan Trengove war aufgestanden. Etwas verlegen rückte er seine perfekt sitzende, grau-grün gestreifte Krawatte zurecht und mied Sandras Blick.

»Der arrogante, versnobte Typ«, murmelte Sandra betroffen. »Marion, ich habe es nicht gewusst, das müssen Sie mir glauben!« Sandra verschränkte die Arme vor der Brust und sah zu Alan. »Warum hast du mir nicht gesagt, dass ausgerechnet *du* Sam Pengelly vertrittst?«

»Über meine Klienten spreche ich grundsätzlich nicht«, erinnerte Alan sie. »Ich gehe jetzt besser. Sandra, komm doch am Sonntag zu einem zwanglosen

Dinner zu uns. Demelza würde sich freuen, ihre Patentante wiederzusehen.«

»Vielleicht, ich weiß nicht, ob ich Zeit habe«, erwiderte Sandra zurückhaltend. »Grüße Ann-Kathrin, und
gib Demi einen Kuss von mir.«

Alan nickte, öffnete den Mund, als wolle er noch etwas sagen, verließ dann aber wortlos das Büro.

Sandra sah sich in der Pflicht, Marion West über
ihre Beziehung zu Alan Trengove und dessen Frau aufzuklären, und schloss mit den Worten: »Ich verstehe
nicht, warum er Sam vertritt, und fürchte, Ihre Chancen stehen nicht gut. Vielleicht sollten Sie das Angebot
einer außergerichtlichen Einigung überdenken.«

»Nein.« Leicht legte Marion eine Hand auf Sandras
Arm. »Wenn Mr Trengove wirklich so gut wie sein Ruf
ist, sehe ich schwarz. Sie haben selbst gesagt, er sei der
Beste. Außer ...«

»Außer?« Sandra zog eine Augenbraue hoch.

»Außer, wir können definitiv beweisen, dass Sam
meine Tante getötet hat. Dann hat er ein Anrecht auf
das Erbe verwirkt.«

Sandra fühlte das ihr wohlbekannte Kribbeln auf
der Haut. Wenn es Marion und ihr tatsächlich gelingen sollte, die Hintergründe aufzuklären, machte das
Creeda zwar nicht wieder lebendig, ihr Tod wäre aber
gesühnt. Oder sie würden feststellen, dass niemand
Schuld trug. Auch wenn sie wusste, dass Alan nichts
anderes getan hatte, als von Sam Pengelly ein Mandat
anzunehmen, fühlte sie sich von ihm im Stich gelassen.
Ein wenig Ermittlungsarbeit schadete niemandem und
würde Sandra von Christophers schäbigem Verhalten
ablenken. Ob sie ihm sagen sollte, dass sie über seine
Beförderung informiert war, hatte Sandra noch nicht

entschieden. Wenn, dann in einem Moment, in dem sie auf jeden Fall die Oberhand behalten konnte.

Am nächsten Morgen bat Marion Sandra, ihr beim Frühstück Gesellschaft zu leisten. Die Zeit konnte Sandra gut erübrigen und aß selbst eine Schale Cornflakes und frisches Obst.

»Haben Sie gestern Abend die Reportage über den Dairy-Land-Farm-Park bei ITV West Country gesehen?«, fragte Marion zwischen zwei Bissen Toast mit Butter und Orangenmarmelade.

»Bedaure, ich habe gestern kein Fernsehen geschaut«, antwortete Sandra.

»Ich weiß jetzt, welche Bestimmung die Long-Rock-Farm bekommen wird«, sagte Marion. »Das heißt, wenn ich mein Erbe antreten kann.«

»Was haben Sie vor?«

»Ich werde auf der Farm Tiere halten, zu denen Kinder kommen können, denen es nicht gut geht.« Marions Augen glänzten. »So muss ich die Rinder und Hühner nicht verkaufen, und es gibt genügend Stallungen, um Ziegen, Schafe, Kaninchen und Meerschweinchen zu halten.«

»Sie wollen einen Streichelzoo einrichten?« Sandra war etwas skeptisch, denn kleine Zoos dieser Art gab es zuhauf in Cornwall.

Marion zwinkerte ihr zu. »Keine Kinder-Tier-Begegnungsstätte der üblichen Art, sondern für kranke Kinder und für Behinderte. Gestern Abend habe ich mich schon mal im Internet informiert. In Plymouth gibt es eine Kinderkrebsklinik, das ist nicht weit von Millendreath entfernt. Ich glaube, da könnte man sicher eine Vereinbarung treffen.«

»Das ist eine hervorragende Idee!«, rief Sandra. »So bleibt der Wunsch Ihres Vorfahrens erhalten, und Sie tun gleichzeitig etwas sehr Gutes.«

»Umso wichtiger ist, dass ich den Prozess gewinne! Und wer weiß?« Sie lächelte hintergründig. »Vielleicht kehre ich auch ganz nach Cornwall zurück.«

»Sie wollen Ihr Leben in New York aufgeben?« Das überraschte Sandra mehr als Marions Idee, eine Begegnungsstätte für kranke Kinder und Tiere zu schaffen.

Marion zuckte mit den Schultern. »In der Firma habe ich einen Stab von kompetenten Mitarbeitern, denen ich vertraue. Dank Internet kann ich von jedem Ort der Welt arbeiten. Manchmal wird mir die Glitzerwelt tatsächlich zu viel, in der es nur darum geht, den Schein zu wahren.«

Das konnte Sandra gut verstehen. Sie sagte: »Vor drei Jahren fand in Higher Barton eine Misswahl statt. Dabei hatte ich Gelegenheit, hinter die Kulissen zu blicken, und das, was ich gesehen habe, gefiel mir nicht besonders.« Dass im Rahmen der Veranstaltung zwei Menschen ermordet wurden, verschwieg Sandra geflissentlich.

»Noch ist nichts entschieden.« Marion sah Sandra fragend an. »Kennen Sie Lucia Hardcastle?«

Sandra schüttelte den Kopf. »Tut mir leid …«

»Ms Hardcastle ist Anwältin in Bodmin, sie hat sich auf Erbrecht spezialisiert. Gestern Abend bin ich im Internet auf ihre Webseite gestoßen, habe vorhin angerufen und gleich heute einen Termin bekommen.« Marion sah auf ihre Armbanduhr. »Bereits in einer Stunde. Ich bin gespannt, ob Ms Hardcastle mich vertreten wird und wie sie die Chancen der Gegenpartei einschätzt.«

Sandra fragte sich, ob die Anwältin die Richtige für Marions Angelegenheit war. Es erschien ihr merkwürdig, dass Lucia Hardcastle so spontan einen freien Termin hatte. Sie wollte nicht unken und Marion verunsichern, gab nur zu bedenken: »Es ist davon auszugehen, dass sich die beiden Anwälte kennen. Ich hoffe, Lucia Hardcastle wird es nicht abschrecken, gegen Alan Trengove anzutreten.«

»Tja, Ihrem Bekannten eilt wirklich ein exzellenter Ruf voraus. Drücken Sie mir die Daumen, Sandra!« Marion beugte sich vor und flüsterte: »Wenn ich zurück bin, überlegen wir gemeinsam, was wir unternehmen können, um festzustellen, ob mein Onkel ein Mörder ist.«

Sandra schmunzelte verhalten. Die Modedesignerin schien ebenso wie sie selbst darauf erpicht zu sein, Creedas Tod aufzuklären. Wobei sie außer Creedas Vermutungen keinen Hinweis hatten, dass überhaupt ein Mord geschehen war.

Am späten Vormittag erhielt Sandra eine Überraschung in Gestalt von Christopher Bourke.

»Hallo«, sagte er knapp.

»Auch hallo«, erwiderte Sandra zurückhaltend.

Christopher sah sich um. Sie waren allein in der Hotelhalle. Im Wirtschaftsbereich klapperte es, Monsieur Peintré und Rosa begannen mit den Vorbereitungen für den Lunch, Eliza hatte frei, die Zimmermädchen säuberten die Räume der Gäste, und die Kellner waren noch nicht eingetroffen.

»Seit Tagen reagierst du nicht auf meine Nachrichten«, sagte Christopher mit einem vorwurfsvollen Unterton.

»Es waren genau zwei Nachrichten, und in beiden hast du nur mitgeteilt, du habest keine Zeit und jede Menge Arbeit. Ebenso wie ich«, fügte sie hinzu und zog demonstrativ die Computertastatur zu sich heran.

»Können wir zusammen lunchen?«, fragte Christopher.

»Ich kann hier nicht weg. Eliza hat heute ihren freien Tag.«

»Wir könnten in deinem Büro essen«, schlug Christopher vor. »Wenn du die Tür auflässt ...«

»Ich habe keine Zeit und auch keinen Hunger.« Sandra merkte selbst, wie harsch sie klang. Freundlicher fuhr sie fort: »Oder gibt es etwas, das du mir mitteilen möchtest? Vielleicht etwas Wichtiges?«

Christophers Wangen und Ohren färbten sich rosa. Es war lange her, dass der Chief Inspector errötete. Seit er und Sandra ein Paar waren, hatte Christopher an Selbstsicherheit gewonnen.

»Wir haben gerade beide viel zu tun.«

Eine weitere ausweichende Antwort hatte Sandra erwartet. Daran gewöhnt, auch gegenüber den schwierigsten Gästen die Kontenance zu wahren, setzte sie ihr geschäftsmäßiges Lächeln auf und fragte: »Wie weit seid ihr im Fall der Zechprellerei? Gibt es eine Spur von den betrügerischen Ladies?«

Christopher schüttelte den Kopf. »Die Frauen sind wohl nicht mehr in der Gegend und ziehen anderswo ahnungslose Wirte über den Tisch. Du solltest trotzdem vorsichtig sein, Sandra.«

»Du kennst mich, Christopher, das bin ich immer.« Das Klingeln des Telefons kam Sandra sehr gelegen. Bevor sie den Anruf entgegennahm, sagte sie: »Im November werden weniger Gäste kommen, dann können wir uns wieder häufiger sehen, vielleicht auch zwei, drei Tage miteinander vereisen, wenn es bei dir passt.« Keine Reaktion in Christophers Gesicht verriet Sandra, dass er im November bereits in Bristol sein würde. Sie nahm den Telefonhörer ab. »Higher Barton Romantic Hotel, mein Name ist Sandra Flemming. Was kann ich für Sie tun?«

Eine Männerstimme fragte nach einem Doppelzimmer für das übernächste Wochenende. Während Sandra den Belegungsplan im Rechner aufrief, nickte Christopher ihr kurz zu und verließ ohne ein weiteres Wort das Hotel. Sandra hätte nicht gedacht, dass sie ein so heftiges Ziehen im Brustkorb empfinden konnte.

Die langen, wohlgeformten Beine übereinandergeschlagen saß Marion West in Sandras Büro und wirkte deutlich entspannter als am Morgen.

»Lucia Hardcastle wird meine Seite vertreten«, berichtete sie Sandra. »Als der Name Alan Trengove fiel, wirkte sie zwar etwas besorgt, dann aber hoffnungsvoll und meinte, es sei an der Zeit, Cornwalls Spitzenanwalt einen Dämpfer zu verpassen.«

Das wird Alan gar nicht gefallen, dachte Sandra und fragte: »Haben Sie der Anwältin von dem Verdacht, dass Creeda vergiftet worden ist, erzählt?«

Marion nickte. »Ich musste es, denn Onkel Sam untermauert mit Creedas Vorwürfen gegen ihn den Fakt, sie hätte ihre Sinne nicht mehr beisammengehabt. Allerdings«, Marion lächelte spitzbübisch, »habe ich nicht erwähnt, dass ich entschlossen bin, Sam den Mord zu beweisen. Mit Ihrer Hilfe, Sandra.«

»Ich habe nachgedacht«, erwiderte Sandra. »Als mich Sam Pengelly aufsuchte, habe ich ihm gesagt, Creeda habe mich kontaktiert, um mit dem Romantic Hotel ins Geschäft zu kommen. Ich werde zu ihm fahren und behaupten, ich sei nun doch interessiert. Nur zu gern möchte ich seine junge Gehilfin kennenlernen und ihr etwas auf den Zahn fühlen.«

Erfreut klatschte Marion in die Hände. »Eine gute Idee. Ich selbst darf keinen Fuß auf die Farm setzen, um Onkel Sam nicht unnötig zu provozieren. Auch die Anwältin rät zur Zurückhaltung. Wann werden Sie nach Long-Rock fahren?«

»Am Sonntagvormittag kann ich es einrichten, das Hotel für ein paar Stunden zu verlassen.«

»Passen Sie bitte auf sich auf, Sandra! Wenn Creeda recht hatte und ihr Mann ein kaltblütiger Mörder ist, darf er nicht merken, dass Sie ihn aushorchen wollen. Nicht, dass Sie sich selbst in Gefahr bringen.«

Sandra lachte. »Keine Sorge, Marion. Da habe ich schon ganz andere Kaliber zur Strecke gebracht.«

ZEHN

Auf dem Hügel bremste Sandra ab und lenkte ihren Jeep in eine der Ausweichbuchten, die in regelmäßigen Abständen die gewundene, enge Landstraße in Richtung Südküste säumten. Durch eine Lücke im dichten Gebüsch erhaschte Sandra einen Blick auf das tiefblaue Meer und den schmalen, halbmondförmigen Sandstrand des Dorfes Millendreath. Nur wenige weiße Wolken zogen über den ansonsten stahlblauen Himmel, und es wehte eine milde Brise. An einem Tag wie heute schien der Herbst fern zu sein, dementsprechend tummelten sich an diesem Sonntagvormittag zahlreiche Leute am Strand, einige Kinder plantschten im seichten Wasser. Surfer gab es an diesem Küstenabschnitt nur wenige, dazu waren die Wellen zu flach, sie bevorzugten die Strände im Norden Cornwalls. Sandra setzte ihre Fahrt fort. Die Straße führte nun steil nach unten. Ein mannshohes Metallschild am Straßenrand, weiße Schrift auf dunkelgrünem Hintergrund, wies Sandra den Weg:
Long Rock Farm – frische Milch, Käse und Eier
In 200 Yards links abbiegen.
Sandra setzte den Blinker und bog in den schmalen Weg ab, der mehr ein Trampelpfad als eine befahrbare Straße war. Die Kronen der Bäume links und rechts berührten sich und bildeten einen grünen Tunnel. Sandras roter Jeep mit dem schwarzen Dach rumpelte über Wurzelwerk und Schlaglöcher, die Zweige der Hecken streiften die Karosserie. Wieder einmal war Sandra

froh, sich für ein praktisches Auto entschieden zu haben. Verließ man in Cornwall die Hauptstraßen, war es eng und kurvig, und bezüglich Kratzer im Lack durfte man hier nicht penibel sein.

Nach etwa drei Minuten Fahrt lichtete sich das Grün. Vor Sandra lag ein rechteckiges, zweistöckiges Haus, erbaut aus dem lokalen grauen Granit. Die Fensterläden waren ebenso wie die hölzerne Eingangstür in einem zarten Hellgrün gestrichen. Die Fenster im Erdgeschoss zierten Kästen mit bunten Blumen. Linker Hand des Haupthauses befanden sich zwei Schuppen, vor einem stand ein moderner Traktor, rechts, nach hinten versetzt, waren lange, flache Stallungen. Weißbraune Hühner auf der Suche nach Futter pickten auf dem Boden des Hofes.

»Die perfekte Idylle«, murmelte Sandra, hielt an und stellte den Motor ab. Sie stieg aus und sah sich um. Ihre Ankunft war bisher nicht bemerkt worden. Sie ging auf das Wohnhaus zu. »Hallo? Ist jemand hier?«

An der geschlossenen Tür hing ein quadratisches Pappschild: *Derzeit kein Hofverkauf*. Eine Klingel sah Sandra nicht, stattdessen einen Messingklopfer in Gestalt des kornischen Piskies. Sandra klopfte dreimal hintereinander, alles blieb ruhig. Offenbar war niemand zu Hause. Sandra seufzte. Sie drehte am Knauf, und die Tür sprang auf.

»Hallo?«, rief sie in den schmalen, dunklen Korridor. Das Haus zu betreten, wagte Sandra nicht. Sie sah sich um und ging zu den Stallungen. Je näher sie kam, desto intensiver stieg der Geruch nach Kuhdung in ihre Nase. Die Tür des ersten Stalls stand einen Spalt offen. Sandra zog sie auf. Innen war es dämmrig, die Luft stickig und intensiv nach Mist riechend. Auf die Schnelle zählte Sandra gut zwei Dutzend Kühe und hörte das Stampfen und Schnauben der großen Tiere. Auch wenn sich die Rinder hinter massiven Metallgittern befanden, traute sich Sandra nicht näher heran. Bei ihren Wanderungen auf dem Coast Path, dem Wanderweg, der sich um die gesamte südwestenglische Küste zog, musste sie immer wieder Weiden mit Rindern überqueren. Ann-Kathrin, die sie häufig begleitete, lachte über Sandras Skepsis und ging ohne Furcht und ohne zu zögern an den Tieren vorbei. Sandra hingegen sah es lieber, wenn sich zwischen ihr und den grasenden Kühen ein stabiler Zaun befand.

»Ist jemand hier?«, rief Sandra in den Stall.

»Kann ich Ihnen helfen?«

Sandra fuhr herum. Vor ihr stand eine jüngere Frau, etwa in ihrer Größe. Sandra fielen sofort die strahlenden blauen Augen auf. Die dichten goldblonden Haare hatte sie mit einem pinkfarbenen Gummiband zu einem seitlichen Pferdeschwanz gebunden. Die derbe graue Arbeitshose und das weite karierte Herrenhemd ließen ihre schlanke und an den richtigen Stellen gerundete Figur nur ahnen. Sandra wusste sofort, dass sie der Gehilfin Tamara Stevens gegenüberstand. Creeda hatte recht gehabt: Die Frau war eine Schönheit!

Sandra lächelte freundlich. »Guten Tag, ich bin Sandra Flemming. Ist Mr Pengelly zu sprechen?«

»In welcher Angelegenheit?«, fragte Tamara Stevens skeptisch.

»Ich leite ein Hotel, ein paar Meilen weiter westlich, und möchte mit Mr Pengelly über Milch- und Käselieferungen sprechen«, erklärte Sandra. »Vor einiger Zeit hatte ich einmal Kontakt zu Creeda Pengelly, wir haben aber keine Konditionen vereinbart.«

»Creeda ist tot.« Ein Schatten fiel über Tamara Stevens Gesicht. »Ich weiß nicht, was Sie und Creeda besprochen haben, Ms ...?«

»Flemming«, wiederholte Sandra.

»Jedenfalls ist alles hinfällig«, fuhr Tamara fort. »Sam hat die Milchwirtschaft eingestellt und wird die Farm verkaufen.«

»Oh, das wusste ich nicht.« Es gelang Sandra mühelos, überrascht zu wirken. »Was wird mit den Tieren geschehen? Sie werden hoffentlich nicht geschlachtet?«

Zum ersten Mal zuckte es amüsiert um Tamaras Mundwinkel. »Natürlich nicht, Ms Flemming. Es handelt sich um erstklassige Milchkühe, die auf dem Markt gute Preise erzielen werden.«

»Wenn jemand die Farm kauft, könnte er doch die Viehwirtschaft fortsetzen. Soviel ich höre, sind Ihre Produkte außerordentlich beliebt. Immer mehr Menschen möchten naturbelassene Lebensmittel direkt vom Erzeuger kaufen. Warum will Mr Pengelly das alles aufgeben?«

»Ich denke, das geht Sie nichts an«, antwortete Tamara kühl, »jedenfalls gibt's von uns keine Milch mehr. Ihr Weg war also umsonst, und Sie sollten jetzt wieder gehen. Sam ist nicht da, vor dem Abend erwarte ich ihn nicht zurück.«

»Schade«, sagte Sandra bedauernd. »Creedas Tod überrascht mich. Sie war doch noch gar nicht alt, nicht wahr? War es ein Unfall?«

»Ms Pengelly war schwer krank.«

»Auf mich hat sie einen vitalen Eindruck gemacht«, bemerkte Sandra. »Abgesehen von den Hüftbeschwerden.«

Tamara Stevens verschränkte die Arme vor der Brust und trat einen Schritt zurück.

»Das mit der verkorksten Operation war wirklich Pech. Creeda versuchte, den Arzt zu verklagen, ist aber gescheitert. Das hat sie noch mehr deprimiert, und sie zog sich immer mehr zurück.«

»Sind Sie ihre Tochter?«, fragte Sandra scheinheilig.

»Nicht doch! Ich arbeite hier.«

»Was werden Sie nach dem Verkauf der Farm machen? Sich einen anderen Job in der Landwirtschaft suchen?«

Eine steile Falte bildete sich über Tamaras Nasenwurzel. »Was geht Sie das an, Ms Flemming? Ich finde, Sie stellen zu viele Fragen. Bitte gehen Sie jetzt, außerdem erwarte ich Besuch.« Tamara deutete in den Hof, in den gerade ein heller SUV fuhr. »Ein potenzieller Kunde, der sich die Käsemaschinen ansehen will. Es wäre gut, wenn wir alle Apparaturen an einen einzigen Kunden verkaufen könnten.«

Dass Sam bereits begann, Teile der Farm zu veräußern, obwohl sein Erbanspruch noch nicht geklärt war, bestärkte Sandra in ihrem Verdacht, dass etwas nicht stimmte. Er hatte es wirklich eilig, wenn Interessenten sogar an einem Sonntagvormittag kamen.

Tamara ließ Sandra an der Stalltür stehen und ging den beiden Männern entgegen, die aus dem SUV gestiegen waren. Sie schüttelten sich die Hände, und Tamara machte einen geschäftsmäßigen Eindruck.

Sandra blieb nichts anderes übrig, als zu ihrem Wagen zurückzugehen. Als Tamara die Männer zu dem hinteren Schuppen führte, in dem sich wohl die Meierei befand, fasste sie einen spontanen Entschluss.

Sie huschte in das Wohnhaus, wobei ihr das Herz im Hals klopfte. Schnell schloss sie die Tür hinter sich. War das ein Einbruch? Nein, sagte sie sich, höchstens

Hausfriedensbruch, denn sie hatte sich nicht gewaltsam Zutritt verschafft. Die Stiege ins Obergeschoss nahm Sandra mit je zwei Stufen. Sie öffnete die erste Tür auf der rechten Seite. Es war Creedas Schlafzimmer, denn auf dem Bett lagen wild durcheinander weibliche Kleidungsstücke. Drei prall gefüllte schwarze Müllsäcke standen vor dem offenen und leeren Schrank, in einem hohen Karton sah Sandra Schuhe und Handtaschen.

Sam verliert keine Zeit, die Sachen seiner Frau zu entsorgen, dachte Sandra bitter. Sie wandte sich dem nächsten Raum zu: dem Schlafzimmer von Sam. Hier war alles picobello aufgeräumt, einen Hinweis, dass Tamara Stevens das Bett mit ihm teilte, konnte Sandra nicht finden. Auf der gegenüberliegenden Seite der Diele fand Sandra das Badezimmer. Auf der Ablage über dem Waschbecken lagen ein Kamm und ein Barttrimmer, eine Zahnbürste steckte im Becher. Auch hier keine weiblichen Kosmetikartikel. Lebte Tamara auf der Farm oder im nahen Dorf und kam täglich hier heraus? Auf diesem Stockwerk gab es zwei weitere Zimmer. Eines war nahezu leer, das andere diente als Büro. Ein Schreibtisch mit einem modernen Computer, daneben der Drucker, an den Wänden deckenhohe Regale mit einer Vielzahl an Aktenordnern. Sandra wollte den Raum gerade wieder verlassen, als ihr eine Bemerkung von Tamara Stevens in den Sinn kam. Sie spähte aus dem Fenster in den Hof hinunter. Von Tamara und den Männern war nichts zu sehen. Sandra überflog die Rückschilder der Ordner. Im zweiten Regal in der obersten Reihe wurde sie fündig: *Dr Graham Murphy, St George's Hospital, Plymouth.*

Sandra zog den Ordner heraus, schlug ihn auf und blätterte den Schriftwechsel durch. Wie Tamara gesagt hatte, wollte Creeda nach der Hüftoperation den Chirurgen und die Klinik auf Schmerzensgeld verklagen. Aus einem Schreiben ging hervor, dass Creeda der festen Überzeugung war, ihr sei ein minderwertiges Gelenk eingesetzt worden oder der Operateur hätte gepfuscht. Gutachten zweier voneinander unabhängiger Ärzte – einer in Truro, der andere in Exeter – sagten das Gegenteil und bescheinigten ein erstklassiges Material der TEP und Dr Graham Murphy eine einwandfreie Arbeit. *Klar, eine Krähe hackt der anderen kein Auge aus*, dachte Sandra. Auf einem weiteren Schreiben fand Sandra den Namen des Anwaltes, der Creeda in dem Fall vertreten hatte. Zufrieden lächelnd klappte sie den Ordner zu und stellte ihn ins Regal zurück. Sie konnte nicht wagen, die Unterlagen mitzunehmen. Es war zwar unwahrscheinlich, dass der alte Vorgang für Sam Pengelly heute noch von Bedeutung war. Sandra wollte aber kein Risiko eingehen. Sam Pengelly könnte das Fehlen des Ordners auffallen. Unbemerkt verließ sie das Haus und stieg in ihren Jeep. Erst als Sandra die Hauptstraße in Richtung Looe erreicht hatte, hielt sie an, zückte ihr Handy und wählte eine Nummer.

»Ann-Kathrin? Alan hat mich für heute Abend zum Essen eingeladen. Wenn das noch gilt, komme ich sehr gern.«

Ann-Kathrin und Alan Trengove wohnten in einem modernen, zweigeschossigen Haus am westlichen Stadtrand von Cornwalls Hauptstadt Truro. Sandra stellte den Jeep in der Einfahrt vor einer Seite der Doppelgarage ab. Im Vorgarten gab es ein paar Blumenbeete, Rosenbüsche standen noch in voller Blüte, ebenso der stattliche Hortensienstrauch mit den großen Blüten in sattem Violett.

Ann-Kathrin öffnete Sandra die Tür.

»Ich freue mich, dass du gekommen bist.«

Sie umarmten und küssten sich auf die Wangen.

Im Wohnzimmer mit den bodentiefen Fenstern sah sich Sandra um. »Ist Alan nicht da?«

»Er ist oben am Telefon, wird aber gleich herunterkommen«, antwortete Ann-Kathrin und sagte leiser: »Stimmt etwas nicht, Sandra? Nachdem dich Alan im Hotel besucht hat, war er etwas seltsam und wollte mir nicht sagen, warum du ihn sprechen wolltest. Ihr habt hoffentlich nicht gestritten?«

»Ich habe mich dumm verhalten«, gab Sandra zu. »Alans Einladung für heute Abend habe ich auch angenommen, um mich zu entschuldigen. Dein Mann macht nichts anderes als seinen Job.« Sandras Blick fiel auf den Esstisch. Er war für vier Personen gedeckt. »Erwartet ihr noch jemanden?«

»Wir dachten, du bringst Christopher mit«, antwortete Ann-Kathrin. »Du weißt, dass er keine extra Einladung braucht, sondern jederzeit willkommen ist.«

»Er hatte keine Zeit«, erklärte Sandra ausweichend. Heute Abend wollte sie nicht darüber sprechen, dass Christopher in wenigen Wochen Cornwall verlassen würde. Das war kein Thema fürs Abendessen, sie wollte warten, bis sich die Gelegenheit ergab, mit Ann-Kathrin unter vier Augen zu sprechen. Sandra beugte sich über den Laufstall. Demelza saß da und versuchte unbeholfen, bunte Holzbauklötze aufeinander zu stapeln. »Hallo, meine Süße. Möchtest du deiner Patentante guten Tag sagen?«

Das Mädchen sah auf. »Da-da, da-da, da.«

»Sie meint Daddy.« Sandra drehte sich um, vor ihr stand Alan. »Noch bekommt sie das ganze Wort nicht heraus, das wird aber nicht mehr lange dauern.«

»Mama kann sie schon sagen.« Ann-Kathrin strich ihrer Tochter über das dunkelblonde, gelockte Haar. »Sag Mama, Liebes.«

Die Kleine dachte nicht daran, warf ein grünes Bauklötzchen gegen die Stäbe des Laufstalls und lachte.

An der Hausbar schenkte Alan zwei Gläser mit Pale Cream Sherry ein und reichte sie den Frauen.

»Ich freue mich, dass du gekommen bist, Sandra. Das Essen wird gleich fertig sein. Es gibt Rinderfilet mit Steinpilzen und Kartoffeln.«

»Ich rieche es«, erwiderte Sandra, schnupperte und sah Alan offen an. »Es tut mir leid. Meine gestrige Reaktion war völlig überzogen.«

Alan winkte ab. »Schon vergessen. Du konntest nicht wissen, dass ich die Gegenseite vertrete. Mehr darf und werde ich dir aber nicht sagen, Sandra, trotz unserer Freundschaft.«

Ann-Kathrin stupste ihren Mann in die Seite. »Ach komm, Alan, wir sind unter uns. Alles, was hier gesprochen wird, wird diese Wände nicht verlassen.«

»Nein, Darling …«

»Alan hat recht«, warf Sandra ein. »Ich denke, ich darf dich aber nach etwas anderem fragen, nach einer Sache, die über zwei Jahre zurückliegt, abgeschlossen ist und heute keine Bedeutung mehr hat.«

»Du stellst niemals Fragen nach irgendetwas, das angeblich keine Bedeutung hat, Sandra Flemming.« Alan runzelte die Stirn. »Ich nehme an, deine Frage hat ebenfalls mit der Familie Pengelly zu tun?«

»Du hast mich durchschaut«, antwortete Sandra gespielt zerknirscht, und Ann-Kathrin sagte: »Schieß los, Sandra, ich mache derweil das Essen fertig. Ich habe nämlich großen Hunger, ich hoffe ihr ebenfalls.«

»Und wie!«, rief Alan lachend.

»Vor zwei Jahren ließ sich Creeda Pengelly eine künstliche Hüfte einsetzen«, erklärte Sandra, nachdem Ann-Kathrin in die Küche gegangen war. »Die Operation ist nicht einwandfrei verlaufen, danach litt Creeda unter starken Schmerzen. Sie wollte den Chirurgen Graham Murphy und das St George's Hospital in Plymouth auf Schmerzensgeld verklagen. Zwei angeblich voneinander unabhängige Ärzte haben ihrem Kollegen jedoch eine einwandfreie Arbeit bestätigt. Aber was erkläre ich?« Sie schmunzelte. »Du erinnerst dich sicher an den Fall, schließlich hast du Creeda Pengelly vertreten.«

Ernst erwiderte Alan: »Sandra Flemming, ich werde dich nicht fragen, woher du diese Informationen hast, denn du wirst mir sowieso nicht antworten. Eigentlich möchte ich es gar nicht wissen, denn auf legalem Weg wird es kaum gewesen sein.«

»Von der missglückten Operation hat Creeda mir selbst erzählt«, erwiderte Sandra, um Alan den Wind aus den Segeln zu nehmen. »Den Rest konnte ich durch einen …«, sie zwinkerte schelmisch, »glücklichen Zufall herausfinden.«

»Ich kenne deine sogenannten Zufälle. In der Regel hilfst du ihnen auf die Sprünge. Also gut, was kann ich dir noch sagen, was du nicht selbst schon weißt?«

»Hatte die Klage für Dr Murphy Konsequenzen?«, fragte Sandra direkt.

»Es kam zu keiner Klage, der Antrag wurde abgelehnt, da es keinen Beweis für einen Fehler des Arztes gab«, erklärte Alan. »Bei derartigen Vorwürfen bleibt aber immer ein Makel zurück. Graham Murphy wurde nahegelegt, das Krankenhaus auf eigenen Wunsch zu verlassen, obwohl er damals für den Posten des Chefarztes vorgesehen war.«

»Er verlor seinen Job?« Damit hatte Sandra nicht gerechnet. »Fand er an einer anderen Klinik eine neue Stelle?«

»Darüber bin ich nicht informiert«, antwortete Alan, »da der Fall für mich abgeschlossen ist. Mit dem Ehepaar Pengelly hatte ich keinen weiteren Kontakt. Erst letzte Woche wieder, als Sam Pengelly mich aufsuchte und bat, ihn in der Erbschaftangelegenheit zu vertreten.«

»Verstehe.« Sandra nickte nachdenklich. »Der Arzt hätte also einen Grund, sich an Creeda zu rächen.«

»Das halte ich für ausgeschlossen«, sagte Alan.

»Wir können jetzt essen.« Ann-Kathrin kam aus der Küche und stellte eine Schüssel mit Kartoffeln auf den Tisch. »Danach erzählst du mir alles, Sandra. Ich habe nur Bruchstücke mitbekommen. Wie es aussieht, bist du mal wieder auf Mörderjagd.«

»Ob tatsächlich ein Mord vorliegt, ist nicht geklärt«, bemerkte Sandra. »Wenn ja, gibt es bereits zwei Verdächtige.« Sie sah von Ann-Kathrin zu Alan. »Kann ich auf eure Hilfe zählen?«

»Das weißt du.« Ann-Kathrin drückte Sandras Hand.

Alan hingegen schüttelte den Kopf. »Ich werde nichts tun, was meinem Mandanten negativ ausgelegt werden könnte.«

»Auch nicht, wenn er ein eiskalter Mörder ist, der seine Frau mit einem perfiden Plan umgebracht hat?«

Alan blieb ihr die Antwort schuldig.

Erst nach Mitternacht klappte Sandra ihren Laptop zu. Während der Fahrt von Truro nach Higher Barton hatte es ihr keine Ruhe gelassen, was aus Dr Graham Murphy geworden war. Tatsächlich stieß Sandra auf eine Notiz von vor zwei Jahren, in der vermerkt war, dass die Klage einer Patientin gegen Graham Murphy und das St George's Hospital in Plymouth abgewiesen worden war, und weiter:

Auf eigenen Wunsch verlässt Dr Murphy die Klinik. Die Belegschaft von St George bedauert, einen kompetenten und freundlichen Kollegen zu verlieren …

Es kostete Sandra nur ein paar weitere Eingaben in die Suchmaschine, dann wusste sie, dass Graham Murphy heute in einem Ärztezentrum einer Kleinstadt in Northumberland angestellt war. Anstatt Chefarzt einer großen, renommierten Klinik zu sein, kümmerte er sich nun um die Wehwehchen der Landbevölkerung. Es juckte Sandra in den Fingern, Graham Murphy aufzusuchen, um festzustellen, was für ein Typ er war. Eine Reise nach Northumberland konnte sie derzeit aber unmöglich einschieben, und die Möglichkeit, er könnte sich an Creeda gerächt haben, war dann doch zu weit hergeholt. Im Moment griff sie indes nach jedem Strohhalm, um zu beweisen, dass die Farmerin Opfer eines Verbrechens geworden war, und um ihr Gewissen, die Frau im Stich gelassen zu haben, zu beruhigen.

ELF

Auf die angestrebte Klage von Creeda gegen den Arzt, der sie operiert hatte, angesprochen, schüttelte Marion West den Kopf.

»Ich wusste von der Operation, und dass sie nicht gut verlaufen ist«, erklärte sie. »Mir gegenüber hat Tante Creeda aber nie erwähnt, dass sie rechtliche Schritte in Betracht ziehen wollte.« Marion seufzte und fügte bekümmert hinzu: »Allerdings haben wir kaum Kontakt gehabt, und in einer E-Mail schreibt man solche Sachen nicht unbedingt.«

»Für einen Moment zog ich in Erwägung, ob vielleicht der Arzt etwas mit Creedas Tod zu tun haben kann.«

»Nach so langer Zeit und auf eine derart umständliche Art?« Marion schüttelte den Kopf. »Nein, wenn meine Tante ermordet wurde, dann von jemandem aus ihrem nächsten Umfeld.«

Sandra stimmte ihr zu: »Das sehe ich ebenso. Also streichen wir Dr Graham Murphy aus dem Kreis der Verdächtigen.«

»Ich bin überzeugt, dass es mein Onkel war«, sagte Marion entschlossen. »Sie haben Tamara Stevens kennengelernt. Bei so einer Frau rutscht der Verstand eines älteren Mannes leicht in die Hose. Die Aussicht, mit der Blondine unter südlicher Sonne ein sorgloses Leben zu führen, ließ Sam sämtliche Skrupel vergessen.«

Sandra stimmte mit Marion überein. Auch für sie stand Sam Pengelly ganz oben auf der Liste der Täter.

»Dr Jane Odgers war nicht nur Creedas Hausärztin, sondern auch deren Freundin seit Kindertagen. Die Ärztin hätte doch Spuren von Gift feststellen müssen.«

»Nicht wenn es eine Substanz ist, die vom menschlichen Körper sehr schnell abgebaut wird«, erwiderte Marion. Sie seufzte. »Wahrscheinlich werde ich mich damit abfinden müssen, den Tod meiner Tante niemals aufklären zu können, und mich darauf einstellen, mit Sam einen monatelangen Streit vor Gericht auszufechten.« Sie stand auf. »Ich brauche etwas frische Luft und werde mich mal in Lower Barton umsehen. Bisher war ich noch nicht im Ort, habe beim Durchfahren aber ein paar hübsche Geschäfte gesehen. Shoppen ist ja bekanntlich ein gutes Mittel gegen trübe Gedanken.«

Sandra lachte. »In Lower Barton können Sie zwar alles kaufen, was nötig ist, größere Geschäfte und Modeboutiquen aber finden Sie in Truro. Trotzdem lohnt sich der Besuch im Ort, allein schon, weil die Mehrzahl der Häuser Hunderte von Jahren alt ist. Wissen Sie was, Marion? Ich werde Sie begleiten, das heißt, wenn es Ihnen recht ist.«

»Sehr gern!« Marions Augen leuchteten auf. »Können Sie jetzt so einfach weg?«

Sandra nickte. »Wir haben heute nur eine Abreise und erwarten keine neuen Gäste. Ich hole schnell meine Jacke, dann können wir fahren.«

»Ich möchte gern laufen«, sagte Marion zu Sandras Überraschung.

»Das sind fast drei Meilen!«

»Na und?« Marion grinste und musterte Sandra von oben bis unten. »Auf mich machen Sie einen sportlichen Eindruck.«

»Sie haben recht«, gab Sandra zu. »Ich sitze ohnehin zu viel, und heute ist ein so schöner, sonniger Herbsttag.«

Seit über vier Jahren lebte Sandra nun in Higher Barton, doch nie zuvor war sie vom Hotel zu Fuß in den Ort gegangen. In der Regel war sie immer in Eile. Anfangs hatte sie ein altes Fahrrad benutzt, doch auch damit war sie über die asphaltierte Landstraße gefahren. So war ihr der öffentliche Fußweg tatsächlich unbekannt, den Marion jetzt einschlug.

»Den Pfad habe ich im Internet gefunden«, erklärte Marion West und deutete auf das fünfeckige, grüne Schild mit dem schwarzen Männchen, das in zwei Metern Höhe an der Landstraße angebracht war und dessen Pfeil nach Südosten zeigte. »Er ist als offizieller Wanderweg ausgewiesen.«.

Der Trampelpfad war so schmal, dass die Frauen hintereinanderher gehen mussten und nicht miteinander sprechen konnten. Die Hände in den Taschen ihrer hellen Jacke, die aus ihrer eigenen Kollektion stammte, schritt Marion rasch aus. Sandra kam etwas außer Atem und beschloss, künftig mehr Sport zu treiben. Wenn Christopher erst in Bristol war, hatte sie mehr Zeit, als ihr lieb war. Sie kamen an eine weitläufige Weide mit friedlich vor sich hin grasenden Schafen. Die Tiere, weißes Fell, schwarze Köpfe und Beine, stoben schnell davon, als sich die Frauen näherten. Der Weg führte dann durch ein Kohlfeld, danach durch einen Kartoffelacker. Nach einer knappen Stunde kam der wuchtige, quadratische Kirchturm in Sicht. Um die Kirche herum drängten sich kleine, hellgetünchte Cottages mit dunklen Schieferdächern und bunten Fensterläden.

Vereinzelt stieg Rauch aus den Kaminen, manche Cottages hatten gleich mehrere Schlote auf den Dächern. Obwohl heutzutage jedes Haus über eine in der Regel mit Gas betriebene Heizung verfügte, wollten die wenigsten Leute auf das Flair der offenen Kamine verzichten.

Marion blieb stehen und deutete auf Lower Barton.

»Manchmal vermisse ich Good Old England. In den Staaten ist eine Stadt alt, wenn sie ein paar Häuser aus dem 19. Jahrhundert hat.«

»Tja, und in Cornwall sind das nahezu Neubauten«, erwiderte Sandra lachend. »Unsere Kirche ist an die achthundert Jahre alt.«

»Ist sie zu besichtigen?«

»Natürlich. Wollten Sie aber nicht einkaufen?«

»Ich habe den ganzen Tag Zeit.«

Zwanzig Minuten später traten Sandra und Marion durch das überdachte Tor, das den Kirchhof von der Straße trennte. Graue, schiefe und so verwitterte Grabsteine, dass die Inschriften nicht mehr zu erkennen waren, verteilten sich um das Kirchengebäude, ohne dass ein System zu erkennen war.

»Bis Anfang des 20. Jahrhunderts wurden die Menschen im Schatten der Kirche bestattet«, erklärte Sandra. »Dann wurde es zu eng und ein neuer Friedhof im Norden des Ortes angelegt.«

Marion nickte. »Da in England keine Gräber aufgelöst werden wie in vielen anderen Ländern üblich, werden die Toten heutzutage vorrangig eingeäschert, um Platz zu sparen. So, wie Tante Creeda.«

»Was es unmöglich macht, festzustellen, ob sie vergiftet worden ist«, ergänzte Sandra. Was sie und Marion auch taten und wie sie sich abzulenken versuchten: Der Tod von Creeda Pengelly war immer gegenwärtig.

Die Kirchentür stand offen. Kühle und die für alte Gemäuer typische, leicht modrige Luft schlug ihnen entgegen. Zuerst meinte Sandra, sie seien allein, dann bemerkte sie Agnes Roberts. Die Metzgerin von Lower Barton engagierte sich in der Kirchengemeinde und war Mitglied in der örtlichen Frauengruppe. Heute drapierte sie bunte Blumen in bodentiefe Vasen im Altarraum.

»Ah, Sandra!« Ms Roberts hielt inne. »Statten Sie unserer ehrwürdigen Kirche auch mal wieder einen Besuch ab?« Ihr Blick glitt fragend zu Marion.

»Agnes, ich darf Ihnen Marion West vorstellen«, sagte Sandra, »Marion, das ist Agnes Roberts, die Inhaberin der besten Metzgerei in Lower Barton.«

»Der *einzigen* Metzgerei«, betonte Ms Roberts und fragte unverblümt: »Sind Sie eine Freundin von Sandra, Ms West?«

»Ich bin zu Gast im Higher Barton Romantic Hotel«, antwortete Marion offen, »und die Nichte einer Bekannten von Sandra.«

»Von Creeda Pengelly«, fügte Sandra hinzu.

Ms Roberts Augen weiteten sich. »Natürlich! Sie sind diejenige, die die Farm und alles, was dazugehört, geerbt hat. Ich habe schon gehört, dass Sie aus Amerika rübergekommen sind, und frage mich, was Sie mit dem Besitz machen wollen. Werden Sie jetzt in England leben? Im Vergleich zu New York muss unser beschauliches Cornwall Ihnen doch sehr provinziell erscheinen.«

Aus Marions Miene las Sandra, dass sie sich fragte, woher die Metzgerin dies alles wusste. Sandra konnte ihr jetzt nicht erklären, dass Agnes Roberts stets bestens im Bilde war, denn diese setzte ihren Redeschwall fort:

»Die arme Creeda! Nicht dass wir uns besonders gut kannten, nein, aber immer, wenn Creeda in meinen Laden gekommen ist, war sie zu einem Schwätzchen aufgelegt. Woran ist sie denn so überraschend gestorben? Es war doch hoffentlich kein Mord? Ach nein, warum auch? Wer sollte ausgerechnet Creeda umbringen? Die arme Seele tat nie jemandem was zuleide. Aber es erstaunt mich schon, dass Sie, Ms West, ausgerechnet bei Sandra wohnen, denn es ist hinreichend bekannt, dass Sandra …«

»Lassen Sie die Damen auch mal zu Wort kommen, Ms Roberts!«, unterbrach ein hochgewachsener Mann den Redefluss. Er musste wohl schon einige Zeit in der Tür zur Sakristei gestanden sein. Seine Lippen unter dem gepflegten, dunklen Drei-Tage-Bart zuckten. »Ms Flemming, zeigen Sie Ihrer Bekannten unsere schöne alte Kirche?«

Sandra stellte Marion und den Geistlichen gegenseitig vor, dann bot Vikar Peter Alverton an, sie durch das Gotteshaus zu führen.

»Haben Sie denn Zeit?«, fragte Marion.

Alverton lachte und deutete auf seine verwaschene Jeans und sein am Kragen offenes, hellblaues Hemd.

»Im Moment habe ich Freizeit, obwohl ein Geistlicher natürlich immer im Dienst Gottes steht.«

»Ich kann Sandra und Marion West auch durch die Kirche führen«, schlug Agnes vor.

»Das ist sehr freundlich, Ms Roberts«, antwortete der Vikar, »mir wäre es aber lieber, wenn Sie die Blumenarrangements bis heute Mittag fertiggestellt hätten. Niemand macht das so hübsch wie Sie.«

»Selbstverständlich, Vikar.« Ms Roberts Lippen wurden schmal. Sandra vermutete, trotz des Lobes fühlte sich die Metzgerin in den Hintergrund gedrängt.

»Also, wo fangen wir an?« Alverton sah die beiden Frauen an. »Am besten vor langer Zeit, denn bereits zu angelsächsischer Zeit befand sich an dieser Stelle eine Kapelle. Damals noch aus Holz, der Turm und das steinerne Kirchenschiff wurden erst im 13. Jahrhundert erbaut ...«

Eine knappe Stunde später traten Sandra und Marion wieder ins Sonnenlicht.

»Der Vikar könnte ebenso gut als Fremdenführer arbeiten«, sagte Sandra.

Marion nickte. »Mr Alverton hat sehr anschaulich die bewegte Vergangenheit der Kirche erzählt. Die Ereignisse im Bürgerkrieg fand ich besonders interessant. Sandra ...« Sie zögerte.

»Ja?«

»Ist er verheiratet?«

Sandra schmunzelte. »Nein, und soviel ich weiß, hat er auch keine Freundin. Wenn Sie es genau wissen wollen, fragen Sie am besten Ms Roberts. Sie haben sie eben in voller Aktion erlebt. Vor Agnes bleibt nichts geheim.«

»Dass ausgerechnet so ein Mann alleinstehend ist, überrascht mich. Selten habe ich bei einem dunkelhaarigen Mann derart stahlblaue Augen gesehen.«

»Ja, Peter Alverton ist ausgesprochen attraktiv, und für einen Geistlichen ist er total lässig drauf.«

Fragend sah Marion Sandra an. »Haben Sie ein Auge auf ihn geworfen?«

»Nein!« Sandra lachte laut. »Es gab mal eine Zeit, da haben wir ein bisschen miteinander geflirtet, es war aber nie was Ernstes. In meinem Leben gibt es einen anderen Mann.« *Fragt sich nur, wie lange noch*, fügte Sandra in Gedanken hinzu.

»Ich glaube, ich werde morgen mal den Gottesdienst besuchen«, murmelte Marion. »Wenn er ebenso predigt, wie er aussieht, wird das eine kurzweilige Stunde werden.«

Sandra verkniff sich ein Schmunzeln und wechselte das Thema: »Sie haben Agnes Roberts gehört, Marion. Die Möglichkeit, dass Creeda keines natürlichen Todes gestorben ist, hat sich in Lower Barton bereits rumgesprochen.«

Marion winkte ab. »Die Gerüchteküche und das Buschtrommelprinzip in Cornwall kenne ich noch aus meiner Kindheit. Das Leben in New York ist das genaue Gegenteil. Da kümmert sich keiner um den anderen.«

»Eine Mischung aus beidem wäre wohl das Beste. Wobei Ms Roberts in der Vergangenheit durchaus auch mal richtig lag und mir eine große Hilfe gewesen ist.«

Sie kamen zur Bäckerei in der Fore Street. Durch die geöffnete Tür drang ein köstlicher Geruch nach Fleisch und Zwiebeln. Marion blieb stehen, die Zungenspitze über der Unterlippe sog sie genüsslich den Duft ein.

»Pasties!«, rief sie und spähte durch die Tür in die Bäckerei. »Seit Jahren habe ich keine mehr gegessen. Sandra, ich kann einfach nicht widerstehen und werde mir eine Tasse Kaffee dazu gönnen. Ist das für Sie okay?«

»Natürlich, Marion. Ich habe sowieso noch ein paar Dinge im Ort zu erledigen. Sie kommen allein nach Higher Barton zurück? Von dort vorne, vor dem roten Haus«, Sandra deutete die Straße hinunter, »fährt jede Stunde der Bus ab.«

»Wenn ich an die Kalorien einer Cornish Pasty denke, ist es wohl besser, ich gehe wieder zu Fuß zurück.«

Marion nickte Sandra zu und trat in die Bäckerei. Sandra überquerte die Straße und suchte das kleine Elektrowarengeschäft auf, um die Batterie ihrer Armbanduhr wechseln zu lassen. Das war schnell erledigt, und Sandra beschloss, mit dem nächsten Bus nach Higher Barton zurückzufahren. Auf dem Weg zur Haltestelle kam ihr Sergeant Greenbow entgegen.

»Guten Tag, Ms Flemming«, grüßte er fröhlich. »Haben wir nicht einen wundervollen Herbst in diesem Jahr?«

»Hoffentlich hält das Wetter noch ein paar Wochen an«, erwiderte Sandra. »Ist der DCI im Büro?«

Greenbow verneinte. »Der Chef hat heute Vormittag frei, er ist in einer privaten Angelegenheit unterwegs.«

»Ich muss Ihnen noch zur Beförderung gratulieren, Sergeant Greenbow. Oder soll ich schon Chief Inspector sagen?«

»Bitte keine Vorschusslorbeeren«, antwortete er fröhlich. »Noch ist meine Beförderung nicht amtlich.«

Sandra zögerte einen Moment, dann stieß sie hervor: »Konnte Christopher schon eine Wohnung in Bristol finden?«

»Ich nehme es an.« Greenbow wirkte verlegen. »Der Chef hat mir zwar untersagt, mit jemandem darüber zu sprechen, das schließt Sie, Ms Flemming, jedoch nicht ein. Sie wissen ja ohnehin Bescheid.«

Sandra behielt ihr Lächeln bei, das sie über Jahre hinweg geübt hatte, wenn es galt, besonders kritische und exzentrische Gäste bei Laune zu halten.

»So sehr ich mich für den Chief freue«, fuhr Greenbow unbekümmert fort, nicht merkend, wie jedes Wort

Sandra ins Herz schnitt, »er wird mir fehlen. Seine Beförderung war längst fällig, schließlich wurden in den letzten Jahren alle Delikte aufgeklärt und die Verantwortlichen vor Gericht gestellt. Wobei Sie, Ms Flemming«, er zwinkerte verschmitzt, »einen wesentlichen Anteil an unserer Aufklärungsrate haben. Das brauchen unsere Vorgesetzten aber nicht unbedingt zu wissen.«

»Sie haben sicher recht, Sergeant Greenbow«, antwortete Sandra ausweichend.

»Werden Sie den Chief nach Bristol begleiten?«, fragte er direkt. »Was haben Sie dann mit dem Hotel vor?«

Sandra war dankbar, dass in diesem Moment Greenbows Mobiltelefon klingelte und sie einer Antwort enthob.

»Sorry, Ms Flemming, aber die Arbeit ruft«, sagte der Sergeant, nahm das Gespräch entgegen und wandte sich ab.

Sandra ging weiter und erreichte die Bushaltestelle. Sie würde nur wenige Minuten warten müssen, bis der nächste Bus kam. Wobei Fahrpläne in Cornwall nur Richtzeiten nannten und die Busse selten pünktlich abfuhren und ankamen. Das war den schmalen, gewundenen Straßen geschuldet, in denen es immer wieder zu Engpässen kam. Besonders ärgerlich war es, wenn Autos an Verbotsstellen parkten und die Busse deswegen nicht vorbeikamen. Sandra erinnerte sich daran, wie sie, als sie noch keinen eigenen Wagen hatte, über eine Stunde im Bus festsaß, weil ein Handwerker seinen Van in einer engen Kurve geparkt hatte. Der Busfahrer hatte alle Häuser in der Umgebung abgesucht, der Handwerker war nirgendwo aufzutreiben gewesen. Als er schließlich zu seinem Wagen zurückkehrte, war er sich keiner Schuld bewusst und verstand nicht, warum der Busfahrer und die Fahrgäste so verärgert waren.

Ein viertüriger Wagen mit einer glänzenden grauen Karosserie hielt direkt neben Sandra. Geräuschlos glitt das Fenster herunter.

»Hallo, Sandra, ich freue mich, dich zu sehen.«

»Christopher!« Sandra musterte das Auto. »Neuer Wagen?«

»Heute Morgen habe ich ihn in Plymouth abgeholt«, antwortete Christopher stolz. »Mein altes Auto hatte einen Motorschaden. Die Reparaturkosten hätten sich nicht mehr gelohnt.«

Klar, als künftiger Chief Superintendent kann man sich dann auch gleich mal ein neues Auto leisten, schoss es Sandra durch den Kopf.

»Da kommt mein Bus«, sagte sie.

»Bus? Will dein Jeep auch nicht mehr? Der ist doch noch recht neu.«

»Ich hatte Lust auf einen Spaziergang.«

»Steig ein, ich fahre dich nach Higher Barton.«

»Musst du nicht ins Büro?«

»Die halbe Stunde kann ich erübrigen«, antwortete Christopher lachend. Er stieg aus, umrundete den Wagen und öffnete Sandra die Beifahrertür. Er war durch und durch Gentleman, was Sandra sehr gefiel.

Sie zögerte und wollte erst ablehnen, aber das wäre dann doch albern gewesen. Sie setzte sich auf den Sitz aus beigem Softleder und bemerkte den typischen Geruch, der neuen Autos anhaftete.

Der Bus kam und hupte zweimal, da Christopher in der Haltebucht stand.

»Ja, ja, ich bin schon weg.«

Nachdem sich Christopher in den Verkehr auf der Hauptstraße eingefädelt hatte, versuchte Sandra ihm auf den Zahn zu fühlen.

Sie fragte: »Hast du eine Gehaltserhöhung bekommen, weil du dir ein neues Auto gekauft hast?«

»Ich habe gespart«, antwortete Christopher und wirkte sehr überzeugend. »Man muss sich auch mal was gönnen.«

»Hm.« Sandra lehnte sich zurück und blickte aus dem Fenster. »Kurz bevor du gekommen bist, habe ich Sergeant Greenbow getroffen. Er sagt, du wärst ein toller Chef.« Sandra wartete, ob Christopher den Ball auffing, den sie ihm zuspielte.

»Das Kompliment kann ich nur zurückgeben. Auf Sergeant Greenbow kann ich mich verlassen.«

»Würdest du es bedauern, wenn sich eure Wege trennen müssten?« Aus dem Augenwinkel schielte Sandra zu Christopher. Seine Miene zeigte keine Reaktion.

»Da mir nicht bekannt ist, dass Greenbow eine Veränderung anstrebt, brauche ich mir darüber nicht den Kopf zu zerbrechen.«

»Aha …«

Einige Minuten schwiegen sie, dann nahm Christopher das Gespräch wieder auf: »Was macht die Mörderjagd, meine Hobbydetektivin?«

»Warum fragst du?« Sandra setzte sich aufrecht hin. »Du wolltest von der Sache nichts wissen, als ich dir von Creeda Pengellys Verdacht erzählt habe.«

»Sandra, ich kann nicht aufgrund einer Aussage und ohne Beweise eine Ermittlung in Gang setzen. Außerdem musste ich mich um andere Dinge kümmern.«

»Die alten Damen, die John Shaw um die Zeche geprellt haben? Gibt es von ihnen eine Spur?«

»Nicht den Hauch einer Spur«, antwortete Christopher. »Ich habe wenig Hoffnung, dass man sie finden wird. Wegen der toten Farmerin …«

»Creeda ist nicht dein Problem«, fiel Sandra ihm ins Wort. »Kümmere dich lieber um deine Angelegenheiten und finde die Betrügerinnen. John Shaw gehört zwar nicht zu meinen Freunden, wir Gastronomen müssen jedoch zusammenhalten.«

»Sandra, kann es sein, dass heute nicht dein Tag ist?«

»Im Gegenteil! Ich fühle mich prächtig! Es ging mir noch nie besser!«

»Oh je, wenn Frauen das sagen, ist etwas im Busch.« Christopher bremste ab und lenkte das Auto in eine der Ausweichbuchten zwischen den bewachsenen Trockensteinmauern. Er drehte sich zu Sandra, die durch die Windschutzscheibe auf das grüne Laub der Hecke starrte. »Willst du mir nicht sagen, was dich bedrückt?« Christopher klang geduldig. »Du hast versprochen, mir nie wieder etwas zu verschweigen.«

Langsam drehte Sandra den Kopf und sah Christopher an. In seinen grünen Augen stand Verständnis und auch Liebe. Erneut dachte sie, wie sie sich in ihm so hatte irren können.

»Sollte in einer Beziehung nicht jeder dem anderen gegenüber ehrlich sein und nichts verschweigen?«, fragte sie leise.

»Ich bin ganz deiner Meinung, Darling.«

»Dann gibt es nichts, das du mir zu sagen hast?«

Christopher runzelte die Stirn. »Meinst du etwa …« Er seufzte und errötete binnen eines Augenblickes, was in einer solchen Intensität lange nicht mehr geschehen war. Unbeholfen griff er nach Sandras Hand. Sie ließ es geschehen. »Du bist eine zielstrebige und starke Frau,

Sandra Flemming«, fuhr er leise fort. »Eine Frau, die genau weiß, was sie will, und mit beiden Beinen fest im Leben steht. Ich denke, dass deine Gefühle für mich ebenso stark sind wie meine für dich. Allerdings ist dir deine Unabhängigkeit sehr wichtig. Du hast lange dafür gekämpft, deine eigene Chefin zu sein. Das Higher Barton Romantic Hotel ist nicht dein Beruf, es ist deine Berufung, Sandra. Darum habe ich gezögert, dachte, du würdest dich überrumpelt fühlen. Darüber hinaus, also ich ...«, Christophers Gesicht wurde noch dunkler, er drehte den Kopf und starrte auf die Tachoanzeige. »Ach, Mensch, ich habe einfach Angst vor deiner Antwort, die nicht *ja* lauten könnte. Darum habe ich geschwiegen.«

Aus seinen Worten konnte sich Sandra keinen Reim machen und sagte: »Ich fürchte, ich kann dir nicht folgen.«

»Das war gerade ein Heiratsantrag, Sandra Flemming.« Geräuschvoll stieß Christopher die Luft aus. »So, jetzt ist es raus, wenngleich ich es mir anders vorgestellt habe. Mit mehr Romantik, bei einem guten Essen und Kerzenschein.«

»*Du* willst *mich* heiraten?«

»Überrascht dich das wirklich so sehr?« Verwirrt schüttelte Christopher den Kopf. »Ich dachte, du hast auf meinen Antrag gewartet und hältst mich deswegen auf Distanz.«

»Du hast gesagt, du hast keine Zeit«, wich Sandra aus.

»Was der Wahrheit entspricht.«

Sandras Herz klopfte so heftig, dass sie meinte, Christopher müsse es hören. »Angenommen, wir heiraten: Erwartest du dann, dass wir auch zusammenleben? In einem Haus?«

»Selbstverständlich«, antwortete Christopher bass erstaunt. »Es ist normal, dass ein Ehepaar zusammenwohnt.«

»Ach so.« Sandra öffnete die Beifahrertür. »Das hast du dir ja fein vorgestellt, Detective Chief Inspector! Während du Karriere machst, soll ich das Heimchen am Herd spielen!«

»Aber das ...«

Sandra ließ ihn nicht ausreden. »Meine Antwort lautet nein, Christopher Bourke!« Sie sprang aus dem Wagen. Bevor sie die Tür mit einem Knall zuschlug, rief sie noch: »Wenn ein Vertreter des Gesetzes einem frech ins Gesicht lügt, dann finde ich dafür nur Worte, die ich hier und jetzt lieber nicht aussprechen werde. Wenigstens hast du den Anstand, dabei rot zu werden.«

»Sandra, um Gottes Willen, was ...«

Die Tür krachte zu. Sandra lief einige Meter die Straße entlang, bis sie einen Fußweg erreichte, in den sie einbog, damit Christopher ihr mit dem Wagen nicht folgen konnte. Sie rannte weiter, blieb erst nach zweihundert Yards stehen und schnappte nach Luft. In ihr kämpften Empörung und Wut mit grenzenloser Enttäuschung. Wie konnte Christopher versuchen, sie derart hinters Licht zu führen! Wenn sie seinen Antrag erst angenommen hatte, würde er ihr sagen, dass ihr gemeinsames Leben von nun an in Bristol war. Er würde erwarten, dass sie das Hotel aufgab und mit ihm ging, so, wie eine brave Ehefrau ihrem Gatten überall hin folgt. Wäre es nur die Behauptung von Detective Warden aus Exeter gewesen, wäre Sandra geneigt, an eine Verwechslung zu glauben. Es war aber noch keine Stunde her, als Sergeant Greenbow ihr bestätigt hatte, Christopher würde in absehbarer Zeit nach Bristol umziehen.

Ein dicker Kloß saß in Sandras Hals, doch sie weinte nicht. In ihrem Leben hatte sie schon ganz andere Schwierigkeiten überstanden und würde nicht zulassen, dass Christopher ihr Herz brach.

ZWÖLF

Sam Pengelly öffnete Alan die Tür.

»Danke, Mr Trengove, dass Sie extra zu mir rauskommen«, sagte der Farmer.

»Ihr Anruf klang dringend, Mr Pengelly«, erwiderte Alan. »Was kann ich für Sie tun?«

»Das besprechen wir am besten bei einer Tasse Tee«, antwortete Sam. »Oder wollen Sie ein Bier?«

»Tee ist perfekt.«

Alan verkniff sich ein Schmunzeln. Er trank durchaus hin und wieder ein Glas Bier oder einen guten Wein, jedoch nicht am Vormittag.

Alan folgte dem Farmer durch den schmalen Korridor in eine geräumige Wohnküche. Obwohl Alan nicht schmächtig war, konnte er sich hinter Sam Pengellys breitem Rücken verstecken. Am Herd hantierte eine Frau mit dem Wasserkocher. Als Alan eintrat, drehte sie sich um.

»Guten Tag, Mr Trengove.« Ihre Stimme klang hell und klar. »Wie trinken Sie Ihren Tee?«

»Gerne stark, ohne Zucker und mit einem Schuss Sahne, wenn es möglich ist.«

Die junge Frau lachte. »Die Sahne ist ganz frisch. Unsere Kühe haben die Milch heute Morgen gegeben.«

Deutlich hatte Alan *unsere Kühe* gehört. Sandra hatte ihm von Tamara Stevens erzählt, und sie hatte nicht übertrieben. Die junge Frau war bildschön. Ihr blauer, enger Rock konnte auch als breiterer Gürtel bezeichnet werden und setzte die langen, perfekt geformten und sonnengebräunten Beine bestens in Szene. Das weiße T-Shirt mit einem Herz aus hellgrünen Strasssteinen schmiegte sich eng an ihre üppige Brust. Das blonde Haar trug sie zu einem seitlichen Pferdeschwanz gebunden, ihr Gesicht war dezent geschminkt. Tamara Stevens war eine Frau, bei der ein Mann mehr als einmal hinsah.

Alan räusperte sich und wandte seine Aufmerksamkeit dem Mann zu, der ihn angerufen und gemeint hatte, er müsse ihn unverzüglich sprechen. »Also, Mr Pengelly, was ist so wichtig, das nicht ein paar Tage warten kann?«

»Setzen Sie sich bitte.« Sam deutete auf einen der Stühle, die sich um einen Tisch aus hellem Holz gruppierten. Er setzte sich Alan gegenüber, stützte die Ellenbogen auf die Tischplatte und sah Alan eindringlich an.

»Mr Trengove, Sie haben mir unmissverständlich klargemacht, dass meine Chancen, den Prozess zu gewinnen, fifty-fifty stehen.«

»Im besten Fall«, warf Alan ein. »Das englische Erbrecht ...«

»Sieht vor, dass Frauen ihre Ehemänner von dem Erbe vollständig ausschließen können«, unterbrach Sam unwillig. »Das habe ich kapiert, auch wenn ich es nicht verstehe. Jahrzehntelang habe ich mich abgerackert, die Farm zu dem gemacht, was sie heute ist, und alles dafür getan, dass Creeda und ich nicht nur unser Auskommen, sondern ein kleines Vermögen erwirtschaften konnten. Dann vermacht Creeda alles einer Nichte, die sich nie um sie gekümmert hat und auf der anderen Seite des Atlantiks lebt. Was will Marion mit all dem hier«, er machte eine raumgreifende Handbewegung, »anfangen? Herr Anwalt, ich verwette meine beste Milchkuh, dass auch Marion den Besitz so schnell wie möglich veräußern wird. Das Leben in New York ist schließlich teuer.«

»Die Pläne von Ms West sind für den Richter unmaßgeblich«, erwiderte Alan, woraufhin Pengelly verächtlich schnaubte.

Tamara Stevens stellte eine cremefarbene Tasse mit einem blumig duftenden Tee vor Alan. Dann legte sie eine Hand auf Sams Schulter. Alan sah, dass ihre Fingernägel kurz und unlackiert waren, und bemerkte die Schwielen an ihren Handflächen. Die junge Angestellte schien auf der Farm wirklich hart zu arbeiten.

»Sam, nimm es dir nicht so zu Herzen«, sagte sie leise, fast schon tröstend. »In den Wochen vor ihrem Tod war Creeda nicht mehr sie selbst.«

Sam legte seine kräftige Pranke mit den kurzen, dicken Fingern auf Tamaras Hand.

»Du hast recht, Liebes, trotzdem denke ich, dass ich es nicht verdient habe, derart abserviert zu werden. Wenn ich allerdings beweisen kann, dass Creeda hier oben ...«, er tippte sich gegen die Stirn, »nicht mehr einwandfrei funktionierte, dann muss ihr Testament für ungültig erklärt werden.«

Alan nickte. »In diesem Fall fällt der gesamte Besitz automatisch an den nächsten Angehörigen der Verstorbenen. An Sie, Mr Pengelly.«

»Ach, nennen Sie mich Sam.«

»Mr Pengelly«, sagte Alan eindringlich, »möchten Sie das gute Andenken Ihrer verstorbenen Frau nicht lieber bewahren, anstatt ihr Ende auf unschöne Art öffentlich zu machen? Wenn die Angelegenheit vor

Gericht kommt, werden wir die örtliche Presse kaum außen vor lassen können.«

Sam runzelte die buschigen Augenbrauen, sein Blick wurde stechend. »Auf welcher Seite stehen Sie eigentlich, Herr Anwalt?«

»Auf der Seite von Recht und Gesetz, und wenn das Recht auf Ihrer Seite ist, Mr Pengelly, werde ich alles dafür tun, dass Ihre Ansprüche anerkannt werden.«

»Sie haben bereits einmal versagt.«

Alan bewahrte seine förmliche Miene, als hielte er ein Plädoyer im Gerichtssaal, seine Stimme aber wurde eine Nuance kühler.

»Ich bedaure es, dass die Beweise nicht ausreichten, um den Arzt, der Ihre Frau operiert hat, zur Rechenschaft zu ziehen.«

»Ich bin der Meinung, Creeda hat maßlos übertrieben«, warf Tamara ein.

Alan sah sie fest an. »Soweit mir bekannt ist, waren Sie damals noch nicht auf der Farm, Ms Stevens. Wie kommen Sie zu dieser Einschätzung der Verstorbenen?«

Bevor Tamara antworten konnte, murrte Sam: »Lassen wir die alten Sachen ruhen. Heute ist wichtig, dass ich bekomme, was mir zusteht.« Die Lippen unter seinem grauen Bart verzogen sich. »Und ich kann beweisen, dass Creeda ihre Sinne nicht mehr beisammenhatte, als sie das Testament verfasste. Verstehen Sie mich nicht falsch, Mr Trengove, ich will Creeda nicht nachträglich durch den Dreck ziehen. Ich hab' sie schließlich mal geliebt. Als wir uns kennenlernten, war sie eine wunderschöne Frau, die trotz ihrer Jugend mit beiden Beinen fest im Leben stand. Das hat mir imponiert.«

»Wie haben Sie sich überhaupt kennengelernt?«, fragte Alan. Für seine Arbeit war das zwar zweitrangig, aber wegen Sandras Berichten war seine Neugier geweckt.

»Es war 1980 bei der Royal Cornwall Show in Wadebridge«, erklärte Sam bereitwillig. »Meine Eltern waren Schaffarmer bei Madron, das Dorf liegt auf der Penwith im Westen. Als junger Bursche hab' ich regelmäßig an Schafschurwettbewerben teilgenommen. Mit Erfolg, am Rand bemerkt, die meisten hab' ich gewonnen.« Sam grinste. »Bei der Show in Wadebridge stand Creeda im Publikum und hat mich angefeuert. Unsere Blicke trafen sich ein paar Mal. Nachdem ich auch diesen Wettbewerb gewonnen und das Preisgeld kassiert hatte, lud ich Creeda zum Bier ein. Kein halbes Jahr später waren wir verheiratet.«

»Ich verstehe nicht, warum Sie den Nachnamen Pengelly angenommen haben?«, fragte Alan. »Vor vierzig Jahren war das eher ungewöhnlich.«

Sam zuckte mit den Schultern. »Was ist schon ein Name? Ich hab' Ihnen doch von der alten Verfügung von Creedas Vorfahr erzählt, dass die Farm immer in der Familie bleiben muss. Weiter gibt es auch die Klausel, dass der Name Pengelly erhalten bleiben soll. Tja, beides ist rechtlich wohl nicht haltbar, Creeda bestand aber darauf. Mir erschien es als ein kleiner Preis.«

»Ein kleiner Preis für ein Anwesen wie die Long-Rock-Farm«, rutschte es Alan heraus.

»Was wollen Sie damit andeuten, Mr Trengove?« Sam starrte Alan an. »Ich hab' meine Frau aus Liebe geheiratet! Als ich sie kennenlernte, wusste ich nichts von der Farm. Ich hätte Creeda auch geheiratet, wenn sie ein Küchenmädchen gewesen wäre. Aber so fügte sich eins ins andere. Ob Schafe oder Rinder – Vieh ist Vieh, und Creeda benötigte auf der Farm jemanden, der es verstand, anzupacken, nachdem ihr Vater gestorben war.«

»Du darfst dich nicht aufregen, Sam«, sagte Tamara beschwichtigend. »Dein Blutdruck …«

»Ist völlig in Ordnung!«, blaffte er, griff aber sofort nach Tamaras Hand und drückte sie. »Verzeih, Liebes, ich wollte dich nicht anschreien. Du machst dir nur Sorgen um mich.«

Tamara schenkte dem Farmer einen zärtlichen Blick.

Alan verbarg seine Unruhe. Sam Pengelly und Tamara Stevens wirkten wirklich sehr vertraut miteinander, zu vertraut, als es zwischen einem Farmer und seiner Angestellten üblich war. War es doch kein Hirngespinst, dass Creeda davon überzeugt war, ihr Mann habe eine Affäre mit der blonden Hilfskraft? Alan war geneigt, es zu glauben. Tamara Stevens entsprach zwar nicht Alans Frauengeschmack, es war aber nicht zu leugnen, dass sie eine sehr schöne Frau war. Und jung …

Das Geräusch eines Wagens riss Alan aus seinen Gedanken. Pengelly grinste, legte die Handflächen auf die Tischplatte und stemmte sich hoch.

»Hier kommt der Beweis, dass Creeda einen Sprung in der Schüssel hatte.«

Er ging zur Tür und kehrte in Begleitung einer älteren Frau zurück. Sie war mittelgroß, mit einem stämmigen Körperbau, auf der breiten Nase eine Brille mit dicken Gläsern.

Höflichkeitshalber erhob sich Alan.

»Jane, das ist Mr Trengove. Der Anwalt, der mir zu meinem Recht verhelfen wird.« Sam sah zu Alan. »Dr Odgers, die Hausärztin meiner verstorbenen Frau …«

»Und ihre Freundin seit Kindertagen«, fügte Jane Odgers hinzu. »Ich kann es immer noch nicht fassen, dass sie nicht mehr unter uns weilt.« Ihre Augen wurden feucht.

Tamara stellte eine vierte Tasse auf den Tisch und schaltete den Wasserkocher ein, um eine zweite Kanne Tee aufzubrühen. Jane Odgers setzte sich Alan gegenüber.

»Jane wird bestätigen, dass Creeda nicht nur körperlich, sondern auch geistig krank war«, sagte Sam.

Die Ärztin faltete die Hände im Schoß, senkte den Blick und sagte leise: »Leider muss ich Sam zustimmen. Die vielen Medikamente, die Creeda einzunehmen gezwungen war, um ihre Schmerzen zu lindern, haben starke Nebenwirkungen. Unter anderem können sie auch eine Veränderung des Wesens bewirken.«

»Jane wird das vor Gericht beeiden, wenn es sein muss!«, rief Sam. »Nicht wahr, Jane?«

»Langsam, Mr Pengelly.« Beschwichtigend hob Alan die Hand. »Dr Odgers, neigte Ihre Freundin bereits früher zu … sagen wir mal … Handlungen, die nicht unbedingt rational waren?«

Sie runzelte die Stirn und schüttelte nachdrücklich den Kopf. »Creeda war nicht verrückt oder so, wenn Sie das andeuten wollen, Mr Trengove. Wie ich eben sagte: Es waren die Arzneien, zudem litt Creeda seit der missglückten Operation unter Schlafstörungen. Sie klagte, keine Nacht mehr als eine oder zwei Stunden am Stück schlafen zu können. Das zermürbt einen Menschen. Schlafmangel lässt den Blutdruck ansteigen, verursacht nervöse Unruhezustände, Herzrhythmusstörungen und Kopfschmerzen. Dazu Creedas Behauptung, Sam würde …«

Jane brach ab, ihre Wangen färbten sich rot, was der herben Frau einen weiblicheren Ausdruck verlieh.

»Creeda Pengelly war überzeugt, Sie, Mr Pengelly, wollten sie töten«, stellte Alan nüchtern fest.

»Woher wissen Sie das?« Sam fuhr hoch. »Darüber habe ich Ihnen kein Wort gesagt!«

»Mein Honorar ist nicht grundlos im oberen Bereich«, erwiderte Alan ausweichend. »Als Ihr Anwalt darf ich keinen Aspekt außer Acht lassen, der Ihnen zum Vorteil gereichen kann.«

Verlegen bemerkte Sam: »Natürlich hat sich Creeda nur was eingebildet. Eigentlich wollte ich ihre Vorwürfe nicht publik machen. Wie Sie vorhin sagten, Mr Trengove: Es wirft kein gutes Licht auf Creeda. Ist eine so infame Unterstellung aber nicht ein schlüssiger Beweis, dass Creedas Geist sich verwirrt hatte? Meiner Frau tat ich nie was an. Als sie immer häufiger im Bett liegen musste, hab' ich neben der Arbeit auf der Farm sogar viel im Haushalt gemacht.«

»Sie haben auch gekocht?«, fragte Alan.

Sam nickte, dann ging ihm auf, was Alan mit seiner Frage andeutete.

»Ich habe regelmäßig gekocht, meiner Frau aber kein Gift ins Essen gemischt! Seit Tamara auf dem Hof ist, hat sie das Essen gemacht.«

»Creeda hat es immer geschmeckt«, warf Tamara ein, die bisher dem Gespräch interessiert, aber schweigend gefolgt war. »Ich hoffe, Mr Trengove, Sie nehmen nicht an, dass ich …«

»Das wird er nicht wagen!« Sam legte einen Arm um Tamaras schmale Schultern und zog sie an sich heran. Die junge Frau legte den Kopf an seine Brust und schloss die Augen.

Alan war es peinlich, Zeuge solcher Vertrautheit zu sein. Er wandte sich Jane Odgers zu und fragte: »Da Creeda Ihre Freundin war, hat sie Ihnen sicher ihre Bedenken mitgeteilt, nicht wahr?«

»Das hat sie.« Jane Odgers seufzte. »Ständig bat sie mich, ich möge ihr Blut untersuchen, und sie hat mir Speisereste gebracht, eingepackt in kleinen Plastiktüten, damit ich sie auf Gift untersuchen lasse.«

»Haben Sie es getan?«

»Nein«, gestand die Ärztin. »Das Ärztezentrum, in dem ich angestellt bin, verfügt über kein entsprechendes Labor. Ich hätte die Proben nach Plymouth oder Exeter schicken müssen. Aber mit welcher Begründung? Von den Kosten mal ganz abgesehen.«

»Sie haben Creeda gesagt, das Essen war immer einwandfrei«, bemerkte Alan. »Sie haben Ihre Freundin angelogen.«

»Um sie zu beruhigen, damit sie sich nicht noch lächerlicher macht!«, verteidigte sich Jane Odgers. »Creedas Blut und Urin wiesen keine verdächtigen Spuren auf, so konnte eine Vergiftung ausgeschlossen werden. Trotzdem glaubte sie mir nicht, meinte, es sei eine Substanz, die nur schwer im Körper nachzuweisen ist. Glauben Sie mir, Mr Trengove, ein solches Gift ist mir nicht bekannt. Creeda ist auch zur Polizei gegangen und gab Speiseproben ab. Ich kann mir lebhaft vorstellen, wie die Beamten reagiert haben.« Die Ärztin lachte auf. »Leider konnte ich sagen, was ich wollte, Creeda blieb überzeugt, Sam wäre ein kaltblütiger Mörder.«

»Ist das nicht Beweis genug, dass Creedas Testament für ungültig erklärt werden muss?«, fragte Sam mit einem erwartungsvollen Blick. Da Alan zögerte, schob Sam Tamara von sich und meinte: »Ich brauche jetzt etwas Stärkeres als Tee. Tammy, hol die Flasche Brandy und Gläser.«

»Für mich nicht«, antworteten Alan und Jane Odgers unisono, und Alan fragte: »Dr Odgers, wären Sie bereit, Ihre Aussage gegebenenfalls vor Gericht zu wiederholen?«

»Selbstverständlich, und die Unterlagen der Untersuchungen stelle ich natürlich auch zur Verfügung.«

Alan wartete, bis Sam einen Brandy getrunken hatte, dann fragte er: »Mr Pengelly, was wissen Sie über Ihre Nichte Marion West? Welcher Grund könnte Creeda dazu veranlasst haben, ihr den Familienbesitz zu hinterlassen?«

»Marion ist nicht meine leibliche Nichte.« Sam zuckte mit den Schultern. Ein weiteres Mal griff er zur Flasche. »Marion ist die Tochter von Creedas Bruder, der längst tot ist, und somit Creedas letzte Verwandte. Ich denke, meine Frau wollte mir eins auswischen, weil ich sie ja angeblich umbringen wollte.«

»Was haben Sie mit der Farm vor, sollten wir das Verfahren gewinnen?«, stellte Alan die nächste Frage.

Sams Augen verengten sich. »Haben Sie nicht eben gesagt, dem Richter ist es egal, was mit dem Besitz geschieht?«

»Dem Richter ja, für mich spielt es eine Rolle«, antwortete Alan. »Die Gegenseite könnte den Sachverhalt vorbringen, dass Sie die Farm an eine Investorengruppe verkaufen wollen, um schnell an viel Geld zu kommen. Haben Sie Schulden, Mr Pengelly?«

Sam sprang auf, seine Hände zitterten. »Was soll das, Anwalt? Sitze ich etwa auf der Anklagebank?«

»Mitnichten, Mr Pengelly«, antwortete Alan gelassen. »Ich kenne nur die Anwältin, die Ms West vertritt.

Sie wird mit allen Mitteln versuchen, die Gültigkeit des Testaments zu beweisen. Das bedeutet, dass sie Fakten auf den Tisch legen wird, um aufzuzeigen, dass Sie, Mr Pengelly, über den Tod Ihrer Frau nicht unglücklich sind.« *Wobei ich den Eindruck teile*, fügte Alan in Gedanken hinzu.

»Machen Sie einfach Ihren Job, Anwalt.« Sam stand auf, das Zeichen, dass er das Gespräch für beendet betrachtete. »Und machen Sie es besser als beim letzten Mal. Vermasseln Sie es bloß nicht, schließlich bezahle ich Sie mehr als gut für Ihre Dienste.«

Während Jane Odgers sitzen blieb, begleitete Tamara Alan hinaus. Vor der Tür raunte sie: »Nehmen Sie Sam sein Verhalten nicht übel. Wenn er sich aufregt, gehen ihm schon mal die Pferde durch. Er meint es aber nicht so. Sam ist ein herzensguter Mensch, er kann es nur selten zeigen.«

»Weiß Sam Pengelly, dass ein Händler Ihre Käsemaschinen begutachtet hat, obwohl sich das Verfahren noch Wochen hinziehen kann? Ich nehme an, Sie haben sich auch schon mit Viehhändlern für die Kühe in Verbindung gesetzt.«

Tamaras blaue Augen wurden ebenso kugelrund wie ihre kirschroten Lippen, die ein »Oh« formten. Heiser sagte sie: »Sie sind tatsächlich der beste Anwalt Cornwalls, da Sie offenbar alles wissen.«

Ich wünschte, es wäre so, dachte Alan, nickte Tamara zu und ging zu seinem Wagen.

In den nahezu fünfundzwanzig Jahren seiner Tätigkeit als Anwalt hatte Alan immer wieder Personen verteidigt, von deren Unschuld er nicht restlos überzeugt gewesen war. Das war sein Job, und bei diesem Fall lag keine Straftat vor. Als Sam Pengelly ihn gefragt hatte, ob er ihm helfen würde, die Farm zu bekommen, hatte Alan nicht gezögert. Allerdings hatte er da noch keine Hintergründe gewusst, erst recht nicht, dass Creeda gegen ihren Ehemann schwere Vorwürfe erhoben hatte. Sandra Flemming war überzeugt, dass Creeda nicht fantasiert hatte. Alans Eindruck, den er heute von Sam Pengelly und Tamara Stevens gewonnen hatte, unterstrichen Sandras Verdacht. Eigentlich sollte das nicht Alans Angelegenheit sein. Eigentlich …

Auf der Höhe von Dobwalls auf der A38 setzte Alan den Blinker und nahm die Landstraße in Richtung Lostwithiel, obwohl er wusste, dass Ann-Kathrin und Demi auf ihn warteten. Die Unterhaltung auf der Long-Rock-Farm ließ Alan keine Ruhe. Er rang mit sich, entschloss sich dann dazu, mit Sandra zu sprechen, ohne das Vertrauensverhältnis zwischen Pengelly und ihm zu verraten. Von Higher Barton aus wollte er seine Frau anrufen. Ann-Kathrin würde es verstehen. Sie hatte gewusst, auf was sie sich einließ, als sie einen Anwalt geheiratet hatte.

DREIZEHN

Gedankenverloren sah Sandra Alans Wagen nach, als er Higher Barton verließ. Vor einer halben Stunde war er mit zwei wichtigen Nachrichten zu ihr gekommen.

»Über einen laufenden Fall darf ich nicht sprechen«, hatte Alan gesagt. »Ich kann dir aber mitteilen, dass Sam Pengelly und Tamara Stevens sehr vertraut miteinander sind. Ich fürchte, in diesem Punkt täuschte sich Creeda nicht.«

Seine zweite war weniger positiv.

»Die Aussage von Dr Odgers, die sie auch vor dem Richter und den Geschworenen beeiden wird, untermauert den Verdacht, dass sich Creeda beim Verfassen des Testaments in einem psychischen Ausnahmezustand befand.« Mit der flachen Hand strich Alan über sein sorgfältig frisiertes Haar und seufzte. »Wenn ich Ms West einen Rat geben darf: Sie soll auf die von uns vorgeschlagene außergerichtliche Vereinbarung eingehen. Das erspart ihr Kosten und Zeit.«

»Du glaubst nicht, dass Marion eine Chance hat, das Verfahren zu gewinnen?«, fragte Sandra.

Alan hatte die Frage nicht beantwortet, sondern nur zurückhaltend gelächelt. Für Sandra war klar, dass die Long-Rock-Farm wohl in den Besitz von Sam Pengelly übergehen würde. Außer, sie konnte definitiv beweisen, dass der Farmer den Tod seiner Frau vorsätzlich herbeigeführt hat.

Sandras Handy klingelte. Bevor sie »Hallo« sagen konnte, hörte sie schon Marions aufgeregte Stimme: »Sandra, Sie müssen unbedingt sofort nach Lower Barton kommen! Ich habe etwas Unglaubliches erfahren.«

»Jetzt?« Sandra sah sich in der Hotelhalle um. »Ich bin allein, Ms Dexter ist anderweitig beschäftigt …«

»Es ist wirklich wichtig!« Marions Stimme klang eindringlich. »Wir sind im Sailor's Rest.« Sie legte auf, bevor Sandra etwas erwidern konnte.

Marion hatte *wir* gesagt, und Sandra fragte sich, mit wem sie im örtlichen Pub beisammensaß. In den letzten Tagen hatte Sandra Creedas Nichte als eine Person kennengelernt, die weder übertrieb noch zum Dramatisieren neigte. Sandra ging in die Wirtschaftsräume. Monsieur Peintré band gerade seine Schürze ab. Nach dem Lunch nahm er sich immer eine oder zwei Stunden frei, um in seinem Zimmer zu ruhen. Rosa Piotrowski putzte die Arbeitsflächen. Bis zur Tea-Time gab es in der Küche nun nichts mehr zu tun.

»Rosa, übernehmen Sie bitte für eine oder zwei Stunden die Rezeption?«

Die Küchenhilfe nickte. Nicht zum ersten Mal vertrat sie Sandra am Empfang und Telefon.

»Sind Sie wieder auf Mörderjagd?«, fragte Edouard Peintré argwöhnisch. »Immer, wenn Sie Rosa in Ihre Arbeit einspannen, ist etwas im Busch. Zudem war eben der Anwalt hier. Sie haben sich doch nicht wieder auf etwas eingelassen, das Sie in Gefahr bringt, Ms Flemming?«

Sandra schmunzelte und wehrte ab: »Keine Sorge, Monsieur. Heute muss ich nur kurz nach Lower Barton.« Sandra sah zu Rosa. »Wichtige Anrufe notieren Sie bitte und sagen, ich rufe später zurück.«

»Alles klar, Chefin.« Rosa salutierte lachend. »Ich werde die Stellung halten.«

Während der Fahrt nach Lower Barton dachte Sandra ein weiteres Mal, wie viel Glück sie mit ihrem Personal hatte. Niemals würde sie das Hotel aufgeben! Wenn Christopher glaubte, sie würde das auch nur ansatzweise in Erwägung ziehen, dann kannte er sie schlecht.

Die drei zu dem Pub gehörenden Parkplätze vor dem Sailor's Rest waren belegt. Da in der North Street sonst striktes Halteverbot herrschte, blieb Sandra nichts anderes übrig, als ihren Jeep auf dem geräumigen Parkplatz des Supermarktes abzustellen. Unwillkürlich sah sie hinüber zu dem mehrstöckigen Gebäude aus Glas und Stahl, in dem sich neben einer Zahnarztpraxis auch der Polizeiposten befand. Auf dem ausgewiesenen Stellplatz erkannte Sandra Christophers neues Auto. Er war also im Büro. Wahrscheinlich will er alle ungeklärten Fälle vom Tisch haben, bevor er die neue Stelle in Bristol antritt, dachte Sandra. Brüsk drehte sie sich um und ging zur Ortsmitte. Fünf Minuten später betrat sie den Pub. Der typische Geruch nach Bier und Chips erwartete Sandra. An der langen, ums Eck gehenden Theke saßen zwei Frauen und fünf Männer, ansonsten war nur einer der runden Holztische mit einem Ehepaar und zwei Kleinkindern besetzt.

»Sandra, hier sind wir!«

Aus der hinteren linken Ecke winkte Marion West ihr zu. Der Gastraum war durch massive Holzbalken unterteilt, daher hatte Sandra die Frau nicht sofort gesehen. Überrascht stellte Sandra fest, in wessen Begleitung sich Marion befand.

»Vikar, Sie hatte ich nicht erwartet.«

Peter Alverton schmunzelte. »Auch ein Geistlicher gönnt sich ab und zu die Freuden eines guten Bieres.« Er deutete auf das Pint Tribute, ein beliebtes, lokales Bier. »Was darf ich Ihnen holen, Ms Flemming?«

Sandra winkte ab. Sie hatte keinen Durst, und mitten am Tag trank sie sowieso keinen Alkohol.

Sandra setzte sich auf den niedrigen, mit grünem Stoff bezogenen Hocker und sah Marion erwartungsvoll an.

»Was ist so wichtig, dass ich im Hotel alles stehen- und liegenlassen musste?«

Marion antwortete: »Sie werden es kaum glauben, was Peter mir erzählt hat.«

Peter? Sandra verbarg ein Schmunzeln. Offenbar waren sich der Geistliche und die Modedesignerin schnell nahegekommen.

»Ms Flemming«, begann der Vikar, »bei unserer Begegnung in der Kirche war mir nicht bewusst, dass Marion die Erbin der Long-Rock-Farm ist. Das erfuhr ich erst später von unserer guten Ms Roberts.«

»Die Ihnen sicher noch viel mehr über Marion erzählt hat, als Marion selbst von sich weiß«, witzelte Sandra.

Peter Alverton ging auf den Scherz nicht ein. Ernst fuhr er fort: »Seit Monaten ist bekannt, dass ein Investor an der Long-Rock-Farm und dem weitläufigen Landbesitz Interesse zeigt. Alle abgegebenen Angebote wurden jedoch abschlägig beschieden.«

»Das ist mir bekannt«, erwiderte Sandra. »Creeda Pengelly wollte die Farm nicht verkaufen, für kein Geld der Welt. Es gibt eine alte Klausel, die ein Vorfahre in sein Testament eingefügt hat. Die Farm soll im Familienbesitz bleiben. Nun, das ist heute rechtlich nicht haltbar, und Sam Pengelly möchte den Besitz so schnell wie möglich verkaufen.« Sie sah den Geistlichen fragend an. »Es überrascht mich, dass Sie über diese Vorgänge informiert sind, Vikar. Die Long-Rock-Farm liegt nicht in Ihrer Kirchengemeinde.«

»Peter wird es dir gleich sagen«, warf Marion ein. Grimmig ballte sie die Hände zu Fäusten. »Mit allen Mitteln müssen wir verhindern, dass Sam die Farm bekommt und an diese ...«, sie holte tief Luft und stieß hervor: »Diese Schweine verkauft!«

Der Vikar legte einen Arm um Marions Schultern und sagte: »Das Angebot für den Grund und Boden der Farm kommt von der TremLO-Group, einer Investorengruppe, die landesweit Objekte aufkauft und sie in Baugrundstücke umwandelt.«

»Es ist doch eine gute Sache, neuen Wohnraum zu schaffen«, bemerkte Sandra.

»Pah!« Marion fuchtelte wild mit den Händen und hätte beinahe Alvertons Bierglas umgestoßen. Der Vikar konnte es gerade noch festhalten. »Wenn Sie glauben, dass an der Stelle der Farm eine Reihenhaussiedlung entstehen soll, sind Sie mächtig auf dem Holzweg Sandra.«

Verständnislos sah Sandra sie an. »Creeda hat mir selbst gesagt ...«

»Sie wurde in dem Glauben gelassen«, vollendete der Vikar Sandras Satz. »In Wahrheit jedoch soll ein Erholungstempel entstehen, so nennt es die TremLO-Group. Ein Restaurant, mehrere Bars, ein Schwimmbecken, eine Saunalandschaft und sonstige Annehmlichkeiten.«

»Soweit mir bekannt ist, gibt es in der Gegend von Millendreath keine solche Einrichtung«, erwiderte Sandra. »Das nächste Hallenbad befindet sich in Saltash. Wenngleich ein so großes Bauwerk die Landschaft nachhaltig verändern wird, bringt es für die Menschen doch etwas Gutes. Verstehen Sie mich bitte nicht falsch, Marion, Vikar! Keineswegs bin ich dafür, dass das Grundstück verkauft wird, Ihre Empörung kann ich allerdings nicht ganz nachvollziehen.«

»Der geplante *Erholungstempel*«, Vikar Alverton beugte sich vor und senkte seine Stimme, »wird nur für eine ganz bestimmte Gruppe von Gästen zugänglich sein. Genau genommen nur für Männer mit speziellen Wünschen und Vorlieben.«

»Oh!« Nun verstand Sandra. »In England ist das Führen eines Bordells offiziell verboten. Daher wird für eine solche Einrichtung ohnehin keine Baugenehmigung erteilt.«

»Aus diesem Grund wird das Bauvorhaben als ein Ort zur Muße und Entspannung deklariert«, erklärte Peter Alverton. »Wenn genügend Scheine an den richtigen Stellen ihren Besitzer wechseln, werden so manche Augen fest zugedrückt.«

»Woher wissen Sie das alles?«

»Jemand hat wohl aus dem Nähkästchen geplaudert«, antwortete der Vikar. »In Millendreath und der Umgebung ist seit einiger Zeit bekannt, dass die Trem-LO-Group einen geeigneten Platz für ihr Vorhaben sucht. Letzte Woche beim Stammtisch erzählte meine Kollegin davon.«

»Sie haben einen Stammtisch?«, fragte Sandra überrascht.

Alverton schmunzelte. »Auch wir Priester treffen uns gern mit Kollegen und tauschen uns über unsere Arbeit aus. Die Stimmung in Millendreath ist gespalten, und Reverend Whitley hat alle Hände voll zu tun, die Gemüter zu beruhigen.«

»Aber dann können sich die Leute doch an die Regierung wenden«, gab Sandra zu bedenken. »Diese wird den Bau eines Bordells verhindern.«

»Peter sagte gerade, dass Bestechungsgelder geflossen sind«, merkte Marion an.

»Glauben Sie, Ihr Onkel weiß, für welchen Zweck die TremLO-Group die Farm haben will?«, fragte Sandra.

Marion zuckte die Schultern. »Ich traue es ihm zu. Meine Überlegungen gehen allerdings in eine andere Richtung. Wir wissen, dass solche Leute – die Zuhälter und deren Kumpane – zu allem fähig sind. Tante Creeda stand dem Investor im Weg ...« Vielsagend zog sie eine Augenbraue hoch.

»Und wurde von ihnen getötet, da sie davon ausgingen, Sam Pengelly erbt die Farm und wird unverzüglich an sie verkaufen«, vollendete Sandra Marions Vermutung. »Warum auf eine so umständliche Art, Creeda über einen längeren Zeitraum kontinuierlich zu vergiften? Ihre Ärztin, Dr Odgers, bestätigt, in Creedas Körper seien keine Spuren eines Giftes gewesen.«

»In diesem Gewerbe gehen die Menschen über Leichen«, erwiderte Marion bitter. »Hätten sie Creeda erschlagen, erschossen oder ihr das Genick gebrochen, wären polizeiliche Ermittlungen aufgenommen worden, in deren Verlauf die TremLO-Group in die Schusslinie geraten wäre. Eine alte, kranke Frau, die plötzlich stirbt, erregt kein Aufsehen. Die Bande wusste aber nicht, dass meine Tante nur wenige Wochen vor ihrem Tod ein Testament verfasst hat und Sam aller Voraussicht nach leer ausgehen wird.«

»Marion, wenn deine Überlegungen stimmen, bist du in Gefahr!«, rief Peter Alverton. Er wirkte sehr besorgt. »Da auch du nicht verkaufen willst, sobald die

Farm dir gehört, könnten sie versuchen …« Er brach ab, das Schlimmste wollte nicht über seine Lippen kommen.

Sandra versuchte, abzuwiegeln. »Obwohl ich in den letzten Jahren wahrlich einige Mörder kennengelernt und in Abgründe gesehen habe, klingt das doch sehr nach einer Räuberpistole.«

»Sie könnten mit DCI Bourke sprechen«, machte Alverton den Vorschlag. »Der Detective kann der Trem-LO-Group vorsichtig auf den Zahn fühlen, ohne dass die Sache an die große Glocke gehängt wird.«

Sandra verbarg ihre wahren Gefühle und erwiderte: »Christopher Bourke wird nichts unternehmen. Für die Polizei gibt es eine Devise: Solange ein Mord nicht eindeutig festzustellen ist, handelt es sich nicht einmal um ein Kapitalverbrechen. Der DCI hat ambitionierte Pläne. Er wird nichts tun, was seine Karriere beeinträchtigen oder ihr gar schaden könnte.«

Sandra bemerkte Marions fragenden Blick und senkte schnell den Kopf. Ihre Probleme mit Christopher wollte sie nicht mit ihr und dem Vikar besprechen, so gut kannten sie sich dann doch nicht. In Sandras Kopf nahm jedoch ein Plan Gestalt an.

VIERZEHN

Sandra verließ den Laden einer Telefongesellschaft unweit der alten Coinage Hall von Truro, umrundete das dreistöckige Haus aus viktorianischer Zeit und kam zum Hintereingang. Ein metallenes Schild an der Hauswand wies darauf hin, dass sich im dritten Stock das Büro der TremLO-Group befand. Die Tür stand offen. Sandra stieg die alte, gediegene Holztreppe mit dem geschnörkelten Geländer hinauf. Bei jedem Schritt knarrten die in der Mitte abgetretenen Stufen unter ihren hochhackigen, schwarzen Pumps. Neben der Tür mit einer bodentiefen Milchglasscheibe führte eine andere in frei zugängliche Waschräume. Sandra betrat sie, drehte den Hahn auf, hielt ihre Hände unter fließendes, kaltes Wasser und betrachtete sich im Spiegel. Das dunkle, lockige Haar hatte sie zu einem streng wirkenden Knoten aufgesteckt, das Gesicht dezent geschminkt, und auf dem beigen, dünnen Rollkragenpullover glitzerte eine goldene Kette mit einem daumennagelgroßen Rubinanhänger. An der rechten Hand trug sie den zur Kette passenden Ring. Hier war der rote Stein in einen Kranz Diamanten gefasst. Es waren Erbstücke von ihrer Urgroßmutter und stammten aus dem 19. Jahrhundert. Sandra trug den auffälligen Schmuck nur zu besonderen Anlässen. Heute erschien es ihr jedoch angemessen. Jeder, der sich ein wenig mit Juwelen auskannte, sah sofort die Wertigkeit der Kette und des Ringes. Sie zupfte den Kragen des dunkelblauen Blazers zurecht,

verließ den Waschraum und drückte auf den Klingel-
knopf. Ein dezenter Summer erklang, die Tür öffnete
sich, und Sandra trat in einen kleinen Vorraum, in dem
an einem modernen stählernen Schreibtisch eine junge
Frau saß und Sandra fragend entgegensah.

»Guten Tag, ich möchte mit Mr Hanson sprechen.«

»Haben Sie einen Termin?«

»Das nicht, aber vielleicht ist es möglich …«

»Auf keinen Fall«, schnitt die Empfangsdame Sandra
das Wort ab. Sie sah auf den Bildschirm des Rechners.
»Am Mittwoch übernächster Woche kann ich Sie rein-
schieben.«

»Oh je.« Sandra legte ihre Hand mit dem auffälligen
Ring auf den Tresen und seufzte. Als sie sprach, betonte sie in jedem Wort das R so stark wie seit vielen
Jahren nicht mehr. »Ich bin nur noch heute in Cornwall,
morgen schon wieder auf dem Weg in den Norden. Sie
wissen ja, wie das ist: Die Chefin sollte eine Firma nie
zu lange allein lassen.«

»Sie kommen aus Schottland?« Sandra nickte. Gut,
dass sie immer noch den ausgeprägten Akzent ihrer
Heimatstadt in den Highlands beherrschte. »Es tut
mir leid«, fuhr die Frau fort. »Mr Hanson ist sehr beschäftigt.«

»Fragen, ob er ein paar Minuten erübrigen kann,
kostet doch nichts. Ich kann mir vorstellen, dass Mr
Hanson an meinem Angebot großes Interesse zeigen
wird. Man hat ihn mir als einen Mann geschildert, der
sich kein gutes Geschäft entgehen lässt.«

Die junge Frau zögerte, stand auf und verschwand
in dem Zimmer zu ihrer rechten Seite. Sandra musste nur wenige Sekunden warten, dann öffnete sich die
Tür wieder.

»Kommen Sie bitte herein.«

Sandra trat in ein geräumiges Büro mit holzgetäfelten Wänden, die drei zur Straßenseite führenden Fenster machten den Raum licht. Hinter einem Schreibtisch aus massiver Eiche erhob sich ein schmächtig wirkender Mann. Er hatte eine ausgeprägte Stirnglatze, hinter zwei Brillengläsern sahen ein Paar steingraue Augen Sandra fragend an.

»Meine Mitarbeiterin meint, Sie kommen in einer wichtigen Angelegenheit, Ms ...?«

»McGregor, Elisabeth McGregor.«

»Nehmen Sie bitte Platz, Ms McGregor.« Mr Hanson deutete auf den Stuhl ihm gegenüber. »Meine Zeit ist allerdings begrenzt.« Demonstrativ sah er auf die stylische Tischuhr aus grauem Granit mit weißen Ziffern und Zeigern.

Es war wenige Minuten vor zwölf. Bewusst hatte Sandra diese Zeit gewählt. In der Regel vereinbarten Geschäftsleute gegen Mittag keine Termine, da sie pünktlich zum Lunch gehen wollten.

Sandra kam gleich zur Sache: »Mein Onkel trägt sich mit dem Gedanken, in eines Ihrer Objekte zu investieren, Mr Hanson.«

»Ihr Onkel?«

Sandra lächelte verhalten. »Ein alter Kauz, manchmal etwas wunderlich, aber mit Geld wie Heu, das er gewinnbringend anlegen möchte. Er traut weder Aktien noch Börsenspekulationen und möchte lieber in Immobilien investieren. Besonders in solche, die langfristig eine gute Rendite versprechen. Als ich ihm von Ihrem Projekt berichtete, bat er mich, nähere Erkundigungen einzuziehen. Wenn das Projekt lohnenswert ist, kann ich mir vorstellen, auch selbst zu investieren.«

Mit der rechten Hand spielte Sandra scheinbar gedankenverloren mit ihrer Kette. Sie bemerkte, dass Mr Hanson mit einem Blick den Wert des Schmuckes erkannte. Sogleich lächelte er freundlich und erwartungsvoll.

»An welchem Projekt sind Sie interessiert, Ms McGregor?«

»Es handelt sich um den Erlebnistempel bei Millendreath.« Für einen Moment zeigte Mr Hanson eine kleine Verunsicherung. Schnell sprach Sandra weiter und behielt ihren Akzent bei: »Meine Zeit ist wie die Ihre begrenzt, daher komme ich gleich auf den Punkt. Wie ich Ihrer Mitarbeiterin sagte, reise ich bereits morgen nach Schottland.«

»Ihr Onkel lebt ebenfalls in Schottland?«

»In Nordengland, ich besuche ihn regelmäßig.«

»Darf ich fragen, woher Sie die Information über dieses Projekt haben? Es ist noch nicht öffentlich.«

»Ein gemeinsamer Bekannter gab mir den Tipp.«

»Verraten Sie mir dessen Namen?«

Sandra lächelte charmant und schlug die Wimpern nieder. »Mr Hanson, in diesem …«, sie hob wieder die Lider und sah ihn an, »Metier möchten manche Personen lieber nicht benannt sein. Insbesondere, da die Nutzung des Gebäudes ein wenig von den offiziellen Angaben abweichen wird. Das verstehen Sie doch, nicht wahr?«

»Äh, ja …« Mr Hanson räusperte sich. »Sie sind sehr gut informiert, Ms McGregor. Ihnen wird ebenfalls bekannt sein, dass der Grundbesitz für das geplante Objekt noch nicht an uns verkauft worden ist.«

Sandra winkte ab. »Ich glaube, das wird sich in naher Zukunft zu Ihrer Zufriedenheit regeln lassen.«

»Verfügen Sie über Kenntnisse, die ich nicht habe, Ms McGregor?«

»Vielleicht.« Sandra zog eine Augenbraue hoch.

»Aha.« Mr Hanson rückte seine Brille zurecht und fragte direkt: »Welche Summe denkt Ihr Onkel zu investieren?«

»Eine gut fünfstellige«, antwortete Sandra. »Wenn alles nach seiner Zufriedenheit verläuft, durchaus mehr.« Sandra konnte sich jetzt des vollen Interesses des Unternehmers sicher sein. »Sie werden verstehen, Mr Hanson, dass ich in diesem Fall mit dem dafür Zuständigen persönlich sprechen und gegebenenfalls verhandeln möchte.«

»Sicher, sicher, aber das ist nicht so einfach. Die Herren halten sich derzeit nicht in Cornwall auf.«

Aus ihrer Handtasche nahm Sandra einen kleinen Zettel und schob ihn über den Schreibtisch. Darauf war nur eine mobile Telefonnummer notiert, kein Name.

»Sie können mich jederzeit anrufen, Mr Hanson.« Das entsprechende Handy mit einer Prepaidkarte hatte sich Sandra vorher in dem Geschäft im Erdgeschoss gekauft.

»Sie werden bald von mir hören, Ms McGregor. Grüßen Sie Schottland von mir. Vor ein paar Jahren verbrachte ich einen Urlaub in Inverness, der mir in angenehmer Erinnerung geblieben ist.«

»Eine zauberhafte Stadt«, stimmte Sandra zu, die Inverness sehr gut kannte. »Urban, mit allen Annehmlichkeiten, gleichzeitig auch ländlich.« Sie setzte noch eins drauf: »Hatten Sie die Gelegenheit, den Buchladen in der Church Street zu besuchen? Haben Sie jemals so viele Bücher gesehen, und ist die eiserne Wendeltreppe über zwei Etagen nicht beeindruckend?«

»Äh, nein … Ich habe viel zu wenig Zeit zum Lesen.«

Mr Hanson begleitete Sandra persönlich zur Tür und wartete auf dem Treppenabsatz, bis Sandra das Haus verlassen hatte.

Gemächlich ging Sandra die Straße entlang und blieb erst stehen, als sie sicher sein konnte, von den Fenstern des Büros der TremLO-Group nicht mehr gesehen zu werden. Obwohl alles nach ihrem Plan verlaufen war, zitterten ihr die Knie. Die Vermutung, dass ein Bordell, getarnt als Wellness- und Freizeittempel, gebaut werden sollte, hatte sich bestätigt. Wie Marion West zu Recht gesagt hatte: Mit solchen Leuten ist nicht zu spaßen! Hoffentlich war die Sache nicht eine Nummer zu groß für ihre detektivischen Fähigkeiten.

»Sandra?« Eine Hand legte sich auf ihr Schulterblatt. Mit einem Schrei drehte sie sich um.

»Ann-Kathrin!«, stieß Sandra erleichtert hervor.

»Sorry, ich wollte dich nicht erschrecken. Du warst völlig in Gedanken versunken.«

Sandra nickte und musterte die Freundin. »Irgendetwas ist anders an dir. Wo ist Demelza?«

»Meine Mutter spielt heute den Babysitter.« Ann-Kathrin schmunzelte und griff sich an den Kopf.

»Du warst beim Friseur!«, sagte Sandra. »Der Kurzhaarschnitt steht dir ausgezeichnet, und du hast dir kastanienbraune Strähnchen machen lassen.«

»Ich hatte Lust auf eine Veränderung. Mit einem Kleinkind zum Friseur zu gehen, macht wenig Sinn. Außerdem muss ich mich daran gewöhnen, Demelza auch mal anderen zu überlassen. Mit Beginn des neuen Trimesters im nächsten Jahr werde ich ja wieder unterrichten. Die Betreuung von Demelza werden sich meine Mutter und eine Kinderfrau teilen. Versteh mich bitte nicht falsch, Sandra, in jeder Minute, die ich von Demi getrennt bin, fehlt mir die Kleine, und ich sorge mich um sie. Aber ich muss auch mal wieder unter Menschen. Leute, die nicht ständig über Windeln und die Fortschritte ihrer Zwerge sprechen. Krabbelgruppe, Babyschwimmen, Spielplätze ...« Vielsagend sah Ann-Kathrin Sandra an.

Diese lachte. »Das kann ich gut verstehen. Wenn du wieder unterrichtest, bedeutet das nicht, dass du die kleine Maus auch nur ein bisschen weniger liebhast.«

»Was ist eigentlich mit dir?«

»Mit mir?« Sandra runzelte die Stirn.

»Nun ja, im letzten Jahr sah es danach aus, dass du und Christopher die Familienplanung in Angriff nehmen wollt. Klappt es nicht?« Leicht legte Ann-Kathrin eine Hand auf Sandras Arm. »Ich hoffe, du verzeihst mir meine Direktheit. Unter Freundinnen sollte man offen reden können, und ich mache mir Sorgen um dich.«

»Dazu besteht kein Grund«, murmelte Sandra, gab sich einen Ruck und sagte offen: »Mit Christopher läuft es nicht mehr gut.« Sie seufzte. »Genau genommen ist das untertrieben. Ann-Kathrin, ich glaube, es ist aus mit uns.«

»Wie bitte?« Ann-Kathrins grüne Augen hinter den Brillengläsern weiteten sich überrascht. »Das kann ich mir nicht vorstellen.« Sie sah die Straße entlang und deutete auf ein kleines Café. »Lass uns einen Kaffee trinken, dabei erzählst du mir alles. Auch, warum du heute frisiert und gekleidet bist wie eine ältliche Gouvernante, von dem kostbaren Schmuck ganz abgesehen. Irgendetwas ist mal wieder mächtig im Busch, Sandra Flemming!«

Die resolute, zupackende Art der Freundin tat Sandra gut. Ja, es war an der Zeit, mit jemandem über alles, was sie belastete, offen und ehrlich zu sprechen.

Eine halbe Stunde und eine Tasse Cappuccino später schüttelte Ann-Kathrin verständnislos den Kopf.

»Das traue ich Christopher nicht zu. Du musst etwas falsch verstanden haben, Sandra.«

Sandra lachte bitter. »Randolph Warden mag sich vielleicht geirrt haben, kaum aber Sergeant Greenbow. Seinen Mitarbeiter hat Christopher gebeten, über die Beförderung und den damit verbundenen Umzug Stillschweigen zu bewahren. Warum hätte er das tun sollen, wenn er nicht Chief Superintendent in Bristol würde?«

Dem konnte Ann-Kathrin nicht widersprechen. Sie schüttelte dennoch den Kopf. »Die meisten Missverständnisse entstehen, weil Menschen nicht miteinander sprechen. Sandra, ihr Schotten habt einen ausgeprägten Stolz und könnt manchmal ganz schön stur sein, aber du bist doch eine Frau, die den Stier bei den Hörnern packt! Du *musst* so schnell wie möglich mit Christopher reden.«

»Ich wüsste nicht, was es noch zu sagen gibt.«

Ann-Kathrin legte ihre Hände auf Sandras und sah ihr fest in die Augen. »Dann hast du wenigstens Gewissheit«, sagte sie leise. »So schmerzlich diese auch sein wird. Ich kenne Christopher ein wenig länger als du. Er mag zwar auf den ersten Blick zurückhaltend, manchmal auch tapsig, wirken, eines ist er ganz sicher nicht: ein Lügner!«

»Nein, das ist er nicht«, stimmte Sandra zu. »Erröten tut er auch nur noch selten.«

»Weil er glücklich ist.« Ann-Kathrin schmunzelte. »Er ist glücklich mit dir, Sandra! Okay, der Moment und der Rahmen seines Heiratsantrags mögen schlecht gewählt gewesen sein, aber gibt es für eine Frau etwas Schöneres als einen Antrag von dem Menschen, den sie liebt? Na ja, abgesehen von einem eigenen Kind. Oder willst du gar nicht Christophers Frau werden?«

»Ach, Ann-Kathrin, natürlich möchte ich Christopher heiraten«, erwiderte Sandra resigniert. »Trotzdem gebe ich das Hotel nicht auf. Niemals! Das mag klingen, als sei mir die Karriere wichtiger als die Liebe. Seit meiner Jugend habe ich davon geträumt, ein Hotel zu haben, das ganz allein mir gehört.«

»Du könntest in Bristol ...«

»Auf keinen Fall!«, schnitt Sandra der Freundin das Wort ab. »Als ich nach Cornwall kam, war es mir egal, in welcher Gegend sich das Hotel befindet, in die mich die Zentrale schickte. Inzwischen habe ich mich in jeden Winkel, jede kleine Kammer und Zinne von Higher Barton ebenso verliebt wie in Cornwall selbst.«

»Und wie in Christopher«, fügte Ann-Kathrin hinzu. »Versprich mir, dass du mit ihm redest. Noch heute.«

»Ich verspreche es«, flüsterte Sandra. Die Freundin hatte recht. Die Flucht aus seinem Auto nach dem Heiratsantrag war unüberlegt gewesen, das Ignorieren seiner Anrufe infantil. So oder so: Sie musste Klarheit haben, so schmerzlich diese auch ausfallen würde.

»Beinahe wäre es mit Alan und mir nichts geworden, wenn ich nicht ehrlich mit ihm gesprochen hätte«, sagte Ann-Kathrin plötzlich.

»Du hast mir nie erzählt, wie ihr euch kennengelernt habt.«

Ann-Kathrin lächelte versonnen. »Es ging um eine baurechtliche Genehmigung, bei der Alan die Schule vertreten hat. Er hat mir auf den ersten Blick gefallen, aber als er mich einlud, mit ihm auszugehen, lehnte ich ab.«

»Warum?«, fragte Sandra erstaunt.

»Ich dachte, ein Mann wie Alan, gebildet, kultiviert, mit einem solchen Background und dann seine äußere Erscheinung ...« Mit einer hilflosen Geste hob Ann-Kathrin die Hände. »Ich fühlte mich als kleines graues Mäuschen und konnte mir nicht vorstellen, dass Alan ernsthaft an mir interessiert ist.«

»Alan schaut den Menschen in die Seele und ins Herz, alles andere ist ihm egal«, warf Sandra ein.

»Das weiß ich heute«, erwiderte Ann-Kathrin. »Damals dachte ich, dass eine kleine, pummlige und kurzsichtige Frau nicht in sein Beuteschema passt, und für eine flüchtige Affäre war ich mir zu schade. Alan ließ nicht locker, ich lehnte aber jede seiner Einladungen ab. Bis er mich schließlich fragte, was ich gegen ihn hätte. Da habe ich ihm ehrlich geantwortet, dass ich mich in ihn zwar verliebt habe, er aber eine andere Frau als eine schlichte Grundschullehrerin an seiner Seite braucht.«

»Wie hat er darauf reagiert?«, fragte Sandra gespannt.

»Er fiel auf die Knie und fragte mich, ob ich ihn heiraten will.«

»Wie schön!« Sandra seufzte. »Egal, wie selbstbewusst wir Frauen im Leben stehen: Ein bisschen Romantik dann und wann muss einfach sein.«

Die Frauen prusteten los. Sandra winkte nach der Kellnerin und bestellte sich einen zweiten Cappuccino, Ann-Kathrin ein Glas Organgensaft.

»Jetzt zu der anderen Sache, Sandra«, sagte Ann-Kathrin. »Was führt dich nach Truro, dazu in einem so strengen Outfit? Ich habe zweimal hinsehen müssen, bis ich dich erkannte.«

Darüber zu sprechen, fiel Sandra leichter als über ihren Kummer mit Christopher. Nachdem sie geendet hatte, pfiff Ann-Kathrin so undamenhaft durch die Zähne, dass sich andere Gäste nach ihr umdrehten.

»Wenn du mit deinen Vermutungen recht hast, Sandra, dann lässt du dich auf ein verflixt gefährliches Spiel ein. Ich werde nicht versuchen, es dir auszureden. Damit würde ich nur das Gegenteil erreichen. Wenn ich dir helfen kann, lass es mich wissen.«

»Das ist lieb von dir«, antwortete Sandra. »Ich glaube, du hast inzwischen auch Gefallen an hin und wieder ein wenig Detektivarbeit gefunden, nicht wahr?« Ann-Kathrin nickte. »Marion West würde alles dafür tun, zu beweisen, dass ihre Tante ermordet wurde. Creeda war nicht verwirrt, als sie sich entschlossen hatte, alles ihrer Nichte zu hinterlassen. Sam Pengelly geht es nur um das Geld, das der Besitz einbringt, um sich mit seiner Geliebten ein sorgenfreies Leben zu machen.«

Ein Schatten fiel über Ann-Kathrins Gesicht. »Sandra, ich fürchte, ich muss dir was sagen. Du musst mir aber versprechen, dass du niemandem auch nur ein Wort verrätst, woher du die Information hast. Auch nicht Alan. Besonders nicht Alan!«

»Du hast ein Geheimnis vor deinem Mann?« Das überraschte Sandra kolossal. Sie hatte noch nie ein Paar getroffen, das sich gegenseitig so sehr vertraute und offen miteinander umging wie ihre Freunde.

Ann-Kathrin senkte ihre Stimme: »Es war vor zwei Tagen. Alan telefonierte in seinem Arbeitszimmer, das ist nichts Besonderes. Als ich an der Tür vorbeiging, die einen Spalt geöffnet war, hörte ich ihn den Namen deines Hotels sagen. Da Higher Barton und du eng miteinander verknüpft sind, blieb ich stehen.«

»Du hast Alan belauscht?« Zum ersten Mal an diesem Tag lachte Sandra unbeschwert.

Ann-Kathrin winkte ab. »Nenn es besser: Ich habe mich nicht bemerkbar gemacht. Alan hatte den Lautsprecher eingeschaltet und mit einem Mann telefoniert, der ihm private Informationen über Marion West mitteilte.«

»Die Anwälte arbeiten mit allen Tricks«, warf Sandra ein. »Welche Rolle spielt Marions Privatleben bei der Entscheidung über die Gültigkeit von Creedas Testament?«

»Ich fürchte, in diesem Fall eine große«, erwiderte Ann-Kathrin ernst. »Sie ist nämlich so gut wie pleite.«

»Wie bitte?« Sandra schüttelte fassungslos den Kopf. »Die Modefirma ist doch gut im Geschäft, und Marion vermittelt den Eindruck, vermögend zu sein.«

»Das sollte man meinen«, sagte Ann-Kathrin. »Was ich verstanden habe, war, dass Marion West ein großer Batzen Geld gerade jetzt sehr gelegen käme. Für sie ist es ein glücklicher Zufall, dass ihre Tante gestorben und sie die Alleinerbin ist.«

Sandra kannte ihre Freundin so gut, dass sie an deren Gesichtsausdruck ablas, was Ann-Kathrin dachte. »Marion hat Creeda nicht getötet! Wie hätte sie das tun sollen? Sie war bis letzte Woche in den Staaten.«

»Das sagt Marion, du kannst es nicht genau wissen. Es kann ihr jemand in Cornwall auch geholfen haben.«

Betroffen senkte Sandra den Blick. Anfangs hatte sie einen ähnlichen Verdacht gehegt, diesen aber verworfen, nachdem sie Marion besser kennengelernt hatte.

»Wenn es Sam Pengelly nicht getan hat, dann glaube ich eher an die zwielichtigen Gestalten, die die Long-Rock-Farm unter allen Umständen haben wollen«, sagte Sandra nach einiger Zeit. »Marion vertraue ich.«

Sehr ernst erwiderte Ann-Kathrin: »Hoffentlich irrst du dich nicht, Sandra. Auch auf die Gefahr hin, mich zu wiederholen und dich zu nerven: Sprich mit Christopher! Sag ihm, was du herausgefunden hast, und überlass es ihm, weitere Ermittlungen anzustellen. Für ihn ist es ein Klacks, festzustellen, ob Marion in den letzten Monaten nach England eingereist ist.«

»Du kannst nichts tun oder sagen, das mich jemals nerven würde. Es ist schön, dich als Freundin zu haben, Ann-Kathrin. Ich danke dir.«

FÜNFZEHN

Wenn Sandra ein Versprechen gegeben hatte, hielt sie es. Zurück in Lower Barton fuhr sie zielstrebig zum Parkplatz von *Morrisons*. Allerdings blieb sie noch einige Minuten sitzen, bevor sie ausstieg und zögerlich auf das Bürogebäude gegenüber vom Supermarkt zuging. Christophers neues Auto stand nicht vor dem Haus. Sandra öffnete die Tür zum Polizeirevier. Der kleine Vorraum war mit einer weiteren Tür von den Büros abgetrennt. Durch die große Glasscheibe winkte sie Sergeant John Greenbow zu. Er betätigte den Summer, und Sandra drückte die Tür auf.

Bevor sie etwas sagen konnte, meinte der Sergeant bedauernd: »Der Chef musste heute Morgen schon früh nach Bristol und meinte, eventuell dort übernachten zu müssen.«

In Greenbows Blick las Sandra den Anflug von Verwunderung, dass Sandra es nicht wusste. Er war aber zu höflich, um nachzufragen.

»Ach so, ja … Ich habe daran nicht mehr gedacht.«

»Kann ich Ihnen weiterhelfen, Ms Flemming?«

Sandra schüttelte den Kopf. »Ich wollte Christopher in einer privaten Angelegenheit sprechen. Danke, Sergeant Greenbow.«

Auf dem Parkplatz atmete Sandra tief durch. Einerseits war sie erleichtert, dass die Aussprache noch hinausgezögert wurde, auf der anderen Seite hatte sie eine weitere Bestätigung erhalten, dass Christophers beruflicher Mittelpunkt binnen weniger Wochen nicht mehr in Cornwall liegen würde.

»Was sollte daran wohl ein Missverständnis sein?«, murmelte Sandra in Erinnerung an Ann-Kathrins Worte.

Sie sah Ms Roberts mit einem randvollen Einkaufswagen den Supermarkt verlassen und ging ihr entgegen.

»Hallo, Agnes. Sie kaufen bei Morrisons ein?«

Ms Roberts schmunzelte. »Selbstverständlich keine Fleisch- und Wurstwaren, das wäre ja Kohlen nach Newcastle bringen. Andere Dinge für den täglichen Haushalt brauche ich aber schon.« Ms Roberts sah Sandra gespannt an. »Haben Sie neue Erkenntnisse im Fall der armen Creeda?«

»Ob es überhaupt ein *Fall* ist, werden wir wohl nie herausfinden.«

»Also, für mich ist die Sache klar«, erwiderte Agnes Roberts aufgeregt. »Creedas Mann wollte die Farm verkaufen und dabei Reibach machen, Creeda stand ihm im Weg, also hat er sie unter die Erde gebracht. Dumm gelaufen, dass Sam gar nicht der Erbe des Besitzes ist, sondern eine Verwandte aus Amerika.«

»Agnes, Agnes!« Sandra drohte ihr spielerisch mit dem Finger. »Ich frage Sie nicht, woher Sie diese Informationen haben. Längst habe ich erkannt, dass in Lower Barton nichts geheim bleibt.«

»Wir sind eben ein kleiner Ort.« Ms Roberts zuckte mit den Schultern und wirkte unschuldig. »Ihr Freund da drüben«, sie deutete zum Polizeiposten, »hat wohl auch nichts herausgefunden, was gegen Sam Pengelly verwendet werden kann?«

»Darüber darf und kann ich nicht sprechen«, antwortete Sandra. Auf keinen Fall sollte Mr Roberts erfahren, dass ihre Beziehung zu Christopher Bourke im Moment abgekühlt war. Bei ihr reichte eine kleine Andeutung, und am nächsten Tag ginge in Lower Barton das Gerücht um, sie hätten sich getrennt. »Wissen Sie etwas über die Frauen, die John Shaw betrogen haben?«, stellte sie die Gegenfrage.

»Leider nein. Seitdem behalte ich Kunden, die mir fremd sind, genau im Blick. Nicht, dass ich auch noch bestohlen werde.«

Das hielt Sandra für übertrieben, denn die Frauen, die die Zeche im *Three Feathers* geprellt hatten, waren längst über alle Berge. Da Ms Roberts die Investorengruppe nicht erwähnte, auch nicht, was wirklich hinter dem Bauprojekt steckte, behielt Sandra ihre Kenntnisse für sich. Sie wusste selbst noch nicht, wie sie in dieser Richtung weiter vorgehen sollte. Wenn es überhaupt ein Ansatzpunkt war.

»Ich muss wieder an die Arbeit, Agnes.«

Ms Roberts verabschiedete sich und begann, die Einkäufe in den Laderaum ihres blauen Transporters zu räumen.

Zwanzig Minuten später trat Sandra in die Hotelhalle. Eliza Dexter war allein, auch im Restaurant hatte sich zur Tea Time niemand eingefunden.

»Ist Ms West auf ihrem Zimmer?«, fragte Sandra.

»Nein, nach dem Lunch hat sie das Haus verlassen.«

»Ich muss mal an den Computer«, sagte Sandra, ging in ihr Büro und fuhr den Rechner hoch.

Sie erinnerte sich an den Namen von Marions Firma und gab *West-MoDa New York* in die Suchmaschine ein. Der Internetauftritt der Firma war farbenfroh, junge Frauen mit Modelmaßen in schicken Outfits und legerer Freizeitkleidung lächelten von den Seiten, und

Sandra fand auch ein Bild von Marion. Der Fotograf hatte sie bestens in Szene gesetzt, sie wirkte kaum älter als ein Teenager. Auf der offiziellen Webseite war von eventuellen finanziellen Schwierigkeiten natürlich nichts zu lesen. Sandra überprüfte, ob West-MoDa ein börsennotiertes Unternehmen war. Ohne Erfolg, was sie nicht überraschte. Dafür war die Firma dann doch zu klein. Auf ihre Menschenkenntnis – unabdingbar als Hotelmanagerin – war Sandra immer stolz gewesen. Hatte sie sich bei Marion West geirrt? Spielte die Amerikanerin nur die Rolle der trauernden Nichte? Marion bestand vehement darauf, Sam Pengelly des Mordes zu überführen. Tat sie das, um von sich selbst abzulenken? Wie hätte es Marion gelingen sollen, Creeda über einen längeren Zeitraum langsam zu vergiften?

»Sandra Flemming, du bist dabei, dich in etwas zu verrennen!«

»Geht es um die Farmerin?« Eliza stand in der Tür und sah Sandra fragend an. »Ist sie nun ermordet worden oder nicht?«

Sandra zuckte mit den Schultern. »Das ist die große Frage. Nach dem, was ich bisher weiß, hat Sam Pengelly das stärkste Motiv.«

»Wir beide wissen, dass bei einem Mordfall häufig Motive zum Täter führen, an die anfangs niemand gedacht hatte«, bemerkte Eliza trocken. »Warum ich Sie störe, Sandra: Vorhin hat eine Frau angerufen, die im Februar des nächsten Jahres Higher Barton exklusiv für eine Woche mieten möchte.«

»Das ganze Hotel?« Sofort waren Sandras Gedanken auf die Arbeit gelenkt. »Für eine größere Feier?«

»Nicht direkt, die Gruppe ist sogar eher klein, sie benötigen nur fünf oder sechs Zimmer. Trotzdem möchte die Frau, dass sich in dieser Zeit keine anderen Gäste im Haus aufhalten.«

»Im Februar kein Problem«, sagte Sandra. »Der Monat ist eine Saure-Gurken-Zeit, und wenn die Frau entsprechend bezahlt …« Vielsagend zog Sandra eine Augenbraue hoch. »Major Collins werden wir allerdings kaum ausquartieren können.«

»Das habe ich der Dame bereits gesagt, und sie möchte unbedingt mit der Inhaberin sprechen.« Eliza legte einen Zettel auf Sandras Schreibtisch. »Irgendwas erscheint mir seltsam an der Sache. Ich kann nicht sagen was, es ist nur so ein Gefühl.«

»Ich werde sie so bald wie möglich anrufen«, versprach Sandra, »und mir anhören, zu welchem Zweck sie das ganze Haus mieten möchte.«

Ein leiser Piepston drang aus Sandras Jacke, die sie über die Stuhllehne gehängt hatte. Sie nahm das Handy aus der Tasche.

Eliza runzelte die Stirn. »Sie haben ein neues Telefon?«

»Würden Sie mich bitte allein lassen, Eliza? Und schließen Sie die Tür.«

Eliza Dexter tat es. Sandra war sicher, dass ihre Mitarbeiterin nicht an der Tür lauschen würde. So jemand war Eliza nicht. Sie nahm den Anruf entgegen und meldete sich mit: »Hallo?«

»Ms McGregor?« Sandra erkannte die Stimme sofort wieder.

»Am Apparat, Mr Hanson.«

»Ich habe eine gute Nachricht für Sie«, sagte der Inhaber der TremLO-Group. »Mein Mittelsmann kann Ihnen morgen einen Termin einräumen. Das heißt, wenn Sie Ihre Abreise um einen Tag hinausschieben können.«

»Das ist sehr freundlich«, erwiderte Sandra. »Ich werde es einrichten.«

»Allerdings ...«

»Allerdings?«

»Es wäre von Vorteil, wenn Ihr Onkel ebenfalls anwesend wäre«, erklärte Matthew Hanson. »Immerhin ist er es, der plant, zu investieren.«

»Wie ich Ihnen sagte, lebt mein Onkel im Norden ...«

»Wenn ihm an der Sache etwas liegt, soll er ins nächste Flugzeug oder in den Zug steigen«, schnitt Mr Hanson Sandra das Wort ab. »Oder ist er derart hinfällig oder gar debil, dass er nicht reisen kann?«

»Er ist vollkommen gesund und vital«, murmelte Sandra und lauter: »Wann und wo soll das Treffen stattfinden? In Ihrem Büro in Truro?«

»Mein Auftraggeber bevorzugt einen etwas weniger belebten Treffpunkt«, antwortete Hanson. »Kennen Sie die Ruinen von Restormel Castle?« Die kannte Sandra sehr wohl, verneinte jedoch, und Mr Hanson erklärte: »Die alte Burg liegt oberhalb der Stadt Lostwithiel. Wegen Reparaturarbeiten ist die Anlage derzeit geschlossen, ergo wird sich kaum jemand in diese Gegend verirren. Um drei Uhr morgen Nachmittag, Ms McGregor.«

»Ich werde es einrichten und hoffe, meinen Onkel bewegen zu können, nach Cornwall zu kommen.«

»Wenn er wirklich an dem Projekt interessiert ist, sollte er sich auf den Weg machen. Guten Tag, Ms McGregor.«

Er legte auf. Sandra steckte das Telefon zurück in die Jackentasche und verließ das Büro.

»Wissen Sie, wo der Major ist?«, fragte sie Eliza.

»Er hat sich eben den Tee in der Bibliothek servieren lassen.«

Major Collins saß in einem der bequemen Ledersessel und las im *Cornwall Observer*, der örtlichen Tageszeitung. Ein Tablett mit einer Kanne Tee und ein Teller mit Gurken-Dill-Sandwiches, von denen die Rinde abgeschnitten war, standen auf dem Beistelltisch. Er war allein in der Bibliothek, die den Gästen als Leseraum diente, und sah auf, als Sandra die Tür öffnete.

»Ah, Ms Flemming! Leisten Sie mir Gesellschaft beim Tee?«

»Gern, Major.« Sandra zog einen Stuhl heran und setzte sich dem alten Haudegen gegenüber. »Vor ein paar Tagen haben Sie gesagt, Sie seien bereit, mir wieder unter die Arme zu greifen, wenn ich Ihre Hilfe benötige.«

Die Augen des Majors leuchteten auf. Sorgfältig faltete er die Zeitung zusammen, legte sie auf den Tisch, griff nach der Tasse und nahm einen Schluck Tee. »Es ist mir ein Vergnügen und eine Ehre, Ms Flemming. Was kann ich für Sie tun?«

»Zunächst muss ich wissen, wie Sie mit Vornamen heißen.«

»Meinen Vornamen?«, wiederholte der Major verwundert. »Wenn Sie es unbedingt wissen wollen: Ich wurde Molyneux Arthur Ethelred getauft.«

»Wow, das ist stark!«, entfuhr es Sandra. »Ich wollte sagen: Das sind beeindruckende Namen.«

»Die Namen diverser Vorfahren, die von Generation zu Generation weitergegeben werden. In meiner Familie wurden Traditionen immer hochgehalten.« Er beugte sich ein Stück vor. »Warum sind meine Vornamen von Bedeutung, Ms Flemming?«

»Weil ich Sie bitten möchte, für einen Nachmittag mein Onkel zu sein.«

SECHZEHN

Der geräumige Parkplatz inmitten von Feldern hoch über der Stadt Lostwithiel war verwaist.

»Wir sind offenbar die Ersten«, sagte Sandra, als sie ihren Wagen parkte. Sie sah zu ihrem Begleiter. »Alles okay, Major? Wollen Sie es wirklich machen?«

»Lass man den Major, mein Kind.« Seine von Altersflecken überzogene Hand tätschelte Sandras. »Ab sofort bin ich dein dich liebender Onkel Arthur, der seine einzige Nichte maßlos verwöhnt, ihr jeden Wunsch von den Augen abliest und heute mit dem ersten Flieger aus Manchester nach Cornwall gekommen ist.«

Sandra war nicht umhingekommen, Major Collins die Hintergründe ihrer außergewöhnlichen Bitte zu erklären. Nachdem der frühere Jagdflieger der *RAF* als Dauergast ins Higher Barton Romantic Hotel gezogen war, hatte Sandra ihn als freundlichen Herrn kennengelernt. Zwar neigte er dazu, den Berichten seiner vielfältigen Abenteuer ausschweifende Details hinzuzufügen, die wohl nicht immer der Wahrheit entsprachen, im letzten Jahr hatte der Major aber eine andere Seite gezeigt und sogar sein Leben riskiert, um einen Mörder zu überführen. Sandra wusste, dass sie Major Collins vertrauen konnte. Er war keine Tratschbase. Alles, was sie ihm über Creeda Pengelly, die Long-Rock-Farm und das geplante Bauvorhaben erzählt hatte, würde unter ihnen bleiben.

Restormel Castle war einst eine mächtige Ringburg gewesen. Im Bürgerkrieg wurde sie stark beschädigt und nicht wieder aufgebaut. Die noch gut erhaltene Ruine war mit hohen Bäumen und dichtem Gebüsch zugewachsen und vom Parkplatz nicht einsehbar. Das Gelände war mit einem hohen Lattenzaun umgeben, das hölzerne *Kissing Gate* mit einer Eisenkette und einem Sicherheitsschloss versperrt. Über der Hinweistafel der Vereinigung *English Heritage*, die die Burg instand hielt und der Öffentlichkeit zugänglich machte, prangte ein Schild mit der Aufschrift, dass Restormel aufgrund von Reparaturarbeiten bis auf Weiteres geschlossen war.

»Und jetzt?«, fragte Major Collins. Er stützte sich schwer auf seinen Gehstock mit dem vergoldeten Knauf. »Wo genau sollen wir den Mann treffen?«

»Es hieß nur, bei Restormel Castle.« Sandra betrachtete den Zaun. Sie könnte mühelos darüber klettern, für den über Achtzigjährigen war das unmöglich.

»Ich höre einen Wagen kommen!« Der Major packte Sandra am Arm, seine Augen funkelten erwartungsvoll.

Sandra hingegen war nicht mehr so sicher, wie sie dem Major vormachte. Bereits mehrmals hatte sie ähnliche Alleingänge unternommen, die immer gut ausgegangen waren, heute jedoch befand sie sich in einer einsamen Gegend, in die sich nur selten Wanderer verirrten. Der Major erschien ihr nicht wirklich als richtiger Beschützer.

Ein dunkelgraues Auto kam langsam die schmale Straße herauf. Es war ein Mittelklasse-Modell, unauffällig und nicht so, wie sich Sandra das Fahrzeug eines Zuhälters vorgestellt hatte. Der Wagen hielt neben Sandras Jeep. Auch der Mann, der ausstieg, entsprach nicht dem Klischee dieser Berufsgruppe. Er war um die Dreißig, mit kurz geschnittenen Haaren, einem gepflegten Drei-Tage-Bart, er trug eine blaue Jeans und eine braune Windjacke. Ein absoluter Durchschnittstyp, keine Ohrstecker, keine goldene Kette um den Hals oder einen wuchtigen Ring am Finger. Sandras Erfahrungen mit Angehörigen der Rotlichtszene waren aber auch gering beziehungsweise gleich null.

»Ms McGregor?« Seine Stimme war männlich tief.

Sandra nickte. »Das ist mein Onkel, Arthur McGregor«, stellte sie den Major vor. »Mit wem haben wir das Vergnügen?«

»Nennen Sie mich Jeff.« Er lächelte. Sandra sah zwei Reihen makellos weißer Zähne. »Wir wissen alle, dass mein Name ebenso falsch ist wie Ihrer und der«, er sah zum Major, »Ihres Onkels.«

Sanda wurde es flau im Magen, bevor sie aber etwas sagen konnte, richtete sich der Major zu seiner vollen Größe auf und sagte entschieden: »Junger Mann, ich muss doch sehr bitten! Meine Nichte und ich haben keinen Grund für eine falsche Identität. Ich bin bereit, eine nicht unerhebliche Summe in ein lukratives Geschäft zu investieren. Wenn mein Geschäftspartner allerdings mit falschen Karten spielt, sollten wir diese Begegnung auf der Stelle beenden.«

Der Major drehte sich um, als wolle er gehen.

»Warten Sie, Mr McGregor!« Der Mann, der sich Jeff nannte, machte einen Schritt nach vorn. »Sie werden verstehen, dass man in meinem …«, er lächelte verhalten, »Metier zur Vorsicht neigt. Ich bin dem Wunsch Ihrer Nichte für ein persönliches Gespräch nachgekommen, auch aus dem Grund, weil ich mehr über Sie erfahren will. Warum interessiert ein Mann wie Sie ein Projekt dieser Art? Ich sollte annehmen, dass Sie Ihr

Geld in weitaus sicherere Vorhaben investieren können, die über jeden Zweifel erhaben sind.« Er ließ den Major nicht aus den Augen, Sandra schenkte er keine Beachtung. »Wie Sie wissen, bin ich bisher nicht im Besitz des angedachten Grundstückes. Durch das unerwartete Auftauchen einer weiteren Person, deren Existenz mir zuvor unbekannt war, werden sich die Pläne verzögern.« Er seufzte. »Wenn sie nicht sogar verworfen werden müssen.«

Aus Jeffs Ausdrucksweise und Wortwahl schloss Sandra, dass der Mann eine gute Ausbildung genossen hatte. Keinesfalls stammte er aus einer sozialen Unterschicht, was man Menschen gern nachsagte, die solchen Tätigkeiten nachgingen.

»Ich zweifle nicht daran, dass sich die Angelegenheit zu Ihrer Zufriedenheit regeln wird«, erwiderte Major Collins kühl. »Die Erbschaft der Frau ist nicht die erste Schwierigkeit, nicht wahr, Jeff? Die Eigentümerin der Farm war nicht bereit, zu verkaufen, obwohl Sie ihr mehrere großzügige Angebote machten. Wie praktisch, dass die Frau von einem Tag auf den anderen verschieden ist und Sie der Meinung waren, der Weg sei jetzt frei.«

»Was soll das?« Jeffs Augen verengten sich. »Wollen Sie etwa andeuten, ich könnte etwas mit dem Tod der alten Frau zu tun haben?«

»Das wollte mein Onkel auf keinen Fall!«, rief Sandra. Sie hatte mit dem Major vereinbart, dass vorrangig sie sprechen sollte. »Onkel Arthur wollte lediglich feststellen, dass …«

»… Sie ein Mensch sind, der Widrigkeiten aus dem Weg räumt«, unterbrach der Major Sandra. »Ich möchte schließlich wissen, wem ich mein Geld anvertraue.

Auf keinen Fall jemandem, der ein Menschenleben auf dem Gewissen hat.«

»Onkel, das ist doch nicht wichtig.« Sandras Stimme hatte einen flehenden Unterton. Die Sache lief völlig aus dem Ruder, und sie bereute, den Major um Hilfe gebeten zu haben. Es war nicht auszuschließen, dass sie dem Mörder von Creeda Pengelly gegenüberstand. Selbst wenn nicht, handelte es sich bei diesem Jeff um einen Verbrecher. Sandra bekam Angst vor ihrer eigenen Courage und wünschte sich ganz weit fort. »Es ist vielleicht besser, die Sache zu vergessen, Onkel Arthur. Wir werden ein anderes Projekt finden, bei dem du dein Geld investieren kannst.«

Jeff kam so nahe, dass sein Gesicht nur noch eine Handbreit von Sandras entfernt war. Von seiner bisherigen Freundlichkeit war nichts mehr zu bemerken. Er zischte: »Keine Ahnung, welches Spiel Sie treiben, *Ms McGregor*.« Er lächelte spöttisch. »Aber ich bezweifle, dass Sie wirklich an einem Geschäft interessiert sind. Sind Sie von der Polizei? Dann muss es schlecht um unsere Ordnungshüter bestellt sein, wenn sie alte, lahme Männer einsetzen.«

»Wir gehen jetzt besser«, murmelte Sandra.

»Einen Moment, nicht so schnell!« Seine Hand umklammerte fest ihren Oberarm.

»Nehmen Sie die Finger von meiner Nichte!« Drohend hob Major Collins seinen Spazierstock. Mit einer raschen Bewegung seiner freien Hand schlug Jeff dem Major den Stock aus der Hand.

»So nicht, Freundchen!«

»Lassen Sie sofort die Frau los!«

Jeff wirbelte herum und zog Sandra mit sich. Zu ihrem grenzenlosen Erstaunen traten Christopher Bourke, Sergeant Greenbow und eine uniformierte Constable aus dem dichten Gebüsch am Rand des Parkplatzes. Christopher hielt eine Waffe in der Hand, der Lauf zielte auf Jeff.

»Verdammt!« Jeff ließ Sandra los, stieß sie grob von sich, drehte sich um und wollte flüchten. Mit großen Schritten setzte Greenbow ihm nach, warf sich mit einem Hechtsprung von hinten auf ihn, und beide Männer stürzten zu Boden. Der Sergeant und die Constable drehten Jeffs Arme auf den Rücken, und Greenbow fesselte Jeffs Handgelenke mit Kabelbinder. Dabei rutschte die Windjacke nach oben. Entsetzt starrte Sandra auf die Pistole in Jeffs Hosenbund. Sie zweifelte nicht daran, dass die Waffe geladen war.

Christopher trat vor den am Boden liegenden Mann. »Geoffrey Walker, ich verhafte Sie wegen illegalen Waffenbesitzes, Zuhälterei, illegalen Betreibens von Prostitutionsstätten, Körperverletzung und des Verdachts des Mordes an Creeda Pengelly.«

»Blödsinn!«, presste Jeff, vielmehr Geoffrey, hervor. »Mit dem Mord an der Alten hab' ich nichts zu tun.«

»Das wird der Richter zu entscheiden haben.«

Christopher gab seinen Mitarbeitern einen Wink. Greenbow und die Constable zogen den Zuhälter auf die Füße, packten ihn rechts und links und schleppten ihn die Straße entlang.

»Wo kommst du her?«, fragte Sandra. Ihre Knie zitterten jetzt unkontrolliert. »Woher wusstest du …? Wo ist dein Auto?«

»Mein Wagen steht hundert Yards die Straße hinunter«, antwortete Christopher. Er klang kühl und sah an Sandra vorbei. »Über alles andere sprechen wir in Ruhe, Sandra Flemming. Bring Major Collins nach Hause, und verlass das Hotel heute nicht mehr. Das ist keine Bitte, sondern eine polizeiliche Anordnung.«

»Ich denke, es ist besser, wenn ich meine Kündigung einreiche.« Eliza Dexter umklammerte die Teetasse so fest, dass ihre Fingerknöchel weiß hervorstachen. »Es tut mir sehr leid, Sandra, und ich verstehe, dass Sie …«

»Hören Sie auf, sich dauernd zu entschuldigen«, sagte Sandra entschieden. »Sie haben es schon ein dutzend Mal getan, Eliza. Eine Kündigung akzeptiere ich ohnehin nicht. Sie haben das einzig Richtige getan. Wahrscheinlich verdanken Major Collins und ich Ihnen unser Leben.«

Eliza senkte den Kopf. »Ich wollte nicht lauschen, Sandra, das müssen Sie mir glauben! Die Tür zur Bibliothek war nur angelehnt. Als ich hörte, wie Sie dem Major gegenüber die Begriffe *Bordell* und *Zuhälter* äußerten und dass es um den Tod von Creeda Pengelly geht, befürchtete ich, dass Sie sich wieder in eine Sache verstricken, die gefährlich ist. Dann der Treffpunkt bei Restormel Castle! Eine Gegend, in der sich Fuchs und Hase gute Nacht sagen, weil die Ruine derzeit geschlossen ist. Ich wusste, Sie würden nicht auf mich hören, so habe ich den Chief Inspector angerufen und ihm gesagt, was ich weiß. DCI Bourke war gerade in Bristol, aber er meinte, er würde rechtzeitig zur Stelle sein. Aber ich dürfte Ihnen, Sandra, nichts sagen.«

Sandra lehnte sich vor und legte eine Hand auf Elizas Unterarm. »Unter den gegebenen Umständen haben Sie völlig richtig gehandelt, Eliza. Ich war eine Idiotin, zu glauben, der Major und ich könnten es mit einem Zuhälter aufnehmen. Wenn ich daran denke, dass der

Typ bewaffnet war, läuft es mir jetzt noch eiskalt über den Rücken. Wie geht es dem Major?«

»Er hat sich hingelegt«, antwortete Eliza. »Ich habe den Eindruck, dass ihm die Sache großen Spaß gemacht und er keinen Schimmer hat, in welcher Gefahr Sie sich befunden haben.«

»Das fürchte ich auch.« Sandra seufzte.

»Sandra?« Christopher Bourke trat in das Büro. »Ich denke, wir müssen miteinander sprechen. Unter vier Augen«, fügte er mit einem Blick auf Eliza hinzu.

Eliza stand auf. »Ich muss auch weitermachen. Wir haben einige Reservierungen zum Dinner.«

Nachdem Eliza das Büro verlassen hatte, schloss Christopher die Tür. Er setzte sich Sandra gegenüber und sah sie eindringlich an. Christopher wirkte nicht unbedingt unfreundlich, aber reserviert.

»Zuerst die Fakten ...«

»Möchtest du einen Tee oder Kaffee?«, fragte Sandra hastig.

»Versuch nicht, abzulenken. Ich glaube, wir haben ein ernsthaftes Problem.« Darauf wusste Sandra nichts zu erwidern. Sie senkte den Kopf und schwieg. »Zunächst: Geoffrey Walker wird seit mehreren Jahren in fünf Grafschaften wegen Zuhälterei und Betreibens illegaler Prostitution gesucht. Wie du mitbekommen hast, gehen auf sein Konto auch Fälle von schwerer Körperverletzung. Bisher ist er der Polizei immer durchs Netz geschlüpft.«

»Dann habe ich ja was Gutes getan.« Sandra versuchte, die Situation aufzulockern. »Du hast gesagt, dass du Jeff für den Mörder von Creeda Pengelly hältst.«

»Das muss erst noch bewiesen werden, aber allein für die anderen Straftaten geht er für viele Jahre ins

Gefängnis. Du wirst nicht leugnen, dass dein Verhalten unverantwortlich war. Nicht nur dir gegenüber, du hast auch den alten Major in Gefahr gebracht. Warum hast du nicht mit mir gesprochen?«

»Das wollte ich ja, aber du warst in Bristol!«, begehrte Sandra auf. »Mal wieder ...«

»Du siehst, dass ich sofort alles stehen- und liegen gelassen habe und nach Lower Barton gekommen bin«, erwiderte Christopher. »Hätte Eliza aus den Gesprächsfetzen nicht richtig kombiniert und mich angerufen, würden du und der Major jetzt mit einer Kugel im Kopf da oben im Gebüsch liegen. Verdammt noch mal!« Christophers Faust krachte auf die Tischplatte. Sandras Tasse hüpfte, Kaffee schwappte über den Rand. Sein Gesicht war krebsrot. »Weißt du eigentlich, in welcher Gefahr du geschwebt hast? Walker ist ein Schwerverbrecher, ein eiskalter Typ. Es ist durchaus möglich, dass auch ein paar bisher ungeklärte Morde auf sein oder das Konto seiner Helfershelfer gehen. Woher wusstest du eigentlich von dem geplanten Bau des Bordells?«

»In der Umgebung von Millendreath ist es allgemein bekannt.« Sandra wollte weder Marion West noch den Vikar ins Spiel bringen. »Auf jeden Fall hatte Walker allen Grund, Creeda umzubringen, um an das Grundstück zu kommen.«

»Ich dachte, du bist überzeugt, dass sich Sam Pengelly seiner Frau entledigt hat?«

»Bei einer Mordermittlung müssen alle möglichen Motive in Betracht gezogen werden. Das hast du selbst gesagt.«

Zu Sandras Erleichterung lächelte Christopher. Zwar verhalten, er wirkte aber längst nicht mehr so aufgebracht wie zu Beginn ihres Gespräches, und seine Gesichtsfarbe normalisierte sich wieder.

»Es ist sinnlos, ein weiteres Mal zu betonen, dass Mordermittlungen nicht die Aufgabe einer Hotelinhaberin sind, Sandra Flemming. Du kannst nicht anders, als deine hübsche Nase in Dinge zu stecken, die du besser der Polizei überlassen solltest. Trotzdem verstehe ich nicht, warum du dich nicht mir anvertraut hast.« Er stockte und fügte leise hinzu: »Warum du nach meinem Antrag davongelaufen bist und ich den Eindruck habe, du gehst mir aus dem Weg.«

Sandras Pulsschlag beschleunigte sich. Sie wusste, es war an der Zeit, die Karten offen auf den Tisch zu legen.

»Du wirst verstehen, Christopher, dass ich es befremdlich finde, von anderen Leuten von deiner Beförderung zum Chief Superintendent zu erfahren.« Scharf zog Christopher die Luft ein. Sandra sprach schnell weiter: »Und von dem damit verbundenen Umzug nach Bristol. Das war es dann mit uns beiden, nicht wahr?« Sandra konnte einen bitteren Unterton nicht verhindern.

Christopher lachte schallend.

»Ich finde das nicht witzig«, sagte Sandra pikiert und verschränkte die Arme vor der Brust.

»Ach, Darling, ich werde doch gar nicht nach Bristol umziehen. Was soll ich dort, wenn du hier in Cornwall bist?«

»Nicht? Aber Detective Warden und auch Greenbow …«

»… sind nicht auf dem neuesten Stand, mein Schatz. Ja, man will mich zum DSI befördern und bot mir an, künftig am Hauptsitz der Avon and Somerset Police in Bristol zu arbeiten. Ich gestehe, dass ich mir ein paar Tage Bedenkzeit erbeten habe. In erster Linie, weil ich wissen wollte, ob du und ich ...« Er lächelte verlegen. »Ob du meine Frau werden möchtest, Sandra Flemming. Da ich weiß, dass du Higher Barton niemals aufgeben wirst, und ich ja auch an der ländlichen Beschaulichkeit Cornwalls hänge, war meine Entscheidung eigentlich schnell gefallen. Dann hast du mir jedoch das Gefühl gegeben, nicht länger wichtig für dich zu sein.«

»Ich dachte, du willst dich still und heimlich vom Acker machen«, gab Sandra kleinlaut zu.

»Tja, man sollte wohl früher miteinander reden.«

»Das hat Ann-Kathrin auch gesagt.«

»Ich wusste immer, dass deine Freundin ausgesprochen intelligent ist.«

»Dann verzichtest du auf die Beförderung?«, fragte Sandra hoffnungsvoll.

»Nein, das tue ich nicht.« Sandras Herz sank eine Etage tiefer. »Deswegen war ich regelmäßig in Bristol und auch in Exeter. Es ist mir gelungen, den zuständigen Damen und Herren klarzumachen, dass auch Lower Barton dringend einen Chief Superintendent benötigt.« Die Nachricht machte Sandra sprachlos, was selten geschah. Christopher fuhr fort: »Das Büro wird vergrößert, Greenbow Detective Chief Inspector, und Constable Pawley wird uns unterstützen. Du hast sie heute Nachmittag bereits in Aktion erlebt.«

»Wow, das haut mich jetzt fast um!« Sandra schüttelte fassungslos den Kopf. »Gestern, als ich mit Greenbow gesprochen habe ...«

»Greenbow weiß noch nichts von den neuesten Entwicklungen. Ich will es ihm erst sagen, wenn alle zugestimmt und die entsprechenden Papiere unterschrieben haben. Nicht, dass es sich das Hauptquartier noch anders überlegt. Nach der Verhaftung von Walker, einem der meist gesuchten Ganoven des Rotlichtmilieus, stehen die Chancen jedoch außerordentlich gut.«

Sandra ließ ihren wesentlichen Anteil an der Festsetzung von Geoffrey Walker lieber unerwähnt. Sie war froh, dass Christopher ihr nicht länger zürnte, und überglücklich, dass er in Cornwall bleiben würde.

»Wärst du bereit, deine Worte von letzter Woche zu wiederholen?«

»Letzte Woche?«

»In deinem Auto, auf dem Weg von Lower nach Higher Barton.«

Christopher verstand, lächelte verschmitzt, stand erst auf, beugte dann ein Bein, kniete sich vor Sandra und nahm ihre Hände.

»Sandra Flemming, möchtest du meine Frau werden?«

SIEBZEHN

Der schicke Mini Cooper mit der stahlblauen Metalliclackierung war noch nicht zum Stehen gekommen, als sich auch schon die Tür des Farmhauses öffnete. Sam Pengelly blieb unter dem Türsturz stehen und sah dem ihm unbekannten Besucher skeptisch entgegen.

»Guten Tag, Mr Pengelly. Haben Sie ein paar Minuten Zeit? Ich möchte mich gern mit Ihnen unterhalten.«

Pengellys Augen verengten sich, als Marion West jetzt den Wagen verließ.

Er blaffte: »Was willst du hier? Ich habe dir gesagt, dass du auf meinem Grund und Boden nichts zu suchen hast. Verschwinde, oder ich rufe die Polizei!« Peter Alverton schlug den Kragen des grauen Lodenmantels ein Stück zurück, sodass Pengelly sein Kollar sehen konnte. Verächtlich stieß der Farmer aus: »Sieh an, ein Pfaffe!«

»Ich bin kein Pfaffe, ich gehöre der anglikanischen Kirche an, Mr Pengelly. Mein Name ist Peter Alverton, ich bin der Vikar der Gemeinde von Lower Barton.«

»Ein Grund mehr, zu verschwinden«, entgegnete Pengelly. »Mit Lower Barton hab' ich nichts zu schaffen, und die da«, er deutete auf Marion, »braucht erst gar nicht versuchen, mir mit einem Geistlichen zu kommen, um mir ein schlechtes Gewissen einzujagen. Ich bin nicht gläubig, und was ich von der Kirche halte, wollen Sie, Pfaffe, bestimmt nicht wissen.«

»Ms West hat mich gebeten, vermittelnd tätig zu werden«, sagte Peter besonnen. »Es geht um das Andenken Ihrer Frau, und Marion ist ihre letzte noch lebende Verwandte. Innerhalb der Familie sollte man nicht streiten.«

Pengelly ging einen Schritt zurück, griff hinter die Tür und hielt plötzlich ein Gewehr in der Hand. Der Lauf zielte auf Marion, die bemerkte, dass die Hand ihres Onkels zitterte. Sie zweifelte nicht daran, dass die Waffe geladen war, und hoffte, dass er nicht zufällig an den Abzugshahn kam.

»Bitte, Mr Pengelly!« Beschwichtigend hob Peter eine Hand und trat einen Schritt vor. »Legen Sie das Gewehr weg. Haben Sie überhaupt einen Waffenschein?«

»Das geht Sie nichts an.« Pengelly senkte tatsächlich den Lauf. Offenbar hatte er doch einen Rest Respekt vor einem Geistlichen. »Sagen Sie, was Sie zu sagen haben, und dann verschwinden Sie wieder.«

»Können wir ins Haus gehen, Mr Pengelly?«, bat Peter. »Da spricht es sich leichter.«

Pengelly zögerte, dann nickte er. »Aber die bleibt draußen.«

Das hatte Marion erwartet und erhofft. Sie war Peter dankbar, dass er auf ihren Vorschlag eingegangen war, mit Sam Pengelly zu sprechen. Marion wartete, bis er und Pengelly im Haus verschwunden waren, dann schlenderte sie zu den Stallungen. Erleichtert stellte sie fest, dass die Kühe noch in ihren Boxen standen oder lagen. Sam hatte die Tiere also noch nicht verkauft, wozu Marions Anwältin ihm auch dringend geraten hatte.

Hinter dem Haus fand Marion Tamara Stevens. Sie hängte Wäsche auf die Leine. Die engen Jeans und das bauchfreie knallrote Top brachten ihre Figur perfekt zur Geltung.

Marion näherte sich. »Hallo, Tamara.«

»Was willst du? Weiß Sam, dass du hier bist?«

»Ein Bekannter von mir spricht gerade mit meinem Onkel«, erklärte Marion. »Wir möchten versuchen, zu einer friedlichen Einigung zu kommen, ohne dass sich unsere Anwälte goldene Nasen verdienen. Du hast Creeda gekannt und weißt, dass sie die Farm in der Familie behalten wollte.«

Tamara zögerte, dann nickte sie. »Creeda sprach wiederholt von der Klausel in einem früheren Testament. Es wird aber immer schwerer, mit der Milchwirtschaft etwas zu verdienen. Die Viecher fressen uns mehr weg, als ihre Milch einbringt, und Sam ist in einem Alter, in dem er es verdient hat, die Füße hochzulegen. Sein ganzes Leben hat er schwer geschuftet, nun ist es Zeit, an sich selbst zu denken.«

»Du magst Sam sehr?«

»Ich liebe ihn, und er liebt mich«, antwortete Tamara unverhohlen. »Ohne Wenn und Aber.«

Marion trat näher, bis sie Tamara am Arm berühren konnte. »Es geht mich zwar nichts an, aber du bist jung und hübsch. Die meisten Männer drehen sich nach dir um, und du kannst an jedem Finger einen haben. Warum bindest du dich an einen alten Mann? Nur wegen des Geldes?«

»Du hast völlig recht, Marion, es geht dich nichts an.« Tamara bückte sich, nahm aus dem Korb eine dunkelbraune, derbe Arbeitshose und drehte Marion den Rücken zu, um die Hose aufzuhängen.

»Weiß Sam, dass auf dem Farmgrundstück ein Bordell gebaut werden soll?«, fragte Marion, wissend, dass Peter Sam dieselbe Frage stellte.

»Nein.«

»Das ist kaum zu glauben«, fuhr Marion fort, »denn die halbe Gemeinde von Millendreath wusste darüber Bescheid. Es gab sogar öffentliche Proteste.«

Tamara fuhr herum, ihre Augen funkelten zornig. »Und wenn schon? Ist doch egal, woher das Geld kommt. Wenn wir nicht verkaufen, wird es ein anderer Farmer tun, der sich dann keine Sorgen mehr um seine Zukunft machen muss.«

Marion lag die Frage, ob Creeda deswegen hatte sterben müssen, auf der Zunge, aber Tamara würde ihr keine Antwort geben, und Pengellys Gewehr hatte ihr einen gehörigen Schrecken eingejagt. Sie dachte an Sandras Mahnung, einer direkten Konfrontation aus dem Weg zu gehen. Immerhin könnte es sein, dass sie sich gerade mit einer Mörderin oder zumindest mit der Mitwisserin eines Mordes unterhielt.

»Angenommen«, sagte Tamara, auf einmal nachdenklich, »ich sage bewusst, *angenommen*, du erbst schlussendlich: Was willst du mit der Farm machen? Sie etwa von Amerika aus verwalten?« Tamara lachte spöttisch. »Du wirst sie ebenso verkaufen. Vielleicht nicht gerade an jemanden aus dem Rotlichtmilieu, dafür bist du viel zu bieder oder zu feige.«

»Ich nenne es nicht feige, keine Geschäfte mit Kriminellen zu machen«, erwiderte Marion kühl. »Ich möchte nicht mit dir streiten, Tamara. Ich bin nämlich gekommen, um euch einen Vorschlag zu machen.«

»Was für einen Vorschlag?«

»Da ich einsehe, dass die Milchwirtschaft nicht mehr einträglich ist und ich kein Händchen für die Landwirtschaft habe, plane ich, aus der Long-Rock-Farm einen Ort zu machen, an dem Kinder Tiere erleben können. Dafür brauche ich Unterstützung und

jemanden, der Tiere liebt und sich mit ihnen aus-
kennt.«

Ungläubig weiteten sich Tamaras Augen. »Du willst
aus all dem hier einen Streichelzoo machen?«

»Keinen Streichelzoo. Ich denke vorrangig an kranke
und behinderte Kinder«, erklärte Marion. »Tiere haben
Heilkräfte, das ist inzwischen allgemein bekannt, und
bringen Kindern Freude ins Leben.«

Marion merkte, wie Tamara zögerte. Sie kannte
Sams Geliebte nicht, hatte sie vor dem heutigen Tag
nur einmal gesehen. Was Marion aber sofort spürte:
Auch wenn Tamara Stevens aussah wie ein Mode-
püppchen – die junge Frau hatte ein Herz für Tiere,
konnte zupacken, scheute keine harte Arbeit, und um
Creeda und die Farm hatte sie sich immer gut gekümmert.

»Ich mag Kinder«, sagte Tamara leise. »Leider kann
ich selbst keine bekommen.«

»Das tut mir leid.« Marion meinte es ehrlich.

»Mit fünfzehn wurde ich ungewollt schwanger«,
fuhr Tamara fort. »Damals hatte ich die falschen Freunde und machte den Fehler, mich nicht an die offiziellen Stellen zu wenden. Stattdessen habe ich meinem
Freund vertraut, weil ich dachte, er liebt mich und
will das Beste für mich. Er brachte mich zu einem
Mann, der angeblich Arzt war und der die leidige Sache schnell und ohne Aufsehen erledigen sollte. Tja,
dabei ist etwas schiefgegangen. Ich hatte Glück, nicht
zu verbluten.«

Spontan breitete Marion die Arme aus und umarmte Tamara. Sie ließ es geschehen, und Marion begann,
zu verstehen. Tamara hatte keine schöne Jugend gehabt, kein liebevolles Elternhaus. Sonst hätte sie sich

mit der Schwangerschaft ihren Eltern anvertraut. In Sam Pengelly sah Tamara eine Art ruhenden Pol, wahrscheinlich auch den Vaterersatz.

Peter Alverton biss bei Sam Pengelly auf Granit. Der Farmer hatte ihn zwar aussprechen lassen, sich Peters Vorschläge angehört, lehnte sie aber vehement ab.

»Die Farm gehört mir! Creeda war krank, nicht nur körperlich, sondern auch hier oben.« Er tippte sich gegen die Stirn. »Da Sie und meine saubere Nichte sich in meine Angelegenheiten mischen, werden Sie wissen, dass Creeda behauptete, ich wolle sie umbringen. Ich verstehe nicht, warum man nur einen Moment glauben kann, sie habe das Testament im Vollbesitz ihrer geistigen Kräfte, wie das mein Anwalt ausdrückt, verfasst.« Pengelly stand auf. »Sie gehen besser und kommen nie wieder.«

Er begleitete Peter zur Tür und blieb dort stehen, bis der Vikar und Marion, die bereits am Wagen wartete, das Grundstück verlassen hatten.

»Ich hoffe, es ist mir gelungen, Tamara zum Nachdenken anzuregen«, erklärte Marion während der Rückfahrt nach Lower Barton. »Nach wie vor ist mir schleierhaft, was so eine junge und hübsche Frau an Sam findet. Es kann nicht nur das Geld sein, denn Tamara ist weder dumm noch naiv, im Gegenteil. Ich denke, die Frau hat eine Menge im Köpfchen.«

»Wo die Liebe halt hinfällt.« Für einen Moment drehte Peter den Kopf und zwinkerte ihr zu. »Du willst wirklich in Cornwall bleiben?«

»Noch ist es zu früh, eine endgültige Entscheidung zu fällen«, antwortete Marion nachdenklich. »Die Idee mit den Tieren ist jedoch mein voller Ernst. Inzwischen gibt es noch mehr, das mich zweifeln lässt, ob ich weiterhin in New York leben will.«

Peter Alverton antwortete zwar nicht, Marion sah aber an seinem Lächeln, dass ihm ihre Antwort gefiel.

ACHTZEHN

Marion zog am Strohhalm des *Pimm's Cup* und genoss den herben, leicht bitteren Geschmack des Longdrinks, den ihr David, der Barkeeper, gemixt hatte. Sandra nippte an einem leichten Weißwein. Sie waren die Letzten in der Hotelbar, die anderen Gäste hatten sich bereits zurückgezogen. Es war bald Mitternacht, und David begann, die Stühle hochzustellen. Nach dem Dinner hatten sich Sandra und Marion in der Bar getroffen, und Sandra hatte ihr von dem Vorfall am Nachmittag bei Restormel Castle erzählen wollen.

»Ich weiß bereits Bescheid«, sagte Marion lachend. »Major Collins ließ es sich nicht nehmen, mir beim Dinner Gesellschaft zu leisten.« In knappen Sätzen gab Marion den Bericht des Majors wieder.

»Oh je!« Sandra rollte mit den Augen. »Ich fürchte, Major Collins hat ein wenig dramatisiert. Im Großen und Ganzen entspricht es aber der Wahrheit, außer dass der Zuhälter uns mit der Waffe nicht bedroht hat.«

»Denken Sie, der Typ hat Creeda umgebracht?«, fragte Marion. »Auch wenn ich keinen Grund habe, Sam Pengelly besondere Sympathie entgegenzubringen, wäre mir dieser Mörder schlussendlich lieber.«

»Christopher, ich meine der Chief Inspector, wird es herausfinden«, erwiderte Sandra und fragte: »Sie haben vorhin gesagt, Sie wollen mir auch etwas berichten?«

Marion nickte. »Peter, ich meine Vikar Alverton …«

Sie lachten beide, da sie sich ähnlicher Worte bedient hatten, und Sandra entging nicht, dass sich Marions Wangen rosa färbten. »Heute Nachmittag haben wir Pengelly und Tamara Stevens besucht.«

»Erzählen Sie!«

Marion hatte Sandras volle Aufmerksamkeit. Sie berichtete von ihrer Unterhaltung mit Tamara, dass der Vikar zu Pengelly nicht durchgedrungen war und von ihren Plänen für die Farm.

»Peter meinte, es sei der Versuch wert, damit sich Sam und ich ohne die Anwälte einigen«, erklärte Marion. »Selbst vor einem Geistlichen zeigt Sam keinen Respekt oder auch nur den Anflug von Demut. Peter kann von Glück sagen, dass der Alte ihn nicht am Kragen gepackt und hochkant aus dem Haus geworfen oder uns beide abgeknallt hat.«

»Sie können Pengelly wegen Bedrohung anzeigen«, schlug Sandra vor.

Marion schüttelte den Kopf. »Das würde die Fronten weiter verhärten. Ich glaube nicht, dass Sam wirklich geschossen hätte. Ich hoffe es zumindest.«

»Sie denken ernsthaft darüber nach, dauerhaft in Cornwall zu bleiben?«

Marion nickte. »Sofern der letzte Wille von Tante Creeda offiziell anerkannt wird. Es ist noch zu früh, um meine Entscheidung von privaten Gründen abhängig zu machen.«

Leicht legte Sandra eine Hand auf Marions. »Ich verstehe Sie sehr gut, Marion, und ich wünsche Ihnen und dem Vikar alles Gute. Überstürzen Sie bitte nichts.«

»Das werde ich nicht«, erwiderte Marion nachdenklich. »Ich bin vierzig Jahre alt, und auch wenn die

Schmetterlinge im Bauch im Moment meinen Verstand beeinträchtigen – im Grunde bin ich ein rational denkender Mensch.«

»Das müssen Sie auch sein, um ein Unternehmen zu leiten«, bemerkte Sandra. »Als Geschäftsfrau ist es nicht immer möglich, Rücksicht auf die Gefühle aller zu nehmen.«

»Sie sprechen aus Erfahrung, Sandra«, stellte Marion treffend fest. »Es wundert mich, dass Peter noch unverheiratet ist«, fuhr sie gedankenverloren fort. »Ein derart attraktiver Mann …« Vielsagend hob sie eine Augenbraue. »Wahrscheinlich hat er versteckte Macken, die ich noch nicht entdeckt habe.«

Sandra schmunzelte. »Wir haben alle unsere Ecken und Kanten. Das ist auch gut so, sonst wäre es langweilig.« Sandra rutschte vom Barhocker. »Es ist spät geworden, Marion. Wir sollten jetzt schlafen gehen.«

Auch Marion stand auf. Aus dem Augenwinkel sah Sandra, wie David erleichtert aufatmete. Der Barkeeper wollte Feierabend machen, konnte aber schlecht seine Chefin bitten, die Bar zu verlassen.

Die Klingel der Vordertür schlug an, erst einmal, gleich darauf ein zweites Mal, dann hämmerte jemand mit der Faust gegen die Tür.

»Wer kann das jetzt noch sein?«, murmelte Sandra.

»Ein Gast, der seine Karte verloren hat?«, mutmaßte Marion. Die Zimmerkarte ermöglichte es den Gästen, das Hotel zu betreten, wenn nach zehn Uhr am Abend die Tür geschlossen wurde.

»Dann hat er Glück, dass noch jemand wach ist. Sonst würde er die Nacht unter einer Rotbuche im Park verbringen müssen«, scherzte Sandra. Die Klingel war nur im Bereich der Rezeption, des Restaurants und der

Hotelbar zu hören, um den Schlaf der Gäste nicht zu stören.

Sandra ging durch die Halle und öffnete die Tür. »Du?«

»Hallo, Sandra«, sagte DCI Christopher Bourke. »Ich hoffe, ich habe dich nicht geweckt.«

»Wie du siehst, bin ich noch wach«, erwiderte Sandra. »Warum hast du nicht angerufen, dass du kommst? Und warum klingelst du mitten in der Nacht am Hotel und machst einen Höllenlärm? Du hast sicher festgestellt, dass ich noch nicht in meinem Cottage bin, aber du hättest dort auf mich warten können. Schließlich hast du einen Schlüssel.«

»Mein Besuch gilt nicht dir, Sandra.«

Nun bemerkte Sandra, dass Christopher nicht allein gekommen war. Mit dem Rücken an den Wagen gelehnt, der direkt vor dem Eingangsportal stand, wartete Sergeant Greenbow. Im Licht der Außenbeleuchtung erkannte Sandra erst jetzt den ernsten Ausdruck auf Christophers Zügen.

»Was ist passiert?«, fragte Sandra. Dass der Chief Inspector um Mitternacht in offizieller Mission nach Higher Barton gekommen war, wurde ihr in diesem Moment schlagartig klar.

»Ich muss mit einem deiner Gäste sprechen. Mit einer gewissen Marion West.«

»Mit Marion?«, wiederholte Sandra überrascht. »Warum?«

»Das werde ich Ms West persönlich sagen«, antwortete Christopher. »Wenn du mich bitte zu ihrem Zimmer bringst?«

»Ich bin hier.« Marion trat hinter Sandra vor und sah den Polizisten verwundert an. »Wir haben in der Bar noch etwas getrunken, daher ...«

»Wo können wir in Ruhe sprechen?«, unterbrach sie Christopher.

»In meinem Büro«, schlug Sandra vor.

Hinter Christopher schloss sie die Tür, Greenbow wartete draußen. Der DCI machte keinen Versuch, Sandra abzuhalten, bei dem Gespräch anwesend zu sein. Er setzte sich nicht, auch bat er Marion und Sandra nicht, Platz zu nehmen. Ernst musterte er Marion und kam ohne lange Vorrede zur Sache: »Ms West, heute Nachmittag haben Sie und Vikar Alverton Sam Pengelly aufgesucht.«

Marion nickte. »Das Haus habe ich nicht betreten. Hat Sam wegen Hausfriedensbruch Anzeige erstattet?«, fragte sie aufgeregt. »Er hat kein Recht, mir den Zutritt zu verweigern, trotzdem halte ich mich daran. Bei der Gelegenheit sollten Sie, Chief Inspector, erfahren haben, dass Sam Pengelly uns mit einem Gewehr bedroht hat.«

»Fiel ein Schuss?«, fragte Christopher.

»Nein, Peter Alverton gelang es, Sam zu beruhigen. Er ist mit ihm ins Haus gegangen, während ich mit Tamara Stevens gesprochen habe. Warum ist das so wichtig, dass Sie mitten in der Nacht extra hier herauskommen, Sir?«

»Nachdem Sie und der Vikar gegangen waren und Ms Stevens ins Haus zurückkehrte, fand sie Sam Pengelly in einem schlechten gesundheitlichen Zustand vor«, erklärte Christopher. »Nach Aussage von Ms Stevens war er ungewöhnlich blass, ihm war übel, und kalter Schweiß stand auf seiner Stirn.«

»Oh!«, rief Marion sichtlich erschrocken. »Wir wollten meinen Onkel nicht aufregen. Ist er herzkrank? Ich schwöre, dass ich das nicht wusste! Peter hat ihm einen Vorschlag unterbreitet, wie er auf der Farm bleiben kann, wenn sie in meinen Besitz übergeht. Da ich wusste, dass mein Onkel mir keine Chance gibt, auch nur ein Wort zu sagen, dachten Peter und ich ...«

»Ich komme gerade aus dem Krankenhaus.« Erneut unterbrach Christopher Marions Redefluss. »Sam Pengelly erlitt keinen Herzanfall, wie Ms Stevens zuerst vermutete. Er liegt im Koma. Der Arzt sagt, es ist unsicher, ob er die Nacht überlebt.«

»Mein Gott!« Marion lehnte sich gegen die Wand, fahrig wischte sie sich mit dem Handrücken über die Stirn. »Das wollte ich nicht!«, wiederholte sie betroffen.

Sandra legte einen Arm um Marions Schultern. »Sie wussten nicht, dass er krank ist und ihn die Sache derart aufregt. Machen Sie sich keine Vorwürfe.«

»Sandra, ich sagte eben, dass es nicht Pengellys Herz ist«, sagte Christopher. »Er wurde vergiftet.«

»Gift?«, riefen Sandra und Marion unisono.

»Genau genommen Arsen«, erklärte Christopher nüchtern. »Wäre es Tamara Stevens nicht gelungen, Pengelly noch vor dem Eintreffen des Rettungswagens zum Erbrechen zu bringen, wäre er jetzt wohl tot.«

»Arsen?«, wiederholte Sandra fassungslos. »Wie kommt man heutzutage an das Gift? Ich nehme nicht an, man kann es im nächsten Drogeriemarkt einfach so kaufen.«

Christopher lächelte. »Das nicht, aber du brauchst dir nur unseren Boden anzusehen.«

Sofort blickte Sandra nach unten auf den Dielenfußboden, mit dem ihr Büro ausgelegt war, und Marion sagte: »Ich denke, ich verstehe, was Sie meinen, Chief Inspector. Das Erdreich ist voll von Arsen, besonders hier in Cornwall im Zinn- und Kupfererdreich.«

»Davon habe ich gehört«, sagte Sandra. »Ann-Kathrin erzählte mir, dass die Minenarbeiter häufig an Arsenvergiftungen gestorben sind, wenn nicht der Staub, Dreck oder ein Einsturz der Mine sie vorher umgebracht haben.«

»Daher haben unsere leckeren kornischen Pasties einen dicken Teigrand«, erklärte Christopher.

»Darüber habe ich mir noch nie Gedanken gemacht«, erwiderte Marion. »Ich dachte, es hat sich so eingebürgert.«

»Früher hatte der Rand einen simplen Grund«, fuhr Christopher fort. »Die Frauen buken ihren Männern die Pastete, die diese in die Minen mitnahmen. Weit unter der Erdoberfläche gab es kein sauberes Wasser, um sich die Hände zu waschen, oder sonstige sanitäre Einrichtungen. So waren die Arbeiter gezwungen, die Pasteten mit ihren schmutzigen Fingern anzufassen. Bereits früh war bekannt, dass das Erdreich voller Giftstoffe ist, unter anderem Arsen. Die Männer fassten die Pasties am dicken Rand an und aßen nur das gefüllte Innere.«

»Der Teigrand wurde in den Minen hingelegt, damit die Knockers auch etwas zu essen haben«, ergänzte Sandra. »Marion, das sind Kobolde, die tief unter der Erde leben und von den Menschen gut behandelt werden wollen. Die Bergleute ließen stets Reste ihres Essens in den Minen zurück, um die Knockers gnädig zu stimmen, damit sie das Bergwerk über ihren Köpfen nicht einstürzen ließen oder mit Wasser fluteten. Bis heute hat sich die alte Tradition der Backform der Pasties erhalten, wenngleich wir heute diese Köstlichkeit bis auf den letzten Krümel verputzen.«

Christopher räusperte sich vernehmlich. »Sandra, danke für diese Exkursion in die kornische Geschichte, wir sind aber vom Ernst der Lage abgewichen.« Er sah zu Marion und erklärte: »Im Moment sieht es danach aus, dass Pengelly von einem Holunderbeerwein trank, der wohl mit Arsen vergiftet ist. Ms Stevens fand die nahezu leere Flasche und ein Glas auf dem Tisch vor. Der Rest des Weins ist bereits im Labor zur Untersuchung. In ein paar Stunden werde ich mehr wissen.«

»Da hast du es, Christopher!«, rief Sandra triumphierend. »Creeda wurde mit Arsen vergiftet, das Pengelly ihrem Essen und Trinken beimischte. Geringe Dosen Arsen, über einen längeren Zeitraum eingenommen, machen Menschen krank, bis sie schließlich sterben. In seiner Aufregung vergaß Pengelly, dass er die Weinflasche mit dem Gift versetzt hat, das für Creeda gedacht war.«

»Das ist eine gewagte Theorie, Sandra«, sagte Christopher, um seine Mundwinkel zuckte es. »Allerdings denke ich nicht, dass sich Pengelly aus Versehen vergiftet hat.«

»Dann wäre das ja …«

»Ein Mordversuch«, vollendete Christopher. »Vielleicht von Ihnen, Ms West, oder von Mr Alverton? Haben Sie Pengelly die Flasche mitgebracht?«

»Das ist infam!« Marion stemmte die Hände in die Seiten und funkelte Christopher wütend an. »Davon abgesehen, dass wir Sam nichts mitgebracht haben: Wollen Sie ernsthaft einem Geistlichen unterstellen, einen Menschen töten zu wollen?«

»Ich stimme Marion zu«, sagte Sandra. »Der Vikar würde niemals einen Mord begehen!«

Auch dafür hatte Christopher eine Erklärung: »Mr Alverton wusste nicht, dass der Wein vergiftet ist.«

»Na, wenn du Alverton einen Mordanschlag unterstellst, bezweifle ich, dass er uns noch trauen wird«, bemerkte Sandra trocken.

»Sie wollen heiraten?« Mit weit geöffneten Augen starrte Marion Sandra an. »Ich hatte keine Ahnung, dass Sie beide ein Paar sind. Ein schönes Paar übrigens, wenn ich das anmerken darf.«

»Privates spielt bei meinen Ermittlungen keine Rolle«, sagte Christopher ungewöhnlich scharf. »Ich muss mich nicht rechtfertigen, bin aber gezwungen, die Personen, mit denen das Opfer zuletzt Kontakt hatte, genau unter die Lupe zu nehmen. Und der Vikar gehört dazu.«

»Den Holunderbeerwein könnte jeder in das Farmhaus gestellt haben«, sagte Sandra. »Auch schon vor Tagen oder Wochen. Wenn Pengelly nicht selbst den Wein vergiftet hat, dann vielleicht jemand, der ein Fan Cary Grants ist.«

»Was hat Cary Grant damit zu tun?«, fragte Christopher konsterniert.

»In dem Film *Arsen und Spitzenhäubchen*, in dem Grant die Hauptrolle spielt, werden ein halbes Dutzend Männer mit Arsen versetztem Holunderbeerwein vergiftet«, erklärte Marion.

»Ich kenne den Film nicht«, sagte Christopher, »und glaube nicht, dass sich ein Täter vom Kino inspirieren lässt.«

»Hast du die Fingerabdrücke von der Flasche und die DNA-Spuren ausgewertet?«, fragte Sandra.

»So schnell geht das nicht ...«

Dieses Mal fiel Marion Christopher ins Wort: »Dann beeilen Sie sich damit, Chief Inspector, denn Sie werden keine Spuren von mir und Peter an der Flasche finden. Aus dem einfachen Grund, weil wir den Wein weder gesehen noch meinem Onkel geschenkt haben!«

Sandra fasste Christopher am Oberarm und schüttelte ihn leicht. Beschwörend sagte sie: »Erkennst du nicht, was passiert ist, Christopher? Pengelly *hat* seine Frau vergiftet, so, wie Creeda es vermutete. Jetzt ist er selbst zum Opfer geworden, weil ihn das Gespräch mit dem Vikar derart aufwühlte, dass er zu der Flasche griff, die er längst hätte entsorgen sollen. Oder es war Tamara Stevens. Vielleicht war es die ganze Zeit Tamara. Auch sie hatte gute Gründe, Creeda loszuwerden.«

»Warum sollte Tamara dann aber Sam umbringen wollen?«, fragte Marion überrascht.

Nachdenklich antwortete Sandra: »Gehen wir davon aus, dass Sam nicht wusste, dass seine junge Geliebte Creeda getötet hat. Er fand es heraus, in einer schwachen Stunde hat Tamara vielleicht geplaudert. Pengelly drohte, sie anzuzeigen. So kam Tamara der Besuch von Marion und Peter gerade recht.«

»Auf mich macht Tamara den Eindruck, als liebe sie Sam wirklich«, bemerkte Marion nachdenklich.

»Dann wollte sich Sam von ihr trennen«, schlug Sandra vor, »und sie handelte aus verletztem Stolz.«

»Genau!« Marion nickte bekräftigend. »Da Tamara erkannte, dass es mit dem vielen Geld nichts werden wird, weil Sam die Farm nicht bekommt, drehte sie durch. Schließlich hat sie dem alten Mann Monate ihres Lebens geopfert, in der Hoffnung, finanziell ausgesorgt zu haben. Und jetzt will er nichts mehr von ihr wissen.«

»Dabei hat sie alles für Sam getan, sogar seine Frau getötet«, ergänzte Sandra.

»Sandra, vergessen Sie nicht den Zuhälter«, erinnerte Marion sie. »Sein Motiv ist Rache an Sam, weil er die Farm nicht bekommen wird.«

Sandra nickte zustimmend. »Selbst wenn Walker gerade hinter Gittern sitzt – solche Typen haben Helfershelfer, die die Drecksarbeit für sie erledigen.«

»Bitte, meine Damen!« Christopher hob unterbrechend die Hände und hatte Mühe, eine ernste Miene zu behalten. »Das Spekulieren überlasst bitte mir, wobei …« Er zwinkerte Sandra zu. »In der Vergangenheit haben sich manche deiner Überlegungen durchaus als richtig erwiesen.« Er räusperte sich und wandte sich Marion zu. »Ms West, ich muss Sie dennoch bitten, mich ins Büro zu begleiten.«

»Jetzt? Es ist nach Mitternacht …«

»Jetzt!«

»Bin ich etwa verhaftet?«

»Christopher, das ist nicht dein Ernst!«

»Ob ein Haftbeschluss erlassen wird, muss noch geklärt werden, Ms West«, erwiderte Christopher. »Wenn Sie bitte mitkommen würden, ohne Schwierigkeiten zu machen.«

NEUNZEHN

Um vier Uhr kehrte Marion West zurück. Da Sandra wach bleiben wollte und Marion gebeten hatte, sich gleich bei ihr zu melden, klopfte diese an die Tür des Cottages.

»Ein weiteres Mal musste ich in aller Ausführlichkeit erzählen, wie der gestrige Nachmittag verlief«, erklärte Marion und gähnte. »Nachdem ich das Protokoll unterschrieben hatte, rief mir der DCI ein Taxi.«

»Möchten Sie einen Tee trinken?«, bot Sandra an.

»Danke, das ist sehr freundlich, aber ich will jetzt nur noch in mein Bett und schlafen. Der Vorwurf, ich könnte Onkel Sam vergiftet haben, wird mir nicht den Schlaf rauben. Das ist derart infam, dass ich es nicht ernst nehmen kann. Der Detective klammert sich an den einzigen Strohhalm, den er hat.«

»Sie dürfen Christopher nicht unterschätzen, Marion. Er ist ein hervorragender Polizist.«

»Sie müssen es ja wissen, Sandra.« Marion klang nicht überzeugt. »Sorry, aber ich muss rüber, sonst schlafe ich noch auf Ihrem Küchenstuhl ein.«

Sandra sah ihr nach, wie sie über den Pfad, der nachts beleuchtet war, zum Hotel ging. Sie wartete, bis Marion ihre Zimmerkarte durch das Lesegerät gezogen, die Tür geöffnet und im Haus verschwunden war. Sandra war zu aufgewühlt, um schlafen zu können. Bei allem Verständnis, dass Christopher seinen Job tat – ihrer Ansicht nach schoss er weit übers Ziel hinaus. Für

Sandra stand fest, dass Sam Pengelly versehentlich den Wein getrunken hat, dem er selbst das Gift beigemengt hatte. Da ein Mord an Creeda nicht zu beweisen war, hatte das Schicksal so den Täter gestraft. Trotzdem hoffte Sandra, dass der Farmer überlebte, gleichgültig, was er getan hatte, ob allein oder mit Hilfe von Tamara Stevens, was Sandra für wahrscheinlich hielt: Den Tod wünschte sie niemandem.

Um sich abzulenken, dachte Sandra an Christophers Heiratsantrag. Sie hatten vereinbart, vorerst Stillschweigen zu bewahren. Erst wenn sie sich auf einen Termin für die Trauung geeinigt hatten, sollten es die anderen erfahren.

»Wie wäre es im nächsten Frühjahr?«, hatte Christopher vorgeschlagen.

»Das Frühjahr ist perfekt. Dann blühen die Rhododendren, und die Dekoration des Parkes sehe ich schon lebhaft vor mir. Den Empfang geben wir auf der Terrasse, das Essen wird im Restaurant serviert, und getanzt wird im großen Ballsaal. Monsieur Peintré wird ein außergewöhnliches Menü zubereiten. Oder möchtest du lieber ein Büfett, an dem sich jeder selbst bedienen kann? Ich finde ein erlesenes Menü passender. Bei seinem Hang zur Perfektion wird mich Monsieur bereits Wochen zuvor auf Trab halten, und Eliza kann die Organisation der Feier übernehmen. Ich selbst werde …«

Unterbrechend hob Christopher die Hand. »Ich möchte nicht im Higher Barton Romantic Hotel feiern.«

»Warum nicht?«, fragte Sandra verblüfft. »Du scheinst zu vergessen, dass das Hotel für Hochzeiten prädestiniert ist. Einen nicht unwesentlichen Teil meiner Einnahmen verdanke ich großen Feierlichkeiten. Das Personal ist bestens geschult und wird sich, ebenso wie Monsieur, alle Beine ausreißen, damit wir eine schöne Feier haben.«

Christopher gab ihr einen liebevollen Nasenstüber. »Denk an die Tauffeier für Demelza. Die Tage zuvor warst du ein Nervenbündel und hast dir keine ruhige Minute gegönnt, da du wolltest, dass alles absolut perfekt abläuft.«

»Klar, ich bin schließlich Demis Patentante und Ann-Kathrin ist meine beste Freundin. Sie hatten es verdient, das allerschönste Fest zu bekommen, das möglich war.«

»Das ist der Punkt, Darling.« Liebevoll strich Christopher Sandra eine Haarsträhne hinters Ohr. »Bei unserer Hochzeit wirst *du* die Hauptperson sein. Ich kann mir lebhaft vorstellen, dass dir einhundert Prozent nicht ausreichen werden, nein, es müssen zweihundert sein. Mindestens. Du wirst die ganze Zeit auf alles ein Auge haben, nervös von einem Tisch zum anderen eilen, jede einzelne Blüte des Blumenschmucks kontrollieren und dabei ganz vergessen, dass es *unser* Tag ist. Ein Tag, den du genießen und an dem du dich nach Strich und Faden bedienen und verwöhnen lassen sollst.«

»Bin ich so schlimm?«

»Nicht schlimm, nur manchmal ist dein Perfektionismus etwas …«, Christopher suchte nach dem richtigen Wort, »überdimensioniert.«

Dem hatte Sandra nicht widersprechen können. Allerdings stand sie heute da, wo sie war, weil sie sich nie mit dem Zweitbesten zufriedengegeben hatte.

»Wo sollen wir sonst feiern?«, fragte sie. »Doch nicht etwa im Three Feathers? Das Haus ist viel zu klein, oder möchtest du gar keine große Feier? Lieber nur einen kleinen Kreis?«

»Wenn dir daran liegt, viele Gäste einzuladen, ist mir das recht«, antwortete Christopher. »Nein, John Shaw kommt nicht infrage, denn wir sollten ihn sowieso einladen. Alan und Ann-Kathrin haben im Carlyon Bay Hotel gefeiert. Ich war eingeladen und fand die Lage, die Ausstattung, das Menü und den Service hervorragend.«

»Apropos Ann-Kathrin«, sagte Sandra. »Ihr darf ich sagen, dass wir jetzt quasi verlobt sind, nicht wahr?«

Christopher nickte. »Sie und Alan werden die Neuigkeit für sich behalten. Nicht auszumalen, wenn Ms Roberts davon erfährt!« Er schmunzelte. »Binnen Stunden würde in Lower Barton das Gerücht umgehen, dass du schwanger bist und wir heiraten *müssen*.«

»Das wollen wir lieber vermeiden.«

Christopher nahm Sandra in den Arm, und sie schmiegte sich glücklich an ihn.

Im Morgengrauen trank Sandra eine Tasse Milchkaffee, duschte erst warm, dann eiskalt, um ihre Lebensgeister zu wecken. Obwohl sie keine Minute geschlafen hatte, fühlte sie sich frisch und munter. Im Hotel angekommen, blickte sie ins Restaurant, ob Marion schon zum Frühstück heruntergekommen war. Das war nicht der Fall, und das Zimmermädchen Holly erklärte: »Ms West hat sich eine Kanne Tee, etwas Toast und Marmelade aufs Zimmer bringen lassen und darum gebeten, heute nicht gestört zu werden.«

Das verstand Sandra gut. Sie beantwortete die wichtigsten E-Mail-Anfragen, dann war es neun Uhr. Eine gute Zeit, um ihre Freundin anzurufen und ihr die Neuigkeiten zu berichten. Zuerst erzählte Sandra, dass sie Christophers Heiratsantrag angenommen hatte, und klärte die Freundin über die Umstände seiner Beförderung auf.

»Ich wusste, dass du zur Besinnung kommst«, erwiderte Ann-Kathrin lachend, »und sagte dir gleich, es muss ein Missverständnis sein. Hättest du nur früher mit Christopher gesprochen!«

»Du hast mal wieder recht, meine Liebe«, stimmte Sandra zu. »Wenn ich jetzt noch den Tod von Creeda aufklären kann, wäre ich rundherum zufrieden.«

»War es denn nicht der Zuhälter?«, fragte Ann-Kathrin.

»Alles spricht gegen ihn. Er hat ein starkes Motiv und ging bisher zum Erreichen seiner Ziele nicht zimperlich vor. Abgesehen von der Tatsache, dass Creeda behauptete, gesehen zu haben, wie ihr Mann ihr etwas ins Essen gemischt hat. Außerdem ist gestern auf Sam Pengelly ein Mordanschlag verübt worden. Christopher geht jedenfalls von einem Anschlag aus, ich vertrete eine andere Theorie.«

»Du meine Güte!«, rief Ann-Kathrin, nachdem Sandra sie auf den aktuellen Stand gebracht hatte. »Dass unser sexy Vikar damit zu tun hat, ist völliger Unsinn. Marion West hingegen …«

Deutlich hörte Sandra den Unterton von Misstrauen in der Stimme der Freundin.

»Was willst du andeuten, Ann-Kathrin?«

»Wenn Marion tatsächlich in finanziellen Schwierigkeiten steckt, kann sie es nicht riskieren, den Prozess und damit das Erbe zu verlieren.«

»Ich weigere mich, zu glauben, dass sie ihre Tante getötet und versucht hat, Pengelly zu vergiften«, entgegnete Sandra entschieden. »Ich nehme nicht an, dass du was Neues bezüglich der Klage wegen Creedas Testament in Erfahrung bringen konntest?«

»Nein, Alan achtet streng darauf, keine Akten rumliegen zu lassen. Er kann sich denken, dass ich in dem Fall auf deiner und damit automatisch auf der Seite von Marion stehe, obwohl ich ehrlicherweise Zweifel habe, ob die Frau das ist, was sie vorgibt.«

Sandra seufzte. »Ich werde versuchen, Marion auf den Zahn zu fühlen, was ihre finanzielle Situation betrifft. Sollte Christopher davon erfahren, wäre das Wasser auf seine Mühlen.«

»Ich hoffe, dein Bauchgefühl trügt dich nicht.«

Sandra wechselte das Thema: »Übrigens, du und Alan habt an der Carlyon Bay geheiratet. Könnt ihr das Hotel empfehlen?«

In den nächsten Minuten erzählte Ann-Kathrin von ihrer großen Hochzeitsfeier in dem Vier-Sterne-Haus an der Südküste in der Nähe des Hafenstädtchens Charlestown und schloss mit dem Vorschlag: »Ihr müsst euch unbedingt die Honeymoon Suite gönnen!«

Sandra lachte. »Es ist doch verrückt, dass ich ein Haus in Cornwall buche, obwohl mir ein romantisches Landhotel gehört. Christopher hat es aber auf den Punkt gebracht. Ich fürchte, ich könnte alles nur zur Hälfte genießen, weil ich immer darauf achten würde, ob alle Gäste zufrieden sind.«

»Selbsterkenntnis ist der erste Schritt zur Besserung, Sandra«, erwiderte Ann-Kathrin lachend. »Jetzt muss ich Schluss machen. Demi und ich gehen zum Kinderschwimmen. Ich finde es wichtig, dass Kinder so früh wie möglich lernen, sich im Element Wasser zu behaupten.«

Sandra bat die Freundin, Demi einen Kuss von ihr zu geben, dann beendete sie das Telefonat.

Zur Lunchtime übernahm Eliza die Rezeption, und Sandra beschloss, einen Spaziergang zu machen. Obwohl der Himmel grau verhangen war und ein böiger Westwind blies, tat ihr die frische Luft gut. Sie musste sich unbedingt mal wieder einen freien Tag gönnen, um auf dem Coast Path zu wandern. Nirgendwo sonst konnte Sandra so gut abschalten. Ein Tag an der Küste, allein in der Natur, nur die Möwen über sich und das Geräusch der Brandung, die unaufhörlich gegen die steilen Klippen schlug, war wie ein Kurzurlaub.

Im Vorgarten des Penrose-Cottages schnitt Emma an einem mannshohen Rosenbusch die welken Blüten ab.

»Hallo, Emma«, grüßte Sandra freundlich. »Sie machen Ihren Garten winterfest?«

Emma nickte. »Wobei die Winter in Cornwall in der Regel recht mild verlaufen. Nicht selten, dass noch an Weihnachten Rosen blühen.«

»Ein wesentlicher Vorteil davon, hier zu leben, statt oben in Schottland«, bemerkte Sandra. »Im Ben Nevis Gebiet hat es bereits geschneit.«

»Wie geht es Ihren Eltern?«, fragte Emma. »Werden sie Sie bald wieder besuchen kommen?«

»Wahrscheinlich zu Weihnachten«, antwortete Sandra. »Vorher ist es unpraktisch. Emma, Sie wissen, dass im November umfangreiche Renovierungsarbeiten in Higher Barton anfallen werden.«

»Leider können George und ich Ihnen nicht hilfreich zur Seite stehen«, erwiderte Emma. »Vielleicht, wenn wir unsere Reise verschieben …«

Schnell rief Sandra: »Nichts da, Emma! Eliza und ich schaffen das, und Sie genießen die südliche Sonne.«

»Von Ihnen hört man ja einiges«, sagte Emma nun schmunzelnd. »Stimmt es, dass Sie praktisch nebenbei einen landesweit gesuchten Verbrecher dingfest gemacht haben?«

»Die Ehre gebührt nicht mir allein, Major Collins hatte daran einen wesentlichen Anteil.«

»Trinken wir einen Kaffee, und Sie erzählen mir alles. Haben Sie schon zu Mittag gegessen? Ich kann Ihnen ein Sandwich machen …«

»Kaffee ist völlig ausreichend, Emma.«

In der gemütlichen Wohnküche saß George am Tisch mit der großkarierten grün-weißen Tischdecke und löste ein Kreuzworträtsel. Nachdem er Sandras Gruß erwidert hatte, fragte er: »Englischer Staatsmann im 16. Jahrhundert mit sechs Buchstaben?«

»Wolsey«, antworteten Sandra und Emma unisono.

George lächelte. »Natürlich! Ich dachte die ganze Zeit an Morus, das sind aber nur fünf Buchstaben.«

Während Emma den Kaffee aufbrühte, berichtete Sandra die Neuigkeiten. Inzwischen hatte sich Creedas Tod auch in Lower Barton herumgesprochen, woran Ms Robert einen wesentlichen Anteil trug. Emma wuss-te auch, dass die Farmerin Sandra um Hilfe gebeten hatte.

»Die arme Creeda«, murmelte Emma. »Ich kann mir vorstellen, dass die Long-Rock-Farm ein hübsches Sümmchen wert ist. Landbesitze in dieser Größe sind rar geworden in Cornwall, dementsprechend werden horrende Preise aufgerufen. Wenn es ums Geld geht, verlieren die Menschen alle Skrupel. Ich halte es für durchaus möglich, dass Creeda keines natürlichen Todes starb und der oder die Täter versuchten, auch ihren Mann unschön um die Ecke zu bringen.«

»Oder er trank zufällig von dem Wein, den er für Creeda vergiftet und vergessen hatte, ihn wegzuschütten«, vertrat Sandra ihre Theorie.

»Creeda?« George sah auf. »Sprecht ihr etwa von Creeda Pengelly aus Millendreath?«

»Du kanntest Creeda?«, fragte Emma, und Sandra fügte hinzu: »Vielleicht eine Namensgleichheit?«

»Ich fürchte, wir meinen dieselbe Person«, bemerkte George trocken. »Emma erwähnte die Long-Rock-Farm, und meines Wissens gibt es nur eine mit diesem Namen in der Gegend.«

»Woher kennst du Creeda?«, fragte Emma. Sandra hörte einen skeptischen Unterton in ihrer Stimme.

»Wir waren auf derselben Schule«, erklärte George. »Das Mädchen war zwei Klassen über mir, also dreizehn oder vierzehn Jahre alt. Und jetzt ist sie tot.« Er senkte die Stimme. »Ist sie wirklich ermordet worden?«

»Wie ich eben sagte«, warf Sandra ein, »gibt es keinen Beweis für Creedas Verdacht, ihr Mann habe sie töten wollen. Seltsam ist es immerhin. Kennen Sie auch Sam Pengelly?«

»Ihm bin ich nie begegnet«, antwortete George. »Nach der Schule hatten Creeda und ich keinen Kontakt. Früher war Creeda das schönste Mädchen weit und breit. Kaum ein Junge, der nicht in sie verliebt war und mit ihr ausgehen wollte.«

Emma stupste George in die Seite. »Du auch?«

Er zwinkerte seiner Frau zu. »Durchaus, meine Liebe. Wenn Creeda mit ihren gelockten, brünetten Haaren und in hautengen Jeans über den Schulhof spazierte, drehten sich alle Jungs nach ihr um. Für einen Blick aus Creedas bernsteinfarbenen Augen hätten viele was weiß ich was gegeben.«

»Aha.« Emma verschränkte die Arme vor der Brust und runzelte grimmig die Stirn.

George schmunzelte. »Das war ein Scherz, meine Liebe. Ich war zwölf und habe mich für Mädchen nicht sonderlich interessiert. Meine Freunde waren mir lieber. Mir blieb aber nicht verborgen, dass Creeda jeden Typen hat abblitzen lassen. Ständig hing sie mit zwei anderen Mädchen zusammen. Die drei waren unzertrennlich, auf dem Schulhof hatten sie das Sagen und wurden von allen bewundert.«

»Haben Creeda und ihre Freundinnen die anderen etwa gemobbt?«, fragte Sandra überrascht.

»Nicht, dass ich wüsste«, antwortete George. »Vor fünfzig Jahren gab es diesen Ausdruck noch nicht. Kinder wurden auch nicht ausgegrenzt, nur weil sie nicht die *richtigen* Klamotten trugen, mit ihren Eltern keine Weltreisen machen konnten oder nicht das neuste Smartphone besaßen.«

»Das es damals noch nicht gab«, warf Emma ein.

»Eines verstehe ich nicht, George«, bemerkte Sandra. »Warum haben Sie nicht die örtliche Schule in Lower Barton besucht? Creeda war sicher auf einer Schule in der Nähe von Looe, von der Long-Rock-Farm nicht weit entfernt.«

»Jetzt spricht wieder die Freundin eines DCI«, entgegnete George schmunzelnd. »Kaum jemand wäre es aufgefallen, dass Creeda und ich unterschiedlichen Schulen zugeteilt gewesen wären. Wie Sie wissen, Sandra, hatte Lower Barton eine eigene Schule, wo ich auch die ersten sechs Jahre meiner Schulzeit verbrachte. Dann schickten mich meine Eltern auf die weiterführende Schule in West Looe. Ich sollte studieren, habe mich später dann doch für die Landwirtschaft entschieden. Mit den Händen zu arbeiten – das ist mein Ding. Nicht überfüllte Hörsäle und trockene Paragrafen.«

»Und Creeda war ebenfalls auf dieser weiterführenden Schule«, stellte Sandra fest. »Wissen Sie, welche Pläne sie nach dem Abschluss verfolgte?«

George zuckte mit den Schultern. »Vielleicht strebte sie ein Studium der Agrarwissenschaften an. Ob sie es getan hat, weiß ich nicht. Wir kannten uns ja nur vom Sehen. Ich erinnere mich aber, dass ihre Freundin Jane, eine aus der Troika, nach Oxford ging, um Medizin zu studieren.«

»Jane Odgers?«, fragte Sandra.

George nickte. »Tatsächlich Odgers, so lautete der Nachname des Mädchens.«

»Sie und Creeda haben den Kontakt nie abgebrochen, und Jane Odgers war ihre Hausärztin«, erklärte Sandra. »Was wissen Sie noch über die Mädchen, George?«

»Äußerlich waren sie wie Tag und Nacht. Jane war burschikos, kräftig, mit kurzen Haaren, die immer ungekämmt wirkten, und sie legte nie Make-up auf. Das, was Jane an Attraktivität fehlte, glich sie mit Intelligenz und Fleiß aus. Sie wollte Ärztin werden und sich der Bekämpfung schlimmer Krankheiten widmen. Jane sagte einmal: Die Menschen können zwar auf dem Mond spazieren gehen, gegen ein unsichtbares Virus oder den verdammten Krebs sind sie aber immer noch machtlos.«

»Wie recht das Mädchen damals schon hatte«, murmelte Sandra und fragte: »Und die Dritte?«

»Dritte?«

»Sie sprachen von drei Freundinnen, George.«

»Ach so, ja.« George dachte nach. »Das Mädchen stand irgendwie zwischen Creeda und Jane. Nicht hübsch, aber auch nicht unansehnlich. Eher ein graues Mäuschen, das mit ihren Freundinnen mitgelaufen ist. Ich erinnere mich nicht einmal mehr an ihren Namen.«

»Schade.« Sandra seufzte.

»Dein Gedächtnis ist auch nicht mehr das, was es war, George«, mahnte Emma.

»Meine Güte, das ist Jahrzehnte her! Erinnerst du dich noch an alles von früher?«

»Durchaus!« Emma nickte bekräftigend. »Zum Beispiel an den elften Juni des Jahres 1984. Es war ein Montag, und es hat stark geregnet.«

»Was geschah an diesem Tag?«, fragte Sandra gespannt. George runzelte nachdenklich die Stirn.

»An diesem Tag trat ich meine Stellung als Hausmädchen auf Higher Barton an«, erklärte Emma. »Ich hatte furchtbare Angst vor Lady Abigail Tremaine, denn man erzählte sich, sie wäre ein Snob und dem Personal gegenüber sehr streng. Kurz vor dem Dienstboteneingang, an dem ich mich damals melden sollte, bin ich vor lauter Aufregung über meine eigenen Füße gestolpert und in den Matsch gefallen.«

»Ich habe dich aufgehoben!«, rief George mit blitzenden Augen. »Und mich sofort in das kleine Mädchen mit dem schmutzigen Kleid und den dreckverkrusteten Wangen verliebt.«

»Kleines Mädchen?« Emma schnaubte, zwinkerte ihrem Mann aber zu. »Ich war einundzwanzig und hatte gerade die Hauswirtschaftsschule beendet.«

»Ich habe dir auch sofort gefallen. Gleich am nächsten Sonntagnachmittag bist du mit mir spazieren gegangen.« George grinste breit. »Du siehst, ich erinnere mich an jede Einzelheit. Nur Daten kann ich mir schlecht merken.«

»Das können die wenigstens Männer«, stellte Emma trocken fest.

Sandra war dem Gespräch interessiert gefolgt. Bisher hatte sie nicht gewusst, wo und wann sich das sympathische Paar kennen und lieben gelernt hatte.

»Wissen Sie noch mehr über die Freundinnen Creeda und Jane?«, fragte sie.

George antwortete: »Es kursierten Gerüchte, aber Sie wissen, wie es mit Klatsch ist, Sandra. Niemand wusste es genau, und gerade Jugendliche sind schnell bei der Hand, Haltloses und Unwahres über andere zu verbreiten.«

»Was wurde geredet?« Sandra setzte sich aufrecht hin. »Manchmal steckt in einem Gerücht auch ein Körnchen Wahrheit.«

»Da sich Jane, Creeda und die Dritte im Bunde von den anderen absonderten, und gerade Jane ... Also, sie war optisch eher der derbe, jungenhafte Typ, obwohl das natürlich ein Klischee ist ...« Er seufzte und fuhr sich mit den Fingern durch sein volles, graues Haar. »Sandra, das Leben in den Siebzigerjahren war nicht so freigeistig wie heute, da kam es schnell vor, dass ... Andersartige mit Häme überschüttet wurden.«

»Meine Güte, George!«, rief Emma aufgeregt. »Rede nicht kryptisch und sag, was du weißt!«

»Ich weiß gar nichts, mir war es auch egal.« Abwehrend hob George die Hände. »Nur das, was der eine oder andere Jane unterstellte.«

Gespannt beugte sich Sandra vor. »Und das wäre?«

»Sie soll sich nichts aus Jungs gemacht haben«, antwortete George. »Sie bevorzugte Mädchen, ganz besonders Creeda. Ich sagte bereits, dass Creeda das hübscheste Mädchen der Schule war.«

»Creeda und Jane waren ein Liebespaar?«, fragte Sandra ungläubig.

»Das habe ich nicht gesagt«, widersprach George. »Da Creeda später geheiratet hat, ist es eher unwahrscheinlich, dass sie die Gefühle ihrer Freundin erwiderte. Wenn an dem Gerücht überhaupt was dran ist. Jugendliche in dem Alter probieren sich auch gern aus.«

»Nicht ausgeschlossen, dass Jane lesbisch ist«, murmelte Sandra in Erinnerung an die herbe Frau. Sie wollte aber nicht den Fehler begehen, einem Klischee zu folgen. »Wenn Jane in Creeda verliebt war, erklärt das, warum sie sich ausgerechnet hier als Ärztin niedergelassen hat, auch wenn ihre Gefühle nie erwidert wurden. Mehr als Freundschaft konnte Jane nicht erwarten.«

»Was die dritte Freundin betrifft …« George sprang von seinem Stuhl auf. »Ich muss noch irgendwo das Jahrbuch der Abschlussklasse haben.«

Er eilte aus dem Zimmer und polterte mit schnellen Schritten die hölzerne Treppe ins Obergeschoss hinauf.

»Noch eine Tasse Kaffee?«, fragte Emma.

Sandra lehnte ab und fragte nachdenklich: »Wenn Jane Odgers so ambitionierte Pläne hatte, warum arbeitet sie dann heute als angestellte Ärztin für den Nationalen Gesundheitsdienst?«

»Manchmal verhindert das Leben, unsere Träume zu verwirklichen«, antwortete Emma. »Jane hat wohl nie geheiratet, weil sie immer noch ihren Mädchennamen trägt.«

»Oder sie ist geschieden«, ergänzte Sandra. »Jedenfalls erklärt Georges Erinnerung, warum Jane über Creedas Tod derart betroffen ist.«

George kam zurück und legte ein in rotes Kunstleder gebundenes Buch auf den Tisch. Auf dem Deckel prangte in silbernen, eingedruckten Lettern *Abschluss 1978*. Er schlug das Buch auf und blätterte durch die Seiten.

Sandra sah mehrere farbige Fotografien von Schülern und Schülerinnen in grün-blauen Schuluniformen. Emma tippte auf eines der Bilder.

»Gut hast du ausgesehen, George.«

Erst auf den zweiten Blick erkannte Sandra Emmas Mann, der als Jugendlicher deutlich schlanker war als heute.

»Tja, wie ich sagte: Creeda und ihre Freundinnen waren zwei Stufen über mir. So finden sich in dem Jahrbuch keine Aufnahmen von ihnen. Wenn der Name des dritten Mädchens für Sie, Sandra, wichtig ist: Vielleicht lebt noch jemand von den damaligen Lehrern, die Ihnen weiterhelfen können. Oder Sie fragen Jane Odgers.«

»Ich denke nicht, dass es von Bedeutung ist«, erwiderte Sandra und stand auf. »Emma, George … danke für Ihre Zeit. Ich muss jetzt wieder an die Arbeit.«

Emma begleitete Sandra hinaus. Sie war etwa hundert Yards gegangen, als George ihr nacheilte, sie einholte und am Arm festhielt.

»Phyliss!«, sagte er etwas atemlos. »Die dritte Freundin hieß Phyliss Trebeth.«

»Es ist Ihnen wieder eingefallen, George!«

»Ja, weil es in dem Jahr, bevor ich den Abschluss machte, diesen schrecklichen Unfall gegeben hat.«

»Phyliss hatte einen Unfall?«, fragte Sandra. Die Sache begann, sie immer mehr zu interessieren.

Emma war ihrem Mann nachgelaufen, hatte seine Worte gehört und rief aufgeregt: »Nein, nicht Phyliss.

Im Sommer 1977 ist ein Mädchen an der Küste vor West Looe ertrunken. Das tragische Unglück war in aller Munde, und die Lehrer beschworen uns, niemals allein und an unbewachten Stränden ins Wasser zu gehen. Egal wie ruhig das Meer erscheint, die Strömungen sind unglaublich tückisch. Die Tote war gerade erst sechzehn geworden und besuchte die gleiche Schule wie Creeda.«

»Erzählen Sie mir alles, was Sie über den Unfall wissen«, forderte Sandra die Penroses auf.

»Und Ihre Arbeit?«, fragte Emma.

»Kann warten.« Sandra winkte ab. »Es ist nur ein Gefühl, aber irgendwie spüre ich, dass der Tod des Mädchens von Bedeutung sein könnte.«

ZWANZIG

Was sie über die Freundinnen Creeda, Jane, Phyliss und den Tod eines anderen Mädchens von den Penroses erfahren hatte, war für Sandra ein Zufall zu viel. Am Abend setzte sie sich im Schneidersitz aufs Sofa, schaltete den Laptop ein und gab in die Suchmaschine den Namen *Jane Odgers* ein. Gleich der erste Treffer führte sie wieder auf die Internetpräsenz des Ärztezentrums in Looe. Jetzt las Sandra, dass sie seit vierzehn Jahren dort angestellt war. Ein Link führte zu den biografischen Informationen und Qualifikationen der Ärztin: Schulabschluss mit dem A-Level, Studium der Medizin in Oxford und in Edinburgh, Zusatzstudienfach Forschung im Bereich der Virologie, Assistenzzeiten an renommierten Kliniken in England, Frankreich, der Schweiz und Deutschland. An der Charité in Berlin verbrachte Jane Odgers vier Jahre, bevor sie nach Cornwall zurückkehrte.

»Ein beeindruckender Lebenslauf«, murmelte Sandra und klickte sich durch andere Seiten, auf denen der Name Jane Odgers vermerkt war. Nach einer halben Stunde stieß Sandra auf einen Artikel aus dem Jahr 2004 in der *WELT*, einer deutschen Zeitung. Inmitten einer Gruppe von Personen, einige trugen weiße Kittel, stand die Ärztin. Wenngleich der Artikel sechzehn Jahre alt war, erkannte Sandra die herbe Frau sofort. Sie hatte das Gesicht der Kamera zugewandt und drückte die Hand einer älteren Frau mit einem braunen Pagenkopf. Die Brünette lächelte gewinnend, die Miene von

Jane Odgers zeigte keine Regung. Der Artikel war in deutscher Sprache verfasst. Sandra markierte den Text und gab ihn in das Übersetzungsprogramm ein. Das Ergebnis war zwar grammatikalisch unzulänglich, der Sinn aber verständlich:

Der Britin Dr Jane Odgers von der medizinischen Fakultät der Charité ist es gelungen, den mutierten Virenstamm eines Grippeerregers zu isolieren, der bisher weitgehend unbekannt war. Immer wieder kommt es bei Patienten, die sich mit diesem Erreger infiziert haben, zu schweren bis tödlichen Verläufen. Dr Odgers und ihr Team versuchen, einen wirksamen Impfstoff zu entwickeln. Bereits zuvor hat sich Dr Odgers im Bereich der Virologie einen Namen gemacht. Die Charité schätzt sich glücklich, eine solch engagierte Ärztin in ihren Reihen zu haben. Der Vertrag von Dr Odgers soll um weitere sechs Jahre verlängert werden.

Auch die Gesundheitsministerin gratuliert Dr Odgers und verspricht, Gelder für weitere Forschungen zur Verfügung zu stellen …

Jane Odgers war am Anfang einer glänzenden Karriere als Virologin an einer der besten Forschungsanstalten der Welt gestanden. Nur zwei Jahre später verließ sie Berlin und kehrte nach Cornwall zurück, um als unterbezahlte Ärztin für den *National Health Service*, den Nationalen Gesundheitsdienst von Großbritannien, zu arbeiten. Was war zwischen 2004 und 2006 geschehen, das Jane dazu gebracht hatte, die Forschung aufzugeben und sich um die Zipperlein der Landbevölkerung zu kümmern? Sandra bezweifelte, dass es die Sehnsucht nach der Heimat gewesen war, auch wenn ein wahrer *Cornishman*, wie sich die Einwohner des Herzogtums nannten, nur selten fern der Heimat richtig glücklich wurde.

Sandra suchte noch eine weitere Stunde im Netz, stellte aber nichts fest, was auf einen eventuellen Fehler von Jane Odgers hinwies, der sie gezwungen hatte, Deutschland zu verlassen. *Vielleicht eine missglückte Beziehung*, überlegte Sandra. Berlin war eine Millionenstadt. Es war leicht möglich, sich nach dem Ende einer Beziehung aus dem Weg zu gehen. Nach allem, was Sandra über Jane Odgers in Erfahrung gebracht hatte, bezweifelte sie, dass die ehrgeizige Frau wegen einer unglücklichen Liebe ihre berufliche Karriere aufgab.

Ihr Telefon klingelte. Nach einem Blick auf das Display meldete sie sich: »Hi, Christopher.«

»Guten Abend, Darling. Ich möchte dir zwei Dinge mitteilen, die dich bestimmt brennend interessieren. Bevor du selbst herumstocherst, erfährst du es besser von mir.«

»Die wären?«, fragte Sandra gespannt.

»Bei Sam Pengelly ist die Lebensgefahr gebannt. Er befindet sich noch im Koma, aber die Ärzte sind zuversichtlich, dass er wieder gesund und keine Schäden zurückbehalten wird.«

»Das ist eine gute Nachricht«, sagte Sandra erleichtert. »Dann kann er dir bald sagen, wie das Arsen in den Wein gekommen ist.«

Sie hörte Christopher lachen. »Du kannst es nicht lassen, Darling. Sei unbesorgt, sobald Pengelly vernehmungsfähig ist und der Arzt es erlaubt, werde ich mit ihm sprechen.«

»Und die zweite Mitteilung?«

»Geoffrey Walker ist raus«, antwortete Christopher, er klang etwas frustriert. »Ihm kann weder eine Beteiligung am Tod von Creeda Pengelly noch am Anschlag auf Sam nachgewiesen werden. Für den Tag, als Pengelly von dem Wein trank, hat Walker ein hieb- und stichfestes Alibi.«

»Was nicht heißt, dass er unschuldig ist«, wandte Sandra ein. »Bestimmt hat er *Freunde*, die die Drecksarbeit für ihn erledigen.«

»Weder in Pengellys Haus noch an der Weinflasche sind Spuren von Walker nachzuweisen«, fuhr Christopher fort. »Für seine anderen Vergehen wird er angeklagt und viele Jahre gesiebte Luft atmen.«

»Habt ihr an der Flasche Spuren des Vikars oder von Marion West gefunden?«

Christopher zögerte. »Nein, auf der Weinflasche waren außer Pengellys Fingerabdrücken keine weiteren Spuren. Auch nicht die von Tamara Stevens.«

»Was dafür spricht, dass Pengelly selbst das Arsen …«

»Wir kümmern uns darum!«, schnitt Christopher Sandra das Wort ab. »Sorry, Liebes, aber heute Abend schaffe ich es nicht, zu dir zu kommen. Ich habe eine Menge Schriftkram zu erledigen.«

»Schade, aber ich verstehe es«, erwiderte Sandra. Eigentlich war es ihr ganz recht, den heutigen Abend allein zu verbringen, um weiter zu recherchieren.

Sie hatte gerade aufgelegt, als es an der Tür klopfte. Sandra stand auf, öffnete und war nicht überrascht, Marion West gegenüberzustehen.

»Kann ich reinkommen?«, fragte Marion. »Im Hotel fällt mir die Decke auf den Kopf. Ich möchte Sie aber nicht bei Ihrem wohlverdienten Feierabend stören.«

»Sie stören nicht, Marion, im Gegenteil. Ich freue mich, dass Sie gekommen sind, denn wir haben etwas zu besprechen. Wissen Sie, dass Sam Pengelly aus dem Gröbsten raus ist?«

Marion nickte. »Sie werden es nicht glauben, aber vorhin hat Tamara Stevens im Hotel angerufen, sich mit mir verbinden lassen und gesagt, dass Sam wieder gesund wird. Sie wurde von dem Chief Inspector informiert.«

»Das überrascht mich«, erwiderte Sandra. »Aus Tamara werde ich einfach nicht schlau.«

»Sie ist klüger, als sie den Anschein erweckt, das habe ich erst gestern entdeckt. Deswegen dürfen wir sie auch nicht unterschätzen.«

Marion lehnte einen Kaffee oder Tee ab, nahm aber gern ein Glas trockenen Weißwein. Sie sah sich im Wohnzimmer mit der niedrigen Balkendecke und dem offenen Kamin um.

»Sie haben es sehr gemütlich, Sandra. Solche Häuser gibt es in den Staaten nicht.« Marion setzte sich in einen mit flaschengrünem Samt bezogenen Sessel. Tief sank sie in die Polster. Sie lachte. »Wenn Sie alt sind, werden Sie aus dem Ding nicht mehr hochkommen.«

Sandra nickte. »Die Möbel waren alle bereits da, als ich eingezogen bin. Eigentlich wollte ich mich schon lange neu einrichten, finde aber nie die Zeit dafür.«

»Es muss schön sein, in einem Haus zu leben, in dem viele Generationen geliebt, gelacht und geweint haben«, sagte Marion versonnen. »Wenn Wände sprechen könnten, hätten sie uns viel zu erzählen.«

»Ich weiß nicht, ob ich das überhaupt wissen möchte. Was im Herrenhaus Higher Barton passiert ist, reicht mir.« Sandra schmunzelte, entkorkte eine Flasche Wein und schenkte in zwei hochstielige Gläser ein. Sie prosteten sich zu, nahmen einen Schluck, und Sandra erklärte: »Das Cottage ist an die zweihundert Jahre alt. Dementsprechend ist immer was zu tun. Erst im Frühjahr habe ich das Schieferdach erneuern lassen müssen. Das Haus ist nicht groß, da ich aber nur zum Schlafen hier bin, absolut ausreichend.«

»Wird der Detective hier einziehen, wenn Sie heiraten?«

Sandra erinnerte sich daran, dass Marion ihre Pläne unfreiwillig mitbekommen hatte. Sie zuckte mit den Schultern. »Das haben wir noch nicht besprochen, zuerst müssen wir uns auf einen Termin einigen. Christophers Wohnung scheidet auf jeden Fall aus. Sie ist nicht nur viel zu klein, sein Vermieter ist auch etwas …«, Sandra zögerte, »kleinkariert, das trifft es wohl am besten. Außerdem muss ich in der Nähe von Higher Barton sein.«

»Ich wünsche Ihnen beiden alles Glück der Welt«, sagte Marion aufrichtig.

»Gibt es einen Fortschritt in der Erbschaftsangelegenheit?«, fragte Sandra und ließ Marion nicht aus den Augen. »Wenn Sie gewinnen: Werden Sie wirklich nicht verkaufen, um an eine Menge Geld zu kommen?«

Marion runzelte die Stirn. »Ich sagte bereits, Sandra, mir geht es nicht ums Geld, lediglich um den letzten Willen meiner Tante. Wie kommen Sie darauf, ich sei scharf darauf, den Besitz zu veräußern?«

»Ich dachte nur, Sie haben Ihr Leben in Amerika, und …« Erneut klingelte Sandras Telefon. »Sie entschuldigen bitte, Marion«, sagte Sandra und nahm das Gespräch entgegen. Es war Edouard Peintré.

»Ms Flemming, ich fürchte, die vorrätigen Lammfilets reichen nicht aus«, sprudelte er aufgeregt hervor, ohne sich darum zu kümmern, dass er Sandra in ihrer Freizeit störte. »Jemand muss morgen früh vier Pfund von der Metzgerin besorgen. Rosa kann ich nicht schicken, ich brauche sie in der Küche.«

»Ich kümmere mich darum, Monsieur Peintré«, antwortete Sandra. Ihr kam es zupass, Ms Roberts einen Besuch abzustatten, denn sie wollte Agnes ein paar Fragen stellen. »Benötigen Sie sonst noch etwas aus Lower Barton, Monsieur?«

»Nicht dass ich wüsste«, antwortete der Koch. »Nur mit der Bestellung der Fleischmenge hat sich Rosa gründlich verrechnet. Wenn ich nicht immer alles selbst mache ...« Er endete mit einem Seufzer. Sandra vermutete, er rollte gerade seine engstehenden, dunklen Augen, als läge alle Last der Welt auf seinen Schultern.

Sandra bezweifelte, dass es die Schuld der Küchenhilfe war, denn Edouard Peintré kontrollierte jede Bestellung dreimal, bevor sie rausging. Der Koch gestand nur selten ein, selbst einen Fehler gemacht zu haben. In der Regel war Rosa schuld, wenn etwas nicht zu Peintrés Zufriedenheit war. Sandra bewunderte Rosa Piotrowski für ihre Geduld und ihre Nerven.

»Ich kenne das«, sagte Marion, nachdem Sandra das Gespräch beendet hatte. »Als Chefin muss man sich immer um alles kümmern, einen Feierabend gibt es nicht.«

»Das ist nur eine Kleinigkeit«, wiegelte Sandra ab. »Da Sie gerade von Ihrem Job sprechen ...« Sie sah Marion fest an. »Ich habe gehört, um die Liquidität Ihrer Firma soll es nicht zum Besten bestellt sein.«

»Das ist völliger Quatsch!« Entweder war Marion eine gute Schauspielerin oder Sandras Behauptung entsetzte sie wirklich. »Wer behauptet denn, ich hätte finanzielle Probleme?«

»Dann stimmt es nicht?« Sandra ging auf Marions Frage nicht ein.

»Auf keinen Fall! Okay, in den letzten Monaten hat sich unser Absatz verringert, aber das kommt immer mal wieder vor. Meine Firma ist gut aufgestellt, wir verfügen über ausreichend Ressourcen, und kein Mitarbeiter muss um seinen Job fürchten. Spätestens im kommenden Frühjahr, wenn die Temperaturen steigen, steigert sich die Kauflaune der Leute wieder. Das ist jedes Jahr so.«

»Trotzdem käme Ihnen die Summe, die ein Verkauf der Farm einbringen würde, nicht unrecht«, bemerkte Sandra trocken.

Marion nickte grimmig. »Ich fürchte, ich verstehe. Sie denken, ich habe meine Tante wegen des Erbes ermordet. Davon abgesehen, wie mir das von New York aus hätte gelingen sollen: Wäre ich dann daran interessiert, die Umstände von Creedas Tod aufzuklären?«

»Wohl eher nicht«, gab Sandra zu. »Sie würden dafür sorgen, dass der Mantel des Schweigens über die Sache gebreitet wird. Sie verstehen, dass ich niemanden anschwärzen will, allerdings scheinen die Informationen über Ihre Firma aus einer vertrauenswürdigen Quelle zu kommen.«

Marion musterte Sandra und sagte kühl: »Sie enttäuschen mich, Sandra. Habe ich nicht von Anfang an gesagt, ich habe kein Interesse an einem Verkauf? Der Plan, ein Begegnungszentrum für kranke Kinder und Tiere einzurichten, ist mir verdammt ernst.« Sie zog eine Augenbraue hoch. »Unabhängig, wie sich die Freundschaft zwischen Peter Alverton und mir entwickeln wird.« Marion stand auf. »Ich glaube, es ist besser, wenn ich jetzt gehe.«

Sandra konnte es ihr nicht verübeln, dass sich Marion vor den Kopf gestoßen fühlte.

»Ich glaube nicht, dass Sie mit Creedas Tod etwas zu tun haben«, sagte Sandra. »Bitte, setzen Sie sich, denn es gibt etwas, das ich Ihnen erzählen möchte.«

Marion zögerte, ließ sich dann aber wieder in den Sessel fallen. »Ich würde jetzt doch gern einen Tee trinken, denn ich möchte einen klaren Kopf behalten.«

Sandra nickte. »Ich mache uns eine Früchteteemischung mit Krokant, Marzipan und Apfel.«

Als der intensive Duft des Tees durch das Wohnzimmer zog, berichtete Sandra in knappen Sätzen, was George Penrose über Creeda und deren frühere Freundinnen wusste und was sie selbst über Jane Odgers herausgefunden hatte.

»Was meinen Sie zu der Freundschaft zwischen Creeda, Jane Odgers und dieser Phyliss, deren heutigen Nachnamen und Aufenthaltsort ich noch nicht kenne? Könnte sie etwas mit Creedas Tod zu tun haben?«

»Das halte ich für unwahrscheinlich«, antwortete Marion. »Wenn meine Tante ermordet wurde und es dieser Zuhälter nicht war, bin ich nach wie vor überzeugt, dass Sam seine Hände im Spiel hatte. Oder Tamara Stevens. Die Frau ist von Sam völlig besessen. Oder sie waren es gemeinsam.« Marion seufzte. »Ich hoffe, ich konnte Ihre Bedenken, was mich betrifft, zerstreuen. Sagen Sie Ihrem Informanten, dass Sam wohl das Gerücht gestreut hat, ich bräuchte dringend Geld, um bei dem Prozess zu punkten.« Sie unterdrückte ein Gähnen und stand auf. »Herzlichen Dank für Ihre Gastfreundschaft, Sandra. Jetzt wird es Zeit, an der Matratze zu horchen.«

EINUNDZWANZIG

Sandra unterzeichnete den Lieferschein, schob ihn Ms Roberts über die Theke und dankte für die kurzfristige Aushändigung des Lammfleisches, das bereits in einer Kühlbox im Kofferraum ihres Jeeps lag.

»Immer gern, Sandra. Kann ich sonst noch was für Sie tun?«

»Das können Sie tatsächlich«, antwortete Sandra. Es kam ihr zupass, dass keine anderen Kunden im Geschäft waren. »Sie haben doch ein ausgezeichnetes Gedächtnis, Agnes.«

»Manche sagen: Wie ein Elefant!«, erwiderte die Metzgerin mit unverhohlenem Stolz. »Was möchten Sie wissen?«

»Vor über vierzig Jahren ist ein junges Mädchen an der Küste vor East Looe ertrunken. Ich frage mich, ob Sie davon etwas mitbekommen haben und sich heute noch daran erinnern.«

Ms Roberts musste nicht lange überlegen, eifrig nickte sie. »Ganz Cornwall war entsetzt über den tragischen Unfall. Das ist lange her, aber es gibt einen Grund, warum ich mich noch heute daran erinnere.«

»Der da wäre?«, fragte Sandra.

»Im Frühjahr 1977, wenige Wochen bevor das Unglück geschah, habe ich William, meinen seligen Mann, kennengelernt. Es war bei der Goldenen Hochzeit meiner Großeltern, ein wundervoller Tag im Mai. Das Jubelpaar feierte diesen Tag mit an die hundert Gästen, die aus dem ganzen Land nach Cornwall gekommen waren. William war ein über sieben Ecken verwandter Cousin, zuvor sind wir uns nie begegnet. Er war ein großer, etwas schlaksiger junger Mann, drei Jahre älter als ich, mit rötlichen Locken und jeder Menge Sommersprossen im Gesicht. Wir haben uns sofort verstanden, weil kaum Jüngere auf dem Fest waren, nur alte Leute.« Sie zwinkerte Sandra zu. »Na ja, wenn man erst zwanzig ist, sind alle über vierzig uralt.« Sandra nickte zustimmend, und Ms Roberts fuhr fort: »Beim Gottesdienst war die Kirche bis auf den letzten Platz besetzt. Der Empfang war im Three Feathers, das damals natürlich noch nicht John Shaw gehörte. Lassen Sie mich überlegen, Sandra, ich komme gleich auf den Namen des Besitzers. Er und seine Frau waren sehr freundliche Leute. Etwa zwanzig Jahre später haben sie das Hotel verkaufen müssen, weil sie zu alt waren, und sind fortgezogen. Ich glaube nach Norfolk. Es könnte auch Northumberland gewesen sein. Ich frage Sie, Sandra: Warum verlässt man Cornwall, gerade im Alter, um sich anderswo niederzulassen? Ich habe das nie verstanden, einen besseren Ruhesitz als im schönsten Flecken von England gibt es doch gar nicht. Jahr für Jahr ziehen Rentner aus dem Norden nach Cornwall, um hier ihren Lebensabend zu verbringen.«

»Auch mir ist es unverständlich«, warf Sandra schnell ein, als Ms Roberts Luft holen musste. »Erinnern Sie sich an den Namen des ertrunkenen Mädchens?«, fragte sie, um Ms Roberts wieder in die Spur zu bringen.

»Ich glaube, es war irgendetwas mit I, es kann auch L gewesen sein. Einen Moment, Sandra!« Sie verschwand durch die Tür, die den Laden von den hinteren Räumen abtrennte. Kurze Zeit später kam sie mit einem schwarzen Aktenordner zurück. Sandra las auf dem Deckel: *Cornwall Observer 1974 – 1978*.

Sandra verkniff sich ein freudiges Schmunzeln. Sie kannte Ms Roberts Sammelleidenschaft von Zeitungsartikeln, die sich mit Unglücksfällen und Straftaten beschäftigten. Ihre Hoffnung, Ms Roberts hatte auch über diesen Vorfall Berichte abgeheftet, schien sich zu erfüllen.

Die Metzgerin schlug den prall gefüllten Ordner auf. Jeder feinsäuberlich ausgeschnittene Artikel steckte in einer Plastikhülle und war nach Jahreszahlen sortiert. Sie blätterte zur Lasche mit der Zahl *1977*, rief: »Hier ist es ja!«, und nahm die Hülle heraus. »Das Mädchen hieß Lily Alden, ihre Familie lebte in Looe, sie hatten ein Kurzwarengeschäft. Das arme Ding, sie war erst sechzehn und hatte ihr ganzes Leben noch vor sich.« Ms Roberts Augen schimmerten feucht.

Die Metzgerin von Lower Barton galt allgemein als neugierig und geschwätzig, Sandra hatte aber längst erkannt, wie mitfühlend Agnes Roberts war. Es wunderte Sandra nicht, dass sie der Tod des Mädchens auch nach Jahrzehnten noch zu Tränen rührte.

»Was genau ist geschehen?«, fragte Sandra leise.

»Das konnte abschließend nicht geklärt werden. Lily Alden muss wohl am Abend allein schwimmen gegangen sein. Am nächsten Morgen fand ein Spaziergänger ihre Kleidung und Tasche an einem Strand, der nur bei Ebbe zugänglich ist. Wenn die Flut steigt, kommt von da unten niemand mehr die Klippen rauf. Da Lily aus der Gegend stammte, musste sie das gewusst haben, ebenfalls, wie schnell der Tidenhub einsetzt und von den starken Strömungen. Jedes Kind in Cornwall wächst mit den Gefahren der See auf. Ihre L ..., ich meine, Lilys Körper wurde erst Tage später an die Küste der Talland Bay angeschwemmt.«

»Warum geht ein junges Mädchen am Abend im Meer schwimmen?«, wunderte sich Sandra. »Wo ist der besagte Strand?«

»Westlich von Looe, zwischen der Küste und Looe Island. Kennen Sie die Insel?«

Sandra nickte. »Der Wanderweg zwischen Polperro und West Looe gehört zu den schönsten der Gegend. Ich bin ihn bereits öfters gegangen. Die Insel wird auch St George's Island genannt.«

»Auf ihr soll es spuken.« Unwillkürlich flüsterte Ms Roberts. Ihre Augen weiteten sich, als sie erklärte: »Vor Hunderten von Jahren war Looe Island von Mönchen bewohnt. Sie lebten autark und kamen nie aufs Festland. Als die Mönche irgendwann weggegangen sind, siedelte sich eine Familie mit dem Namen Trim auf dem Inselchen an. Sie ernährten sich ausschließlich von Ratten und Kaninchen, die es auf Looe Island massenhaft gab. Die Trims haben den Tierchen den Garaus gemacht, seitdem sind alle Tierarten auf der Insel ausgestorben. Nur Seevögel kommen noch dorthin, um zu brüten.«

»Warum soll es denn dort spuken?«

»Wer einmal auf der Insel angekommen ist, kann sie nie wieder verlassen«, antwortete Ms Roberts mit so tiefer Stimme, als spräche sie aus einem Grab. »Das ist wie ein Fluch. Man muss sich von Pflanzen ernähren, weil es nichts anderes gibt.«

»Der angebliche Fluch hindert die Ausflugsboote von Looe nicht daran, in den Sommermonaten die Touristen scharenweise auf die Insel zu bringen«, bemerkte

Sandra trocken. »Ich habe noch nie gehört, jemand sei nicht zurückgekommen.«

»Sie sollten sich über unsere Legenden nicht lustig machen, Sandra!«

»Das war nicht meine Absicht.« Sandra hob abwehrend die Hände. »Ich achte und schätze die kornischen Mythen, frage mich aber, ob das Mädchen zu der Insel hinüberschwimmen wollte.«

»Warum hätte Lily das machen sollen?«, fragte Ms Roberts. Sie reichte Sandra die Klarsichthülle. »Hier ist eine Fotografie von Lily, zusammen mit ihren Eltern. Sie war deren einziges Kind.«

Durch Ms Roberts sorgfältige Aufbewahrungsart war das Zeitungsbild noch gut zu erkennen.

»Sie sagten, Lily Alden sei sechzehn gewesen«, sagte Sandra. »Das Foto muss älter sein, oder das Mädchen sah für ihr Alter deutlich jünger aus.«

Ms Roberts zuckte mit den Schultern. »Weder Lily noch deren Familie bin ich je begegnet. Nach dem Unglück schärften mir meine Eltern ein, niemals allein zur Küste zu gehen.« Sie lächelte verhalten. »Wasser war noch nie mein Element. Wenn meine Eltern und ich am Strand waren, ging ich höchstens bis zu den Knien ins Wasser. Bei William war es anders. Er war ein hervorragender Schwimmer und später, als es in Cornwall modern wurde, ging er regelmäßig surfen.«

Sandra wollte ihr den Artikel zurückgeben, da stutzte sie und betrachtete sich die Aufnahme genauer. Ihr Interesse galt nicht länger dem Mädchen, sondern deren Mutter, die liebevoll einen Arm um die Schultern des Kindes gelegt hatte.

»Was ist aus den Eltern geworden?«, fragte sie. »Sind sie noch am Leben?«

»Also, Sandra, ich weiß nun wirklich nicht alles«, empörte sich die Metzgerin, und Sandra dachte: *Das ist ja was ganz Neues.*

»Darf ich mir den Artikel für ein paar Tage ausleihen?«, fragte Sandra.

»Sicher. Bei Ihnen weiß ich ja, dass ich ihn unbeschädigt zurückbekommen werde.«

Das Glöckchen über der Tür bimmelte, und Linda Triggs, eine ältere Frau aus Lower Barton, trat in den Verkaufsraum.

»Guten Morgen, Agnes, Ms Flemming …«

Sandra grüßte zurück, steckte die Klarsichtfolie mit dem Zeitungsbericht in ihre Jackentasche und verließ die Metzgerei. Sie wollte nachprüfen, ob Lilys Eltern noch in Looe lebten. Wenn ja, mussten sie jetzt über achtzig Jahre alt sein. Zunächst jedoch musste sie mit Marion sprechen.

Zurück im Hotel verabschiedete Sandra ein freundliches Ehepaar, das eine Woche in Higher Barton verbracht hatte und nun wieder die Heimreise nach Berkshire antrat. Sie waren voll des Lobes, das Sandra und Eliza erfreut entgegennahmen. Besonders positiv äußerte sich Ms Garvey über die Küche.

»Allein wegen Ihres Kochs werden wir im nächsten Jahr wiederkommen«, sagte die Frau in mittleren Jahren. »So gut wie hier haben mein Mann und ich bisher nur in Frankreich gegessen.«

»Ich werde es Monsieur Peintré, unserem Koch, ausrichten«, erwiderte Sandra.

Während sich Eliza darum kümmerte, zwei Zimmer für neuanreisende Gäste, die am Nachmittag eintreffen würden, herzurichten, beantwortete Sandra einige

E-Mails, aktualisierte die Webseite des Hotels und telefonierte mit einem Sanitärfachmann, der das Waschbecken im Marlow-Room austauschen musste. Dem letzten Gast war der elektrische Rasierapparat ins Becken gefallen und hatte einen hässlichen Sprung hinterlassen.

Als Lucas die Halle durchquerte, schoss Sandra eine Idee durch den Kopf.

»Lucas, kann ich dich bitte einen Moment sprechen? In meinem Büro.«

»Selbstverständlich.« Der Kellner folgte Sandra zögernd, es war offensichtlich, dass er grübelte, was er angestellt hatte, weil ihn die Chefin sprechen wollte.

Sandra ließ die Tür angelehnt, um mitzubekommen, wenn das Telefon klingelte oder ein Gast an die Rezeption trat.

»Setz dich bitte, Lucas.«

Er ließ sich auf die äußere Kante des Stuhls nieder. »Ms Flemming, wenn es um Imogen geht …«, sagte er leise. »Wir mögen dieselben Filme und Musik, sind ein paar Mal miteinander ausgegangen, und …«

Sandra hob unterbrechend die Hand. Sie lächelte. »Imogen und deine Freundschaft mit ihr interessiert mich nicht. Solange die Arbeit nicht darunter leidet, könnt ihr machen, was ihr wollt.«

Lucas wirkte sichtlich erleichtert, fragte aber zweifelnd: »Warum möchten Sie mich sprechen, Ms Flemming?«

Sandra legte ihre Fingerspitzen aufeinander, überlegte erst und sagte dann: »Du kennst dich doch im Internet aus, nicht wahr?«

»Äh, ja …«

»So gut, dass du an Informationen kommst, die etwas speziellere Kenntnisse erfordern?«

Der Kellner wurde knallrot. Er fragte nicht, woher seine Chefin wusste, dass er hin und wieder ein wenig hackte. »Ich tue nichts Illegales«, versicherte er hastig, »und schade niemandem.«

»Lucas, was wir hier miteinander besprechen, muss unbedingt unter uns bleiben!«

»Klar, Chefin.«

Sandra schob Lucas einen Zettel über den Schreibtisch, auf dem sie einen Namen notiert hatte.

»Ich suche eine Frau, weiß aber nur wenig über sie. Früher lebte sie in Looe oder in der näheren Umgebung. Ich möchte wissen, wo sie sich heute aufhält. Wahrscheinlich hat sie geheiratet und trägt inzwischen einen anderen Nachnamen.«

»Puh!« Lucas stieß die Luft aus. »Das ist nicht einfach, da in England keine Meldepflicht besteht«, erwiderte Lucas und warf einen Blick auf Sandras Notizen. »Sofern die Frau überhaupt in England wohnt.«

»Versuch es trotzdem. Ich kann dir versichern, dass ich die Daten aus rein privatem Interesse haben möchte. Trotzdem ist es besser, wenn niemand davon erfährt.«

»Erst recht nicht Detective Chief Inspector Bourke.« Lucas nickte verstehend. »Wir haben mitbekommen, dass Sie mal wieder die Witterung einer Verbrechensspur aufgenommen haben, Ms Flemming. Ich helfe Ihnen gern, aber passen Sie auf sich auf!«

»Das tue ich, Lucas. Du hast recht: Die Informationen über diese Person helfen vielleicht, zwei Straftaten aufzudecken.«

»Klaro.« Lucas, wieder völlig entspannt, salutierte übertrieben. »Angenommen, ich finde die aktuelle Adresse dieser …«, er sah auf den Zettel, »Phyliss heraus, werde ich Ihnen aber nicht sagen, wie ich an die Informationen gekommen bin.«

»Danke, Lucas«, sagte Sandra. »Ich vertraue dir, dass du deine Kenntnisse nicht für etwas verwendest, das dich in Schwierigkeiten bringen könnte. Im Hotel möchte ich dich nicht verlieren.«

»Auch ich würde äußerst ungern gehen, denn Sie sind die beste Chefin der Welt, Ms Flemming. Nach dem Lunch habe ich ein paar Stunden frei. Ich sehe, was ich tun kann.«

Wieder allein dachte Sandra an Christopher und an Alan. Beide Männer wären zu Recht ärgerlich, sollten sie erfahren, dass Sandra einen Angestellten bat, sich in Datenbänke einzuhacken, um die Adresse einer Person herauszufinden. Das verstieß gegen den Datenschutz, und Sandra würde in Teufels Küche kommen, wenn es herauskam. Alan konnte sie nicht ins Vertrauen ziehen. Er vertrat Sam Pengelly, den Mann, den Sandra verdächtigte, seine Frau getötet zu haben. Alan und Christopher arbeiteten eng zusammen, um zu klären, wie und von wem Pengelly vergiftet worden war. Lucas konnte sie vertrauen, ebenso Imogen, sollte er das Zimmermädchen einweihen. Die Adresse von Phyliss diente Sandra nur dazu, die Frau aufzusuchen und mit ihr über Creeda und Jane zu sprechen und sie zu fragen, ob sie in den letzten Monaten Kontakt zu Creeda hatte. Vielleicht hatte die Farmerin der einstigen Freundin ebenfalls von ihrer Angst erzählt und um Hilfe gebeten. Die Informationen hätte Christopher schnell herausfinden können, aber Sandra wollte ihr wieder erstarktes Vertrauensverhältnis nicht aufs Spiel setzen.

Jetzt gab es noch einen Punkt, den Sandra unbedingt klären musste.

Sie fand Marion West im Restaurant. Gerade hatte sie den Lunch aus einer Steinpilzsuppe mit gratiniertem Kürbis und ofenfrischem Ciabatta beendet, und Harry servierte ihr einen Espresso.

Sandra deutete auf den freien Stuhl an Marions Tisch. »Darf ich?«

»Gern.«

Sandra setzte sich neben sie, faltete den Zeitungsartikel auseinander und legte ihn auf den Tisch.

»Ich möchte keine neuen Missverständnisse zwischen uns entstehen lassen«, sagte sie bedächtig, »daher spreche ich Sie direkt an, anstatt irgendwelche Schlüsse zu ziehen. Ich stieß auf diesen Bericht, und mir fällt auf, dass die Frau auf dem Foto«, Sandra deutete auf Lily Aldens Mutter, »eine auffällige Ähnlichkeit mit Ihnen hat.«

Marion warf einen Blick auf den Artikel und flüsterte heiser: »Warum interessieren Sie sich für ein Mädchen, das über vierzig Jahre tot ist?« Sandra entging nicht, dass Marions Hand, mit der sie zur Kaffeetasse griff, leicht zitterte. »Das hat mit Creedas Tod und dem Anschlag auf Pengelly nichts zu tun.«

Sandra wiederholte die Worte, die Christopher in solchen Fällen vorbrachte: »Bei einer Mordermittlung spielt alles eine Rolle, mag es auf den ersten Blick auch unbedeutend erscheinen. Andere Anhaltspunkte habe ich keine. Es ist mein persönliches Interesse, mehr über das ertrunkene Mädchen herauszufinden. Wobei die Ähnlichkeit zwischen der Mutter und Ihnen mich überrascht.«

»Das ist kein Zufall«, sagte Marion mit belegter Stimme. »Lily Alden war sechzehn Jahre alt, als sie starb. Bis heute kann sich niemand erklären, warum sie an diesem Abend ins Meer gegangen ist. Es gab Stimmen, Lily hätte sich umgebracht. Das hätte sie niemals getan! Warum auch? Lily liebte das Leben, sie hatte ausgezeichnete Noten, wollte studieren und Landschaftsarchitektin werden. Ihre Familie war liebevoll, und es gab keine Probleme.«

Es kam selten vor, dass es Sandra die Sprache verschlug. Lily Alden war Jahre vor Marions Geburt gestorben.

»Woher wissen Sie so ausführlich über das tote Mädchen Bescheid?«, fragte Sandra.

»Lily Alden war meine Tante«, antwortete Marion. »Eine Tante, die ich nie kennengelernt habe.«

»Tante?«, wiederholte Sandra verständnislos. »Ich dachte, Creeda ...«

»Creeda war ebenfalls meine Tante.« Marion suchte nach den richtigen Worten. »Sie wissen doch, wie es auf dem Land ist, da kennt jeder jeden. Cubert, mein Vater, war der ältere Bruder von Creeda, und meine Mutter ...«, sie schluckte schwer, »war die ältere Schwester von Lily Alden. In unserer Familie vererben sich die Ähnlichkeiten immer unter den Frauen. Von meiner Großmutter, Lilys Mutter, habe ich das das lange, schmale Gesicht, die etwas spitze Nase und das volle, wellige Haar.«

Sandra war froh, dass sie saß, denn diese neue Entwicklung hätte sie sonst umgehauen. »Ich hatte keine Ahnung. Sie haben es nie erwähnt.«

»Warum hätte ich das tun sollen?«, fragte Marion. »Die Herkunft meiner Eltern und deren Verbindung untereinander sind doch nicht wichtig. Cubert und Ethel, meine Eltern, sind schon miteinander gegangen, so nannte man das früher, als Lily starb.«

»Was ist mit Ihren Großeltern mütterlicherseits, die Eltern von Lily und ihrer Mutter? Sind sie noch am Leben?«

Marion schüttelte den Kopf. »Lilys Tod haben sie nicht überwunden. Meine Großmutter versank in eine schwere Depression und nahm sich wenige Monate später das Leben. Lilys Vater verfiel dem Alkohol, der ihn ebenfalls dahinraffte. Beide habe ich nie kennengelernt. Als ich alt genug war, haben mir meine Eltern von Lily und den dramatischen Ereignissen erzählt. Meine Mutter hatte viele Fotografien aus glücklichen Zeiten. Auf diesen strahlt Lily fröhlich und aufgeschlossen in die Kamera. Für ihr Alter war sie zwar ein zartes Mädchen, das jünger geschätzt wurde, sie wusste aber schon früh, welchen Weg sie gehen wollte.«

»Können Sie sich irgendeinen Grund vorstellen, warum Lily an diesem Abend schwimmen war?«, fragte Sandra.

»Keinen, wie auch die damaligen Ermittlungen nichts ergaben. Die Familie hat sich schließlich damit abgefunden, dass es purer Leichtsinn gewesen war.«

»Wurde in Lilys Körper Alkohol nachgewiesen? Oder nahm sie Drogen, die ihr Bewusstsein trübten?«

»Soviel ich weiß, nein«, antwortete Marion. »Meine Mutter sagte, Lily habe nie einen Schluck getrunken, sie war ja erst sechzehn, und auch mit Drogen war sie nicht in Kontakt gekommen. Jedenfalls wusste niemand was davon.« Marion sah Sandra fragend an. »Das ist so lange her und spielt heute keine Rolle mehr.«

Sandra war anderer Meinung. Sie hörte auf ihr Bauchgefühl, das sie bisher nur selten getrogen hatte. Vielleicht suchte sie auch krampfhaft nach einem

Grund, warum Creeda umgebracht wurde. Vorausgesetzt, Sam Pengelly war unschuldig und hatte den Wein nicht selbst vergiftet: Wer hatte versucht, ihn zu vergiften? Creeda im Stich gelassen zu haben, als die Frau sie, Sandra, um Hilfe gebeten hatte, nagte stärker an ihr, als sie es sich anmerken ließ.

»Nach meiner Erfahrung liegt bei vielen Verbrechen die Lösung in der Vergangenheit«, sagte Sandra nachdenklich. »Wir müssen versuchen, mehr über die drei Frauen und deren Freundschaft zu erfahren.«

»Es freut mich, dass Sie *wir* gesagt haben«, bemerkte Marion trocken. »Dann glauben Sie nicht länger, dass ich auf das Erbe aus bin, um die Farm verkaufen zu können, oder ich gar meine Tante auf dem Gewissen habe?«

Sandra griff nach Marions Hand. »Es war dumm von mir, Ihnen zu misstrauen. Im Moment warte ich darauf, zu erfahren, wo wir Phyliss finden können. Vielleicht bringt uns ein Gespräch mit ihr weiter.«

»Weiter in was?«, fragte Marion verwundert. »Wer Creeda umgebracht hat?«

Sandra zuckte mit den Schultern und seufzte. »Ich spüre einfach den Drang, alles, was auch nur im Entferntesten mit Creeda zu tun hat, überprüfen zu müssen. Sind Sie dabei?«

»Klar, Sandra. Es gibt ja sonst nichts, was ich hier tun kann. Ich muss warten, bis meine Anwältin einen Termin bei Gericht zur ersten Voruntersuchung bekommt. Das kann sich noch Wochen in die Länge ziehen.«

»Werden Sie nach New York zurückkehren?«

Marion wiegte nachdenklich den Kopf. »Im Moment nicht, mein Geschäftsführer hat alles bestens im

Griff. Zu den wöchentlichen Meetings schalte ich mich per Zoom zu, das ist fast, als säße ich mit am Tisch. Auch sonst bin ich immer erreichbar, sollte es Fragen geben.«

»Dann sind wir uns einig?« Sandra beugte sich vor und sah Marion erwartungsvoll an. »Sobald ich weiß, wo wir Phyliss finden können, werden wir sie aufsuchen.«

Marion lächelte zufrieden. »Ich freue mich darauf. Die meisten denken, die Leitung einer Modefirma sei aufregend, aber so etwas Spannendes wie jetzt habe ich noch nie erlebt.«

Ab drei Uhr konnte sich Sandra den Rest des Tages frei nehmen. Es standen keine weiteren Anreisen an, und die Gäste für das abendliche Dinner wollte Eliza begrüßen. Ohne sich vorher angemeldet zu haben, fuhr Sandra zu Ann-Kathrin nach Truro. Sie hoffte, die Freundin zu Hause anzutreffen.

Das Glück war ihr hold. Ann-Kathrin war gleichermaßen überrascht wie erfreut.

»Was verschafft mir die Ehre?«, scherzte sie.

»Ich muss was mit dir besprechen«, antwortete Sandra ehrlich. »Das wollte ich nicht am Telefon tun.«

»Oh je.« Ann-Kathrin sah Sandra besorgt an. »Gibt es was Neues im Fall der toten Farmerin? Schreckliche Sache, dass jemand versucht hat, Sam Pengelly umzubringen.«

»Ist Alan da?«, fragte Sandra und sah sich im Wohnzimmer um. »Und Demelza?«

»Demi schläft in ihrem Zimmer, und Alan ist bei einem Mandanten.«

»Am Samstagnachmittag?«

»Für einen Anwalt gibt es keine Wochenenden«, erklärte Ann-Kathrin. »Ebenso wenig wie für Polizisten und Hotelinhaberinnen.« Sie zwinkerte Sandra zu. »Schieß los, was kann ich für dich tun?«

»Es geht um das von dir belauschte Telefonat. Dass Marion West in finanziellen Schwierigkeiten stecken soll.«

»Ich habe dir nur gesagt, was ich mitbekommen habe, Sandra.«

»Daran zweifle ich nicht. Marion bestreitet den Vorwurf nicht nur vehement, sie möchte die Farm auch behalten und sie in ein Begegnungszentrum für kranke und behinderte Kinder umwandeln, damit diese durch den Kontakt mit den Tieren bessere Heilungschancen haben.«

»Du hast Marion gesagt, was ich gehört habe?«, fragte Ann-Kathrin entsetzt.

»Keine Sorge, ich habe nicht gesagt, von wem ich die Information bekam.«

»Du glaubst ihr«, stellte Ann-Kathrin fest, deutlichen Zweifel im Blick.

»Sagen wir so: Ich bin geneigt, es zu tun«, erwiderte Sandra. »Inzwischen haben sich nämlich ein paar Dinge ergeben, die ich noch nicht einzuordnen weiß.«

Sandra erzählte von den drei Freundinnen, dass die Ärztin Jane Odgers in Cornwall einen eher unspektakulären Job machte, obwohl sie am Beginn einer vielversprechenden Karriere als Forscherin stand, und vom Tod Lily Aldens, die Marions Tante gewesen war.

Nachdem Sandra geendet hatte, klatschte Ann-Kathrin in die Hände: »Respekt, Sandra! Das ist eine Menge, die du in ein paar Tagen herausgefunden hast. Erlaube mir eine Frage: Leitest du noch ein mittelgroßes Hotel mit einer über Cornwalls Grenzen hinaus bekannten Küche, oder hast du inzwischen auf Detektivin umgeschult?«

Sandra stimmte ins Lachen der Freundin ein und antwortete: »In Higher Barton ist es derzeit ruhig, und auf Eliza kann ich mich verlassen. Ich habe den Eindruck, Eliza genießt es, wenn ich nicht ständig präsent bin und sie in Ruhe schalten und walten kann.«

»Wie lösen wir jetzt die Frage, ob Marion Geld braucht oder nicht?«, fragte Ann-Kathrin.

»Ich habe gehofft, du erinnerst dich, ob der Name des Anrufers gefallen ist, mit dem Alan sprach.«

»Es wurde kein Name genannt«, sagte Ann-Kathrin, zuckte zusammen und schlug sich mit der flachen Hand gegen die Stirn. »Alan hat die Angewohnheit, seine Telefonate auf Band aufzuzeichnen. Es wäre den Versuch wert, jedoch …« Sie zögerte.

»Das ist ein Vertrauensbruch«, sagte Sandra verständnisvoll.

»Wenn es dazu dient, die Wahrheit herauszufinden.« Ann-Kathrin schluckte schwer und gab sich einen Ruck. »Gehen wir in Alans Arbeitszimmer hinauf.«

Wenige Minuten später rief Sandra: »Das ist eindeutig die Stimme von Geoffrey Walker, dem Zuhälter! Er rief Alan an und streute das Gerücht über Marions drohende Pleite, damit Sam Pengelly die Farm erbt und sie verkaufen kann.«

»Der Meinung bin ich ebenfalls«, stimmte Ann-Kathrin zu. »Woher sollte Walker auch über Marions finanzielle Lage Bescheid wissen? Diese Leute versuchen wirklich alle Tricks.«

Sandra fühlte sich erleichtert, dass sie sich in Marion nicht getäuscht hatte. Sie zweifelte nicht daran, dass

Alan die Wahrheit inzwischen selbst herausgefunden hatte und dem Anruf keine weitere Bedeutung zumaß.

»Hat Alan gesagt, wann er nach Hause kommt?«, fragte sie. »Ich würde gern mit ihm sprechen.« Sie sah Ann-Kathrins Erschrecken. »Natürlich wird von dem hier«, sie deutete auf Alans Telefon, »kein Sterbenswörtchen erwähnt. Das bleibt unser Geheimnis.«

»Es wird heute spät werden«, erwiderte Ann-Kathrin. »Der Klient wohnt in St Just, draußen im Westen. Es tut mir leid, dich nicht mehr unterstützen zu können.« Ann-Kathrins Augen funkelten. »Unsere kleinen Abenteuer haben mir immer viel Spaß gemacht. Seit ich aber Demelza habe …«

»Ich verstehe dich sehr gut«, sagte Sandra, umarmte die Freundin und drückte sie. »Du darfst kein Risiko eingehen, schließlich bist du nicht mehr allein für dich verantwortlich.«

»Lass uns nach deinem Patenkind sehen, ob sie noch schläft«, schlug Ann-Kathrin vor. »In Alans Arbeitszimmer fühle ich mich wie ein Eindringling.«

Das konnte Sandra gut nachvollziehen. Auch wenn Alan Trengove ihr in den letzten Jahren mehr als einmal hilfreich zur Seite gestanden war und dabei Dinge getan hatte, die sich nicht unbedingt mit seiner anwaltlichen Loyalität vereinbaren ließen, würde er zu Recht unwillig reagieren, wenn er erfuhr, dass seine Frau und Sandra die Aufzeichnung abgehört hatten. Sandra konnte ihm dies nicht verübeln.

Es war ein quadratischer, weißer Zettel, abgerissen von einem handelsüblichen Notizblock, hindurchgeschoben unter der Tür des Cottages, den Sandra vorfand, nachdem sie wieder zu Hause war. Sie entfaltete das

Blatt. Der Schreiber hatte in Druckbuchstaben einen Namen und eine Adresse notiert:

P. Staunton, 22 Upper Cliff Road, Ventnor, Isle of Wight

»Danke, Lucas«, flüsterte Sandra, nahm ihr Telefon und wählte eine Nummer.

»Marion, Sie haben gesagt, Sie würden gern helfen«, sagte Sandra. »Es gibt etwas, das Sie tun können. Allerdings müssen wir dafür sehr früh aufstehen.«

ZWEIUNDZWANZIG

Hoch schlug die aufgewühlte Gischt gegen die Scheiben, die Fähre schwankte durch ein diffuses Grau. Marion West war unfähig, dem rauen Meer auch nur einen Funken Aufmerksamkeit zu schenken, denn sie kauerte in einem der harten Schalensitze, das Gesicht kreidebleich, kalter Schweiß auf der Stirn.

Sandra hielt ihr einen Becher Tee hin. »Sie müssen was trinken, Marion!«

Mit der Hand schob Marion das Getränk zur Seite, ihre Gesichtsfarbe wechselte in ein gräuliches Grün.

»Allein vom Geruch wird mir noch übler.« Sie presste den Handrücken auf den Mund, mit der anderen Hand griff sie nach der Papiertüte aus dem Ablagenetz des Vordersitzes.

»Ich wusste nicht, dass Sie seekrank werden«, sagte Sandra mitfühlend. »Tee trinken und etwas Leichtes essen beruhigt den Magen.«

Zögerlich nahm Marion den Becher und nippte an dem lauwarmen Tee. Tatsächlich kehrte nach ein paar Minuten etwas Farbe in ihre Wangen zurück.

»Meine Erfahrungen auf See beschränken sich auf die Staten Island Fähre in New York«, erklärte Marion heiser. »Ausgerechnet heute muss es so stark stürmen.«

»Dabei heißt es, die Cornishmen seien vor der Seekrankheit gefeit«, scherzte Sandra, um Marion abzulenken. »Sie werden bereits mit dem Wellengang im Blut geboren.«

»Bei meiner Geburt wurde das augenscheinlich nicht berücksichtigt«, presste Marion hervor.

Sandra drückte ihre Hand. »Nur noch knappe zwanzig Minuten, wir haben die Hälfte der Strecke bereits hinter uns.«

»Es werden die längsten zwanzig Minuten meines Lebens sein, und heute Abend müssen wir auf demselben Weg wieder zurück.«

»Ich werde bei der Regierung den Antrag stellen, eine Brücke über den Solent zu bauen. Im Ernst, bis zum Abend wird sich der Wind bestimmt gelegt haben.«

»Vergessen Sie nicht, Petrus anzurufen, damit er das auch weiß.« Marions Lächeln war verkrampft.

Eine neue Woge traf das Schiff, es legte sich leicht zur Seite, und Marion schrie auf. Sandra klammerte sich an die Sitzlehne, blieb aber breitbeinig und sicher stehen. Bei Schifffahrten war ihr noch nie übel geworden. Obwohl sie heute Morgen um vier Uhr aufgestanden und fünf Stunden bis zum Fährhafen in Lymington in der Grafschaft Hampshire gefahren war, fühlte sich Sandra munter und voller Tatendrang.

Marion hustete und würgte, behielt ihren Mageninhalt aber bei sich. Sandra hielt ihre Hand, bis das Schiff am Kai von Yarmouth, einem der Fährhäfen auf der Isle of Wight, anlegte. Das Ausschiffen ging zügig vonstatten, dann fuhren Sandra und Marion entlang der Westküste gen Süden in Richtung Ventnor. Der Wind auf der Isle of Wight war zwar böig, aber es regnete nicht, und zwischen den grauen Wolken blitzte immer wieder die Sonne hindurch. Am Sonntagvormittag herrschte auf der Insel nur wenig Verkehr. Nach einer halben Stunde erreichten Sandra und Marion die ersten Häuser von Ventnor. Steil führte die Straße hinunter, und vor ihnen breitete sich das kristallklare, blaue Meer aus. Hohe Wellen schlugen auf den schmalen Sandstrand. Das stürmische Wetter hielt die Leute nicht davon ab, sich mit ihren Surfbrettern in die Fluten zu stürzen.

»Schön!«, hauchte Marion. Sobald sie einen Fuß von der Fähre gesetzt hatte, war ihre Übelkeit verflogen. »Sollen wir in einem der Strandcafés lunchen?«

»Zuerst wollen wir Phyliss Staunton aufsuchen«, erwiderte Sandra. Sie hatte die Adresse in ihr Navi eingegeben und folgte der Erklärung der kehligen Computerstimme.

Die Upper Cliff Road lag im nördlichen Teil der kleinen Stadt. Auf der linken Seite, von Westen kommend, reihten sich nahezu identisch schmale, zwei Stockwerke hohe Häuser aneinander, die Vorgärten gepflegt mit noch üppig blühenden Blumen. Die gegenüberliegende Straßenseite war von Doppelhäusern gesäumt. Diese hatten ihre Gärten zur Seeseite hin und einen herrlichen Ausblick aufs Meer. In den Einfahrten parkten Autos der gehobenen Mittelklasse. Sandra sah auch zwei Jaguare, einen Maybach und das Cabriolet eines südwestdeutschen Luxuswagenherstellers. Wer hier lebte, nagte nicht am Hungertuch.

Das Haus mit der Nummer 22 befand sich am Ende der Straße. Es hatte zwei Stockwerke, eine gepflasterte Einfahrt, zwei Palmen säumten die dunkelblau gestrichene Tür, auf dem schmalen Rasenstück blühte ein ausladender Hortensienstrauch in knalligem Pink. Im Vorgarten stand außerdem ein Schild mit der Aufschrift *For Sale*, darunter die Webadresse einer örtlichen Immobilienvermittlung.

»Was, wenn Phyliss nicht mehr hier wohnt?«, fragte Marion. »Das Haus sieht verlassen aus.«

»Wir werden es herausfinden.«

Sandra fuhr in die Einfahrt. Die Frauen stiegen aus dem Jeep, und Sandra betätigte den Türklopfer aus Messing in Form eines Delfins. Alles blieb ruhig.

»Es ist Sonntagvormittag, sie könnte in der Kirche sein«, sagte Marion. Sie ging zum Erkerfenster, presste die Handkanten an die Scheibe und spähte hinein. Sie seufzte. »Ich fürchte, wir kommen zu spät. Das Haus ist unbewohnt, es stehen nur noch ein paar Kisten und Pappkartons herum.«

Sandra klopfte ein weiteres Mal erfolglos, dann umrundeten sie das Haus. Der hintere Garten war ungepflegt, der Rasen mit braunem Laub bedeckt, zwischen den Fugen der Terrassenfliesen wucherte Unkraut.

»Wenn Sie sich für das Haus interessieren, müssen Sie sich an den Makler wenden.«

Sandra fuhr herum. Auf der anderen Seite der niedrigen Hecke, die den Garten vom Nachbargrundstück trennte, stand eine ältere Frau. Die schlohweißen Haare zu einem dünnen Zopf geflochten, der ihr über die Schulter baumelte, auf der Nase eine randlose Brille. Sie trug einen dunkelgrün-blau-karierten Tweedrock, einen grauen Rollkragenpullover, darüber eine blaue Steppweste. In einer Hand hielt sie eine Rosenschere.

»Wir suchen Ms Staunton«, sagte Sandra mit einem freundlichen Lächeln. »Phyliss Staunton. Sie wohnt doch hier, nicht wahr?«

»Sie *hat* hier gewohnt.«

»Dann ist sie weggezogen?«, fragte Marion.

Ein Schatten fiel über das faltige Gesicht der Frau. »So könnte man es auch ausdrücken.«

»Haben Sie Phyliss' neue Adresse?«

Die Frau nickte. »Die gebe ich Ihnen gern. Wollen Sie nicht reinkommen? Ich wollte gerade Tee trinken, leisten Sie mir doch Gesellschaft.«

Sandra und Marion wechselten einen kurzen Blick, und Sandra nickte.

Die Nachbarin stellte sich als Harriet Northwood vor. Sie war vor fünfundsiebzig Jahren auf der Isle of Wight geboren, seit acht Jahren Witwe, ihre drei Kinder – zwei Töchter und ein Sohn – und fünf Enkel – lebten in England verstreut und fanden nur selten Zeit, die Mutter und Großmutter zu besuchen. Ihr Haus war für sie allein viel zu groß, doch sie wollte noch nicht verkaufen. Harriet fühlte sich rüstig und gesund. Einmal in der Woche kam eine Putzfee, wie Harriet sie nannte, um die gröbsten Arbeiten im Haushalt zu erledigen. Im Sommer hatte sie die Hilfe eines Gärtners, um das Grundstück in Schuss zu halten.

Das alles erfuhren Sandra und Marion, während Harriet – sie hatte gebeten, mit dem Vornamen angesprochen zu werden – eine Kanne Darjeeling First Flush aufbrühte, den Tisch in der großzügig geschnittenen Wohnküche deckte und aus einer Blechdose Ingwerkekse, die sie am Vortag gebacken hatte, auf einem Teller drapierte.

Außer dass Sandra und Marion ihre Namen genannt hatten, waren sie nicht zu Wort gekommen. Sandra hatte das Gefühl, einer zweiten Agnes Roberts gegenüberzusitzen. Sie spürte, dass Harriet sich einsam fühlte und versuchte, es zu überspielen, indem sie sich betont unbeschwert gab.

»Sind Sie und Phyliss Staunton miteinander befreundet?«, warf Sandra schnell ein, als Harriet von ihrem Tee trank.

»Phyliss hatte keine Freunde.« Harriet lächelte zwar, doch für Sandra wirkte es bitter. »Sagen wir mal so: Phyliss hatte *einen* Freund – den Alkohol.«

»Sie ist eine Trinkerin?«, fragte Marion, Sandra hatte jedoch ein Detail in Harriets Worten bemerkt.

Sie fragte: »Sie sagten, Phyliss *hatte* keine Freunde. Bedeutet das, sie ist …«

»Tot«, vollendete Harriet. »Deswegen wird das Haus verkauft, Erben gibt es keine. Jedenfalls haben sich die Leute von der Stadt um ihre Sachen gekümmert, das Haus ausgeräumt und so. Bei der Beerdigung waren neben dem Pfarrer und mir noch zwei Ehepaare hier aus der Straße anwesend. Die kannten Phyliss nur vom Sehen. Traurig, so von dieser Welt Abschied zu nehmen. Wirklich traurig …« Harriet nahm sich einen Keks und knabberte daran.

»Wie ist Phyliss gestorben?«, fragte Sandra. »War es der Alkohol?«

»Indirekt ja«, antwortete Harriet.

»Wie meinen Sie das?«

»Tja, sie ist von der Klippe gefallen«, erklärte Harriet. »Gar nicht weit von hier, mitten in der Nacht. Zwei leere Wein- und eine Ginflasche fand man am Klippenrand, und in ihren Adern soll mehr Alkohol als Blut gewesen sein. Das wurde jedenfalls erzählt.«

»Dann war es ein Unfall«, stellte Marion fest. »Die arme Phyliss!«

Harriet kniff ein Auge zusammen, mit dem anderen musterte sie erst Marion, dann Sandra und sagte: »Wenn Sie mich fragen: Phyliss ist gesprungen.«

»Sie meinen, sie hat Selbstmord begangen?«, fragte Sandra und versuchte, nicht allzu interessiert zu klingen. »Hatte Phyliss einen Grund, ihrem Leben ein Ende zu setzen?«

»Ich sagte doch, dass sie trank«, stieß Harriet hervor. »Vielmehr hat sie gesoffen wie ein Loch. Wenn Sie mich fragen, hat sie sich auch die eine oder andere Pille eingeworfen.«

»Hatte Phyliss keine Familie?«, fragte Marion.

»Sie war geschieden«, erklärte Harriet. »Ihren letzten Mann habe ich gekannt, ein freundlicher, kultivierter Herr. Ich glaube, er arbeitete bei einer Bank. Könnte auch eine Versicherung gewesen sein. Er kaufte das Haus nebenan. Das war vor zehn oder elf Jahren. Dann war es mit der Ehe plötzlich vorbei. Mit Sack und Pack ist er ausgezogen. Das Haus hat sie behalten.«

Sandra, die ein feines Gespür für Wörter hatte, fragte: »Ihr letzter Mann? War Phyliss mehrmals verheiratet?«

Harriet nickte. »Manchmal haben wir über die Hecke hinweg miteinander geplaudert. Dabei erwähnte sie, sie sei schon dreimal verheiratet gewesen, ich konnte ihre Fahne deutlich riechen. Kinder oder andere Verwandte gab es wohl keine, Phyliss hat auch nie Besuch bekommen. Für mich war sie eine verkrachte Existenz. Zwar ohne finanzielle Probleme, trotzdem war mit ihr etwas nicht in Ordnung. Ganz und gar nicht in Ordnung.«

Sandra fragte: »Hat Phyliss jemals von ihrer Jugend in Cornwall erzählt oder Namen von früheren Freundinnen erwähnt?«

»Sie stammte aus Cornwall?«, fragte Harriet erstaunt. »Darüber hat sie nie gesprochen. Warum wollen Sie das alles wissen? Haben Sie sie gekannt?«

»Phyliss war die Freundin meiner Tante«, erklärte Marion. »Auch diese Tante ist kürzlich gestorben, und ich wollte Phyliss informieren.«

»Wann ist das Unglück denn geschehen?«, fragte Sandra.

»Lassen Sie mich überlegen«, sagte Harriet und runzelte die Stirn. »Das muss vor sechs, sieben Wochen gewesen sein. Ich glaube, Spaziergänger haben die Leiche den nächsten Morgen am Fuß der Klippen entdeckt, weil Ebbe war. Bei Flut wäre Phyliss' Körper ins Meer rausgeschwemmt und wohl nie gefunden worden.«

»Wie bei Lily«, flüsterte Sandra. Eine Gänsehaut bildete sich auf ihren Unterarmen. »Hat die Polizei nicht ermittelt, ob jemand bei dem Sturz nachgeholfen hat?«

Harriets hellbraune Augen weiteten sich. Sie schnappte nach Luft. »Das wäre ja dann …«, sie senkte die Stimme, »Mord! Wer sollte die arme Frau umbringen? Sie hatte doch niemandem etwas getan, allerdings …«

»Allerdings?«, hakte Sandra nach.

»Es ist noch gar nicht lange her, vielleicht zwei, drei Wochen vor ihrem Tod, da erwähnte sie, sie könne mit der Schuld nicht länger leben.«

»Schuld?« Gespannt beugte sich Sandra vor. »Welcher Schuld?«

Harriet zuckte mit den Schultern. »Phyliss hatte wieder getrunken. Ihr Blick war glasig, sie starrte einen imaginären Punkt hinter mir an. Ich hatte den Eindruck, sie hatte mich völlig vergessen und murmelte, es sei an der Zeit, die Wahrheit zu sagen.«

Sandra sah zu Marion, die ebenso aufgeregt wie sie selbst war, trank den Tee aus und stand auf.

»Sie haben uns sehr geholfen, Harriet. Eine letzte Frage: Lebt Mr Staunton, Phyliss' Mann, noch hier auf der Insel?«

Harriet verneinte. »Bevor er ging, hat er sich von den Nachbarn verabschiedet. Ich sagte doch, er war ein richtiger Herr, der wusste, was sich gehörte. Er sagte, er wolle nach London ziehen.«

»Kennen Sie seinen Vornamen?«

»Michael«, antwortete Harriet, ohne nachdenken zu müssen.

Sie begleitete Sandra und Marion zur Tür, dort sagte sie: »Phyliss' Grab ist auf dem Whitwell Friedhof. Ich sehe ab und zu nach dem Rechten und lege frische Blumen darauf, sonst kümmert sich ja niemand darum.«

»Das ist sehr freundlich von Ihnen.« Sandra berührte die alte Frau leicht am Arm. »Danke für den Tee, Harriet.«

An Sandras Auto fragte Marion: »Was jetzt?«

»Gehen wir was essen«, antwortete Sandra. »Mein Magen knurrt so laut, dass man es von hier bis rüber nach Shanklin hören kann.«

Das *Spyglass Inn* war ein gemütliches Pub oberhalb des Strandes von Ventnor. In der Glasveranda war es angenehm warm, da sich die Sonne immer mehr gegen die Wolken durchsetzte. Sandra und Marion gönnten sich kaum einen Blick hinaus aufs Meer. Sie bestellten sich jeweils die Tagessuppe – Kürbis-Karotten-Ingwer –, Sandra ein Krabbensandwich mit Marie-Rose-Soße, Marion ein Plougham's Lunch, dazu tranken sie Wasser. Während des Essens schwiegen sie und hingen ihren eigenen Gedanken nach.

An einen Unfall oder gar Selbstmord von Phyliss wollte Sandra insgeheim nicht so recht glauben.

»Was sollen wir jetzt unternehmen?«, fragte Marion beim Kaffee. »Versuchen, Phyliss' Ehemann aufzuspüren?«

»Ich kann mir vage vorstellen, wie viele Michael Staunton es in London gibt«, erwiderte Sandra. »Sofern er überhaupt einen Telefonanschluss angemeldet hat.«

Die fehlende Anmeldepflicht in Großbritannien machte es in diesem Fall schwer, jemanden zu finden. Sandra könnte höchstens Lucas nochmal um Hilfe bitten.

»Was meinte Phyliss damit, sie könne mit der Schuld nicht mehr leben?«, fragte Marion nachdenklich.

»Darüber grüble ich auch nach. Mir ist bei der Sache ein Zufall zu viel. Erst starb Phyliss, wenige Wochen später ihre einstige Freundin Creeda, und Letztere vermutete, dass ihr jemand nach dem Leben trachtet. Gut, Phyliss war nicht nüchtern gewesen, als sie Harriet gegenüber die Bemerkung fallen ließ, heißt es aber nicht: Kinder und Betrunkene sagen die Wahrheit?«

»Schuld …«, murmelte Marion mit gesenktem Blick. Dann zuckte sie zusammen, schlug sich mit der flachen Hand gegen die Stirn und fragte aufgeregt: »Sandra, wie spät ist es?«

»Kurz nach zwei. Bis unsere Fähre ablegt, haben wir noch viel Zeit …«

»Sie entschuldigen mich einen Moment?« Marion sprang auf, das Handy in der Hand. »Ich muss unbedingt telefonieren. In New York ist es jetzt neun, da ist meine Bekannte bereits wach.«

Sandra sah ihr verständnislos nach, wie sie das Pub verließ. Sie nippte an ihrem Espresso und wartete, bis

Marion wenige Minuten später an den Tisch zurückkehrte. Sandra sah sie erwartungsvoll an, und Marion erklärte: »Etwa vier oder fünf Wochen vor ihrem Tod rief Creeda mich an. Zuerst plauderte sie über Belangloses, schwärmte davon, wie schön das Wetter in Cornwall sei und dass eine ihrer besten Kühe gekalbt hatte. Ich gebe zu, ich war in Eile, auf dem Sprung zu einem Meeting. Schließlich sagte Creeda, sie habe mehrere Kisten mit Büchern, die seit Generationen im Besitz der Familie Pengelly sind. Einige Exemplare seien weit über hundert Jahre alt. Da sie keine Kinder habe, wolle sie, dass die Bücher in der Familie bleiben. Sam mache sich nämlich nichts aus Literatur, daher fürchtete Creeda, nach ihrem Tod würden die Bücher auf der Müllhalde landen. Ich lachte, leicht genervt, mit dem Blick auf die Uhr, und meinte, sie habe noch viele Jahre vor sich. Creeda bestand darauf, die Bücher ungeachtet der hohen Frachtkosten nach New York zu senden. Etwa zehn Tage später erhielt ich drei Holzkisten, randvoll mit Büchern verschiedener Genres. Ich warf einen kurzen Blick rein, stellte die Kisten in eine Ecke, wo sie mir nicht im Weg waren, und wollte bei Gelegenheit die Bücher durchsehen. Als ich die Nachricht vom Tod meiner Tante und ein schlechtes Gewissen bekam, weil ich sie bei unserem letzten Telefonat so ungeduldig unterbrochen hatte, sah ich mir die Bücher näher an. Es war, als sei mir meine Tante dadurch näher. Obenauf in einer Kiste lag der Roman *Wuthering Heights*, in dem Creeda noch gelesen haben musste, bevor sie das Buch einpackte, denn in etwa der Mitte der Seiten lag ein gehäkeltes Buchzeichen. Da kamen mir die Tränen.«

Auch jetzt schimmerten Marions Augen feucht. Sandra drückte ihre Hand. »Die Erinnerung, nicht wahr?«

Marion nickte. »Mir wurde bewusst, dass ich etwas in der Hand hielt, das Creeda wichtig gewesen war. Ich legte das Buch weg, da fiel ein Brief heraus. Auf dem Umschlag stand Creedas Adresse, ein Absender war nicht vermerkt. Ich zögerte und fühlte mich, als störe ich ihre Intimsphäre. Schließlich siegte meine Neugier, und ich zog ein Blatt aus dem Umschlag. Die Anrede lautete *Liebste Morgaine,* und ich dachte, es kann kein Brief an Creeda sein. Deswegen habe ich die Zeilen nur überflogen, deren Sinn gar nicht richtig wahrgenommen und den Zettel wieder in das Buch gelegt. Heute erinnerte ich mich daran, dass von einer Schuld die Rede war, mit der die Schreiberin nicht klarkam. Unterzeichnet war der Brief mit *Für immer Deine Tinkerbell.*«

»Tinkerbell? Morgaine?«, wiederholte Sandra. »Das sind Namen von Feen.«

»Teenager geben sich gern gegenseitig Spitznamen«, erklärte Marion. »Sandra! Was, wenn der Brief von Phyliss, die sich früher Tinkerbell nannte, an Creeda – Morgaine – gerichtet war? Harriet sprach davon, Phyliss habe eine Schuld erwähnt.«

»Das ist eine vage Vermutung«, erwiderte Sandra nachdenklich, »aber nicht ausgeschlossen. An den gesamten Inhalt des Schreibens können Sie sich nicht erinnern?«

Marion zwinkerte verschmitzt. »Aus diesem Grund habe ich gerade in New York angerufen. Eine Nachbarin hat den Schlüssel zu meinem Apartment, um nach dem Rechten zu sehen, die Blumen zu gießen und den Briefkasten zu leeren. Ich habe ihr gesagt, wo sie das Buch und den Brief findet, und sie gebeten, ihn zu scannen und mir zu mailen. Ich schätze, in zwei, drei

Stunden werden wir den genauen Inhalt des Briefes kennen.«

Sandra atmete geräuschvoll aus und sagte: »Ich bin sehr gespannt. Nehmen wir mal an – und derzeit spricht einiges für diese Vermutung –, Creeda und Phyliss haben einst etwas Schlimmes getan, das Phyliss bis heute belastete, dann könnte Jane Odgers ebenfalls darin verwickelt sein. Die Freundinnen waren unzertrennlich. Das könnte bedeuten …«

»Dass die Ärztin in Lebensgefahr ist!«, rief Marion so laut, dass sich andere Gäste nach ihr umdrehten. Sie beugte sich vor und raunte: »Das heißt, wenn Creeda und Phyliss ermordet wurden.«

Sandra seufzte und zog eine Augenbraue hoch. »Nach den neuen Erkenntnissen über die drei Freundinnen bin ich restlos überzeugt, dass weder Creedas noch Phyliss' Tod pure Zufälle sind.«

Der Sturm hatte zwar an Stärke verloren, dennoch schwankte die Fähre, als sie den Hafen von Yarmouth in Richtung des Festlandes verließ. Jetzt zeigte Marion keine Anzeichen von Seekrankheit, denn kaum hatten sie und Sandra den Wagen auf dem Autodeck abgestellt und waren in das Selbstbedienungsrestaurant gegangen, hatte Marions Handy gepiepst. Die E-Mail der Nachbarin in New York war übertragen worden.

Sie setzten sich in eine ruhige Ecke, und Marion öffnete die Nachricht. »Oben steht das Datum, wann der Brief geschrieben worden ist. Es war im Juni dieses Jahres.« Leise las sie vor: »*Liebste Morgaine, es ist lange her, dass wir voneinander gehört haben. Inzwischen habe ich wieder geheiratet, aber auch dieser Ehe war kein Glück beschieden. Ich lebe auf der Isle of Wight, habe ein schönes Haus und mein Auskommen. Je älter ich werde, desto mehr vermisse ich die alten Zeiten und euch. Dich, meine Freundin Morgaine, und selbst Titania, obwohl wir stets nach ihrer Pfeife tanzen mussten. Es wird immer schwerer, unsere große Schuld zu verdrängen. Wir haben einen fatalen Fehler gemacht. Auch wenn ich nie gläubig gewesen bin: Nach unserem Tod wird die große Gerechtigkeit uns strafen. Ich habe Angst und jede Nacht Albträume. Manchmal sehe ich ihre*«, Marion sah auf und erklärte: »Ihre ist dreimal dick unterstrichen.« Sie wiederholte: »*Manchmal sehe ich ihre Augen vor mir. Wie sie mich vorwurfsvoll ansieht, und ich höre ihre Stimme, kann die Worte aber nicht verstehen. Liebste Morgaine, ich kann nicht länger schweigen! Dadurch wird die arme Lily zwar nicht wieder lebendig, aber* …«

»Lily!« Sandra sprang auf. »Das ist die Verbindung! Creeda, Phyliss, wahrscheinlich auch Jane Odgers waren in Lily Aldens Tod verstrickt.«

Langsam ließ Marion das Smartphone sinken. Ihre Wangen waren blass, aber nicht, weil in diesem Moment das Schiff von einer erneuten Woge getroffen wurde.

»Ein Racheakt?«, raunte sie. »Nach so vielen Jahren! Wer könnte heute noch Interesse haben, den Tod von Lily Alden zu ahnden?«

Sandra zuckte zusammen und umklammerte mit beiden Händen die Tischkante. Es war ihr nicht gelungen, ihren Schrecken zu verbergen. Auch Marion hatte erkannt, welcher Verdacht Sandra durch den Kopf geschossen war.

»Nur die Angehörigen von Lily hätten einen Grund«, sagte sie so leise, dass Sandra Mühe hatte, die Worte zu verstehen. »Sie denken, dass ich es war. Ich, die letzte Verwandte von Lily Alden, auch wenn ich sie nicht gekannt habe. Deswegen soll ich Creeda und eine Frau, von deren Existenz ich bis gestern keine Ahnung hatte, getötet haben. Warum, Sandra, hätte ich das tun sollen? Dadurch wird Lily nicht wieder lebendig.«

»Lily kann auch einen Freund gehabt haben, der erst jetzt die Umstände ihres Todes entdeckt hat«, versuchte Sandra, sich herauszureden.

»Das ist nicht ausgeschlossen«, presste Marion zwischen schmalen Lippen hervor. »Ich sehe Ihnen an, dass Sie mir erneut misstrauen. Hätte ich Ihnen von Lily und dem Brief erzählt, wenn ich die Täterin wäre? Ein Mörder tut doch alles, um das Motiv seiner Tat unter allen Umständen zu verschleiern.«

»Es war nicht so gemeint ...«

Marion winkte ab und stand auf. »Ich glaube, ich muss mal die Waschräume aufsuchen.«

Während der viereinhalbstündigen Rückfahrt nach Higher Barton sprachen die Frauen kein Wort mehr miteinander. Unterwegs hätte Sandra mal austreten müssen, sie verkniff es sich aber, weil sie Marion und ihren Wagen nicht allein lassen wollte. Trotz Marions Hinweis, dass sie als Täterin wohl kaum die neuen Beweise über Lily Aldens Tod offengelegt hätte, wurde Sandra das erneut aufkeimende Misstrauen gegen die Amerikanerin nicht los. Marion hatte jetzt gleich zwei Motive, sich ihrer Tante zu entledigen, wenngleich kaum die Möglichkeit dazu. Zumindest nicht, wenn sie allein gehandelt hatte. Sandra hörte oft auf ihr Bauchgefühl und lag in der Regel damit richtig. Jetzt jedoch stritten Verstand und Gefühl miteinander, und Sandra fühlte sich alles andere als wohl.

Vor dem Hotel angekommen fragte Sandra: »Ich nehme nicht an, Sie werden mir Phyliss' Brief weiterleiten?«

Marion antwortete mit einer hochgezogenen Augenbraue, knallte die Autotür zu und ging mit steifen Schritten ins Haus.

DREIUNDZWANZIG

John Shaw, der Inhaber des *Three Feathers*, begrüßte sie höchstpersönlich.

»Welcher Glanz in meiner bescheidenen Hütte, Ms Flemming. Und in Begleitung unseres werten Chief Inspectors. Ich nehme nicht an, dass Sie«, Shaw sah zu Christopher, »gekommen sind, um mir mitzuteilen, dass Sie die alten Damen geschnappt haben.«

»Zu meinem Bedauern, nein, Mr Shaw«, musste Christopher gestehen. »Es gab ähnliche Fälle in Devon und erst vor drei Tagen einen in Berkshire. Die Beschreibung passt jeweils auf die Frauen, die Sie betrogen haben. In den Polizeidienststellen hängen die Phantombilder, und jeder Gastronom wurde zu besonderer Achtsamkeit aufgefordert.«

»Davon bekomme ich die achthundert Pfund auch nicht«, grummelte Shaw. »Ich bringe Sie jetzt zu Ihrem Tisch. Darf es ein Sherry als Aperitif sein?«

»Für mich gern einen Pale Cream«, antwortete Sandra, Christopher lehnte ab.

»Ich muss noch fahren.«

Sie setzten sich an den kleinen Ecktisch, und Christopher kam gleich zur Sache: »Du wolltest mich sprechen, aber nicht, dass ich nach Higher Barton komme. Stattdessen treffen wir uns bei deiner Konkurrenz.«

»John Shaw ist kein Konkurrent, allenfalls ein Mitbewerber«, scherzte Sandra, wurde aber gleich wieder ernst. »Ich wollte nicht, dass jemand im Hotel mitbekommt, wenn ich mit dir spreche.«

»Jemand Bestimmtes?«

»Marion West.«

»Ms West?«, wiederholte Christopher verwundert. »Bisher hast du sie vehement verteidigt und an ihre Unschuld geglaubt. Warum hast du deine Meinung geändert? Sandra, Darling, du hast hoffentlich nicht wieder selbst Ermittlungen angestellt?«

Sandra seufzte. »Lass uns erst bestellen, dann erzähle ich dir alles.«

Sandra aß mit gutem Appetit. Es gab gebratene Lammkeule in Pfefferminzsoße, glasierte Karotten und Rosmarinkartoffeln. Christopher hatte sich für ein Rib-Eye Steak mit Chips und Erbsenpüree entschieden.

Nachdem Charlie, die Kellnerin im *Three Feathers*, die Teller abgeräumt und zwei Espressi gebracht hatte, fragte Christopher: »Was liegt meinem Schatz auf dem Herzen?«

Sandra lief es warm über den Rücken. Noch immer hatte sie sich nicht daran gewöhnt, von einem Mann geliebt und auch in der Öffentlichkeit zärtlich behandelt und angesprochen zu werden.

»Marion West und ich waren auf der Isle of Wight«, begann Sandra.

»Warum hast du mir nicht gesagt, dass du einen Ausflug machst?«, warf Christopher ein. »Ich hätte mich gern angeschlossen, denn auf der Insel bin ich noch nie gewesen. War es im Osten auch so stürmisch?«

»Ich bin nicht zu meinem Vergnügen je zweihundert Meilen an einem Tag hin und zurück gefahren«, erklärte Sandra, »sondern in einer brisanten Angelegenheit.« Sandra erzählte alles von Anfang an: Von den drei

Freundinnen, dem ertrunkenen Mädchen und den seltsamen Umständen im Todesfall Phyliss Staunton, ließ Lucas' Beteiligung am Auffinden von Phyliss allerdings unerwähnt und endete mit den Worten: »Christopher, du musst mir helfen! Wir sollten alles über die Familie Alden, Marions Eltern und sie selbst herausfinden. Das sind keine Zufälle! Die Todesfälle von Creeda und Phyliss hängen mit der Vergangenheit zusammen, und ich fürchte, Jane Odgers schwebt in großer Gefahr.«

Schweigend hatte Christopher zugehört, ein paar Mal die Stirn gerunzelt und sagte jetzt nachdenklich: »Ich nehme deine Vermutungen durchaus ernst, da ich weiß, dass sich deine hübsche Nase selten irrt. Trotzdem sind es nur Theorien, angefangen bei dem Punkt, dass wir nicht wissen, ob Creeda Pengelly tatsächlich umgebracht wurde.«

»Der Anschlag auf Sam ist wohl eindeutig«, warf Sandra ein.

Christopher schmunzelte. »Dann ist deine Theorie, Sam Pengelly habe sich zufällig selbst vergiftet, wieder vom Tisch?«

»Ach, ich weiß es selbst nicht«, gab Sandra zu. »Eine alte Dame stirbt, alles deutet auf einen natürlichen Tod hin, trotzdem gibt es mehrere Verdächtige, denen Creeda im Weg stand. Nicht zu vergessen, dass Creeda der Überzeugung war, ihr Mann wolle sie töten.«

»Eine Frage, Sandra: Angenommen, jemand rächt sich wegen des Todes von Lily Alden – warum dann Pengelly? Er hatte mit dem Unfall nichts zu tun.«

»Das können wir nicht wissen«, antwortete Sandra, die sich über diesen Aspekt bereits das Hirn zermartert hatte. »Pengelly behauptet zwar, er habe Creeda erst später kennengelernt, das kann aber auch eine Lüge sein. Ist es nicht möglich, dass er die drei Freundinnen bereits in deren jungen Jahren kannte und ebenfalls Schuld an Lilys Tod trägt? Oder Marion West schlug zwei Fliegen mit einer Klappe. Wenn Pengelly tot ist, steht ihrem Erbe nichts mehr im Weg.«

»Ich werde mit dem Farmer sprechen, sobald er vernehmungsfähig ist.«

»Dann nimmst du die Ermittlungen auf?«

»Bei Sam Pengelly liegt eindeutig eine Straftat vor, da ich nicht davon ausgehe, dass er das Arsen selbst einnahm.«

»Nicht, wenn die Flasche Wein für Creeda bestimmt war«, warf Sandra ein.

Christopher schmunzelte. »Wenn du dich in was verbissen hast, dann lässt du nicht locker, Darling. Du musst dich damit abfinden, dass Creedas Todesursache nicht geklärt werden kann. Den Totenschein stellte eine Ärztin aus, die Creeda jahrelang behandelt hat. Es gibt keinen Grund, an den Angaben von Dr Odgers zu zweifeln.«

»Auch ein Arzt kann etwas übersehen«, murmelte Sandra. »Ich gebe zu, dass alles seine Richtigkeit haben könnte. Zumal Creeda mir selbst gesagt hat, Jane Odgers habe weder in ihrem Körper noch in den Speiseresten Spuren von Gift gefunden.«

»Pengelly wird seiner Frau ein harmloses Stärkungsmittel gegeben haben. Sie sah es und dachte – weil sie unter einer Persönlichkeitsstörung litt –, er wolle ihr Böses.«

Sandra lehnte ihren Kopf an Christophers Schulter. »Ich fürchte, ich muss dir zustimmen. Das Gefühl, versagt zu haben, als Creeda mich um Hilfe gebeten hat, lässt mich einfach nicht los.«

»Liebes, das darfst du nicht denken! Du hattest keine Möglichkeit, Creedas Tod zu verhindern.«

Sandra seufzte. »Was wirst du in Bezug auf Marion West und ihre Familie unternehmen?«

»Wahrscheinlich wenig«, antwortete Christopher ehrlich. »Ich müsste mich an die Polizei in New York wenden. Die werden mir aber kaum aufgrund von Spekulationen und verflixt vielen *Vielleichts* Auskünfte erteilen. Über den Ärger mit meinem Vorgesetzten möchte ich gar nicht erst sprechen.«

»Nach Pengellys Vergiftung hast du Marion allerdings verhaftet«, wandte Sandra ein.

»Ich habe sie nicht verhaftet, nur zur Vernehmung mitgenommen«, korrigierte Christopher sie. »Das ist ein wesentlicher Unterschied.«

»Und Jane Odgers? Sollte sie nicht informiert werden und Polizeischutz bekommen?«

»Das halte ich für übertrieben. Ach, Sandra, wenn ich nicht wüsste, dass du nur wenig Zeit hast, um fernzusehen, würde ich sagen: Du siehst zu viele Krimis! So mir nichts, dir nichts jemandem Polizeischutz zu gewähren, ist unmöglich. Dafür müssen schwerwiegende Gründe vorliegen und eindeutig feststehen, dass das Leben dieser Person unmittelbar bedroht ist.«

»Wenn meine Theorie stimmt, *ist* das Leben von Jane Odgers in Gefahr! Ich will nicht ein zweites Mal untätig herumsitzen, bis es zu spät ist.«

»Wie wäre es, wenn du mit der Ärztin sprichst?«, schlug Christopher vor.

»Ich?« Das überraschte Sandra. Üblicherweise verbot sich Christopher jede Einmischung in seine Ermittlungen. Nun ja, genau genommen lagen im Todesfall Creeda Pengelly keine Ermittlungen vor.

»Du könntest Alan zurate ziehen«, fuhr Christopher nachdenklich fort. »Er und Ann-Kathrin sind doch sonst die Ersten, die du für deine Zwecke einspannst.«

»Alan vertritt Sam Pengelly in der Erbschaftsangelegenheit. Es wäre Wasser auf seine Mühlen, wenn Marion in die Todesfälle involviert ist.«

»Okay, das ist ein gutes Argument, Alan außen vor zu lassen.« Christopher sah auf seine Armbanduhr. »Sollen wir aufbrechen? Wir sind die Letzten, und ich glaube, Charlie will nach Hause gehen.«

Sandra sah zum Tresen, gegen den sich die Kellnerin lehnte und ungeniert gähnte. Sie stand auf. Als Christopher sie zurückhalten wollte, sagte Sandra: »Nichts da, heute bist du mein Gast. Oder lässt es dein Ego nicht zu, von einer Frau eingeladen zu werden?«

»Solange die Frau mich auch einlädt, die Nacht mir ihr zu verbringen, habe ich nichts dagegen«, antwortete Christopher schmunzelnd.

VIERUNDZWANZIG

Sandra nippte am Kaffee und kräuselte die Nase, denn er war kalt. Selbst ihr Thermobecher hielt die Wärme nicht länger als zwei Stunden. Und so lange saß sie schon in ihrem Jeep auf dem Riverbank Car Park, direkt neben dem Ärztezentrum in East Looe. Sandra wusste nicht, wann der Dienst von Jane Odgers endete, da die Praxen aber um sechs Uhr schlossen, hoffte sie, dass Jane bald darauf das Gebäude verlassen und nach Hause fahren würde. Sicherheitshalber war sie früher gekommen, hatte an der Anmeldung nach Dr Odgers gefragt und erfahren, dass die Ärztin heute Dienst hatte. In weiser Voraussicht hatte sie einen Ganztagesparkschein aus dem Automaten gezogen. Vor einer Stunde hatte ein Mann tatsächlich kontrolliert, ob jeder Wagen ein gültiges Ticket besaß. Als er Sandra in ihrem Jeep sitzen sah, hatte er zwar die Stirn gerunzelt, war dann aber weitergegangen, da ihr Ticket in Ordnung war. Auf ihrem Beobachtungsposten fühlte sich Sandra wie ein Agent in geheimer Mission. Sie wusste, dass sie Jane Odgers nicht direkt fragen konnte, welche Schuld sie und ihre Freundinnen am Tod von Lily Alden hatten und ob sie sich vorstellen konnte, dass jemand nach ihrem Leben trachtete. Sandra musste subtiler vorgehen. Da sie die Privatadresse der Ärztin nicht kannte, wartete sie hier auf Jane. Sandra wollte ihr nach Hause folgen und sie dort um ein Gespräch bitten. Dabei wollte sie sich langsam zu dem Thema Lily Alden vortasten und sehen, wie die Ärztin reagierte. Auf keinen Fall wollte Sandra sie unnötig ängstigen, indem sie ihr verriet, dass die Möglichkeit bestand, jemand wolle auch sie töten.

Sandra öffnete das Handschuhfach und atmete erleichtert auf, als sie einen Schoko-Nuss-Riegel fand. Ihr Magen knurrte, und sie hatte vergessen, sich ein Sandwich mitzunehmen. In Detektivgeschichten las man immer, Schnüffler auf Beobachtungsposten deckten sich mit ausreichend Essen und Trinken ein. Sandra wusste nun auch warum, denn die Wartezeit wurde ihr lang. Sie riss die Verpackung auf, biss vom Riegel eine Ecke ab und kaute genüsslich. Christophers Vorschlag, sie möge mit Creedas Ärztin sprechen, wollte Sandra nicht auf die lange Bank schieben. Nicht, dass Christopher seine Meinung wieder änderte. Sie verstand, dass ihm die Hände gebunden waren, Jane Odgers zu beschützen. Es gab keine Beweise. Nur ein paar schwache Indizien, die vor keinem Richter der Welt Bestand hatten.

Die Ziffer der Digitaluhr am Armaturenbrett sprang auf 6:47, als Jane Odgers aus dem Hinterausgang des Ärztehauses kam, der direkt auf den Parkplatz führte. Zu Sandras Überraschung ging Jane aber nicht zu einem der dortigen Autos, sondern umrundete das Gebäude und eilte den Gehweg entlang. Sandra steckte den angebissenen Schokoriegel in ihre Jackentasche und sprang aus dem Wagen. Was, wenn Jane mit dem Bus fahren oder einkaufen gehen würde? Sandra hatte keine Erfahrung mit einer Beschattung, aber so schwer konnte das wohl nicht sein. Sie musste nur einen gebührenden Abstand einhalten, um von Jane nicht entdeckt zu werden.

Ihre Bedenken waren unnötig. Ohne sich umzudrehen, schritt Jane zielstrebig aus, überquerte die Brücke über den East Looe River, folgte der A387, der Hauptstraße nach Polperro, und bog nach etwa einhundert Yards in ein Wohngebiet ein. Sandra dämmerte es, dass die Ärztin in West Looe wohnte und deswegen kein Auto benutzte. Die Straße führte steil bergan und mündete auf ein hoch über dem Meer liegendes Plateau. Dem unverbauten Ausblick auf die Häfen von West und East Looe schenkte Sandra keine Beachtung. Nach weiteren zehn Minuten, Jane war jetzt in der Tregarrick Road angelangt, ging sie auf ein dreistöckiges modernes Apartmenthaus zu, dessen Vorderfront mit Balkonen gesäumt war. Sie öffnete die Tür und verschwand im Haus. Sandra wartete ein paar Minuten, studierte dann die sechs Klingelschilder und drückte auf den Knopf mit dem Namen *Odgers*.

»Ja, bitte?«, erklang ihre tiefe Stimme in der Gegensprechanlage.

»Guten Abend, Dr Odgers, ich bin es, Sandra Flemming.«

»Wer?«, fragte die Ärztin. »Wenn Sie etwas verkaufen wollen, können Sie gleich wieder gehen, und meine religiöse Einstellung geht Sie nichts an.«

»Bitte, warten Sie, Dr Odgers!«, rief Sandra. »Ich komme von keiner Sekte und will Ihnen auch nichts verkaufen. Ich muss mit Ihnen über Creeda Pengelly sprechen.«

»Creeda?« Sandra hörte einen Seufzer, dann surrte der Summer. »Zweiter Stock rechts.«

Jane Odgers erwartete sie an der Wohnungstür. Sie kniff die Augen hinter den Brillengläsern zusammen, musterte Sandra und sagte: »Ich kenne Sie doch!«

Sandra nickte. »Nach Creedas Tod hatte ich Sie im Ärztehaus aufgesucht.«

»Ich erinnere mich«, erwiderte Jane Odgers. »Ihnen gegenüber hat Creeda behauptet, ihr Ehemann wolle sie töten.« Die große, maskulin wirkende Frau trat einen Schritt zur Seite. »Kommen Sie rein, Ms Flemming. Allerdings habe ich wenig Zeit, und ich kann mir beim besten Willen nicht vorstellen, was es jetzt noch wegen Creeda zu bereden gibt.«

Sandra trat in eine quadratische Diele mit hellen Wänden, die mit Kunstdrucken im impressionistischen Stil geschmückt waren. Mit einer raschen Bewegung zog Jane die erste Tür auf der linken Seite zu und deutete auf das Zimmer gegenüber. Es war ein kleines Wohnzimmer, vor den bodentiefen Fenstern ein schmaler Balkon. Ein niedriger Tisch aus hellem Holz, eine mintgrüne Couch, ein Sitzhocker, an einer Wand ein Bücherregal und auf einem schmalen Sideboard der Fernseher bildeten die ganze Einrichtung.

»Ich habe mir gerade einen Früchtetee aufgebrüht. Möchten Sie auch eine Tasse?«, fragte Jane.

»Gern«, antwortete Sandra.

In der neben dem Wohnzimmer liegenden Küche hantierte Jane Odgers mit der Teekanne und kam mit zwei gefüllten Steinguttassen herein.

»Ich hoffe, Sie nehmen keinen Zucker, Ms Flemming, denn in meinem Haushalt gibt es den nicht. Für den menschlichen Körper ist Zucker ebenso schädlich wie Alkohol und Nikotin. Das wissen Sie hoffentlich?«

»Wie könnte ich einer Ärztin widersprechen?« Sandra lächelte und schnupperte an dem roten Tee. Sie roch Apfel, Orange und einen Hauch von Marzipan.

Mit einer Handbewegung gab Jane Sandra zu verstehen, sie möge sich aufs Sofa setzen, sie selbst nahm auf dem Hocker Platz.

»Also, warum sind Sie hier? Woher wissen Sie überhaupt, wo ich wohne? Meine Adresse steht weder im

Telefonbuch, noch wird in der Surgery jemand sie Ihnen verraten haben.«

Sandra ging auf die Fragen nicht ein. »Wissen Sie, dass Sam Pengelly vergiftet wurde?«

Jane seufzte. »Das ist furchtbar! Ich kann mir nicht vorstellen, wer es getan hat. Ist es denn sicher, dass es Gift war?«

»Arsen«, sagte Sandra. »Glücklicherweise wurde Sam rechtzeitig gefunden und ist inzwischen überm Berg. Die Polizei hat auch schon einen Verdacht.«

»Ach ja?« Jane rührte in ihrer Tasse, obwohl sie ihrem Tee nichts beigemischt hatte. »War es jemand von der Investorengruppe, die die Farm haben will? Ich dachte, Sam will den Besitz verkaufen.«

»Es ist nicht geklärt, ob Sam überhaupt das Erbe antreten kann, Dr Odgers.«

»Nennen Sie mich bitte Jane.«

»Gern, Jane. Wie Sie wissen, hat Creeda ihre Nichte Marion West zur Alleinerbin bestimmt. Kennen Sie Marion?«

»Wir sind uns nie begegnet. Lebt Marion nicht in Amerika?«

Sandra nickte. »In New York leitet sie eine erfolgreiche Modefirma.«

»Dann kann sie mit der Farm nichts anfangen«, bemerkte Jane nachdenklich. »Der Erbschaftsstreit ist mir ehrlicherweise egal, wenngleich mir am Herzen liegt, dass Creedas letzter Wille respektiert wird. Wird Sams Anwalt …« Sie zögerte.

»Alan Trengove«, half ihr Sandra auf die Sprünge.

»Ach, Sie kennen ihn?«, fragte Jane überrascht und fuhr fort: »Der Anwalt will beweisen, dass Creeda nicht mehr alle Sinne beisammenhatte, als sie ihr Testament aufsetzte.« Sie seufzte ein weiteres Mal. »Obwohl ich Creedas Andenken nicht schmälern möchte – vor Gericht muss man doch die Wahrheit sagen, nicht wahr?«

»Das sehe ich ebenso, Jane.«

»Ich habe Ihnen bereits erzählt, dass Creeda in den letzten Wochen vor ihrem Tod Wahnvorstellungen hatte«, fuhr Jane fort. »Überall sah sie Gefahren und dann die Angst, von Sam getötet zu werden. Ich habe alles getan, um ihr zu helfen. Leider bin ich nicht zu ihr durchgedrungen. Somit wird es sich wohl bestätigen, dass meine Freundin nicht zurechnungsfähig war.«

Sandra wagte einen direkten Vorstoß und sagte: »Dass Sam Pengelly seine Geliebte ins Haus geholt und das Verhältnis vor Creeda nicht verborgen hat, war für Ihre Freundin durchaus ein Grund, ihrem Ehemann zu misstrauen. Sie wollte die Farm für kein Geld der Welt verkaufen, Sam hingegen schon. Er wollte sich mit dem Geld und Tamara Stevens ins Ausland absetzen.«

Schnaubend stieß Jane hervor: »Sam war noch nie ein feinfühliger Mann. Ich habe keine Ahnung, was Creeda ausgerechnet an ihm gefunden hat. Für sie war es die große Liebe. Ich hatte sie gewarnt, dass sie eines Tages von Sam enttäuscht wird.«

»Hatte Sam regelmäßig Affären?«

»Bevor diese Tamara gekommen ist, hatte Creeda keinen Anlass, an der Treue ihres Mannes zu zweifeln«, antwortete Jane. »Jedenfalls hat sie mir gegenüber nie eine Andeutung gemacht, ihre Ehe sei nicht glücklich. Oder sie hat sich geschämt, es zuzugeben. Viele Frauen leiden lieber still und heimlich, weil sie glauben, selbst Schuld zu haben, wenn der Partner fremdgeht.«

»Sie waren sehr enge Freundinnen, nicht wahr?«

»Auch das habe ich Ihnen bereits gesagt, Sandra.«
Demonstrativ blickte Jane auf ihre Armbanduhr. »War
das alles, was Sie mit mir besprechen wollten? Es ist
mir rätselhaft, warum Creedas Tod Sie dermaßen interessiert.«

Ehrlich gestand Sandra: »Ich mache mir Vorwürfe,
Creeda nicht geglaubt zu haben, dass jemand sie töten
will.«

Jane lächelte verständnisvoll. »Das brauchen Sie
nicht, Sandra. Creedas Angst entsprang ihrer Einbil-
dung und den Nebenwirkungen der Medikamente.
Schlussendlich versagte das Herz meiner Freundin.
Nicht mehr und nicht weniger.«

Sandra wollte gerade den Namen Phyliss Staun-
ton ins Spiel bringen, als Janes Telefon klingelte. Die
Ärztin runzelte die Stirn, warf einen Blick auf das
Display und sagte: »Sie entschuldigen mich für einen
Moment?«

Sie ging in die Küche und schloss die Tür hinter
sich. Sandra hörte sie sprechen, ohne Worte zu verstehen. Kurzentschlossen stand sie auf, ging in die
Diele und öffnete die Tür, die Jane vorhin so schnell
geschlossen hatte. Es war ihr Schlafzimmer. Die Einrichtung war nichts Besonderes, auffällig aber waren
die zahlreichen Fotografien auf der Frisierkommode.
Ausnahmslos zeigten sie Creeda. Um den Rahmen eines Bildes, auf dem die junge Jane einen Arm um die
Schultern der kleineren Creeda gelegt hatte, prangte
ein rotes Band mit einem Anhänger in Form eines Herzens. Sandra erinnerte sich an George Penrose's Worte,
Jane sei in die Freundin verliebt gewesen. *Sie hat nie
aufgehört, Creeda zu lieben*, dachte Sandra. Auf einem
anderen Foto waren Jane, Creeda und ein schüchtern

wirkendes, blondes Mädchen abgebildet. Sandra vermutete, dass es sich um Phyliss Staunton handelte.

Sie verließ das Zimmer, schloss leise die Tür und kehrte ins Wohnzimmer zurück. Keinen Moment zu früh, denn als sie sich wieder gesetzt hatte, trat Jane aus der Küche.

»Ein Kollege fühlt sich nicht wohl«, erklärte sie. »Er bittet mich, morgen seinen Dienst zu übernehmen, obwohl es mein freier Tag ist. Natürlich habe ich zugesagt, ich kann unsere Patienten ja nicht im Stich lassen.«

Sandra lächelte und sagte wie beiläufig: »Eine Landärztin hat keine geregelten Arbeitszeiten. Anders als an einem Forschungszentrum wie das der Charité in Berlin.«

»Ich fürchte, ich verstehe nicht …«

Sandra sah ihr fest in die Augen. »Ich denke, Sie verstehen sehr gut, Jane. Sie haben Ihre Karriere in der Forschung an einem der besten Institute der Welt aufgegeben und sind nach Cornwall zurückgekommen. Einzig aus dem Grund, in Creedas Nähe zu sein.«

Janes Wangen wurden blass. Sie fragte mit einem provozierenden Unterton: »Was geht Sie das an, Sandra? Sind Sie etwa eine von denen, die noch im vorletzten Jahrhundert leben, was die gleichgeschlechtliche Liebe betrifft? Was bedeutet eine glänzende Karriere, wenn man allein ist? Nicht nur allein, sondern einsam. Ja, ich hätte in Creeda gern mehr als nur eine Freundin gesehen, sie war aber durch und durch hetero. Ihre Freundschaft, unsere regelmäßigen Treffen, in denen wir manche Nacht über Gott und die Welt geredet haben … Manchmal übernachtete Creeda auch hier auf der Couch. Am nächsten Morgen frühstückten wir miteinander.« Janes Blick verschleierte sich, ihre Oberlippe zuckte. Sehr leise sagte sie: »All das war es wert, Berlin den Rücken zu kehren.«

»Creedas Tod muss Sie hart getroffen haben.«

»Das hat er.« Janes Mundwinkel zuckten, fahrig wischte sie sich mit dem Handrücken über die Stirn.

»Und Phyliss?«

Jane zuckte zusammen. »Phyliss?«

»Phyliss Trebeth, vielmehr Staunton, wie sie nach ihrer dritten Ehe hieß. Sie nannten sie auch Tinkerbell, so, wie Creeda Morgaine war und Sie sich den Namen Titania gegeben haben.«

Jane schnappte nach Luft und stieß hervor: »Wer sind Sie, Sandra Flemming? Sie behaupten, ein Hotel zu führen, arbeiten Sie nicht eher für die Polizei oder den Geheimdienst?«

Sandra lächelte. »Nichts von alledem.« Sie beugte sich vor und griff nach ihrer Hand. »Jane, ich bin gekommen, um Sie zu warnen. Phyliss – Tinkerbell – ist vor ein paar Wochen gestorben, und die Umstände ihres Todes sind mysteriös. Es kann nicht ausgeschlossen werden, dass Phyliss getötet wurde, ermordet wie Creeda.«

Jane konnte sich zwar gut beherrschen, Sandra sah aber, wie ihre Augenlider zuckten. »Warum sollte Sam der armen Phyliss etwas antun? Sie kannten sich gar nicht. Zwar war Phyliss bei Creedas und Sams Hochzeit eingeladen, da waren aber so viele Gäste, dass Sam sie wohl gar nicht bemerkt hat. Kurz darauf heiratete auch Phyliss und zog aus Cornwall fort.«

»Jane, ich gehe nicht länger davon aus, dass Sam seine Frau getötet hat«, sagte Sandra eindringlich. »Auch war es kein windiger Bauunternehmer oder jemand aus dem Rotlichtmilieu. Nein, die Sache ist um einiges komplizierter. Wenn meine Theorie stimmt, sind Sie ebenfalls in Gefahr.«

»Ich?« Jane riss die Augen auf und schüttelte fassungslos den Kopf. »Ich habe keine Ahnung, wovon Sie sprechen.«

»Wir haben Hinweise …«

»Wir?«, unterbrach Jane skeptisch.

»Detective Chief Inspector Bourke vom Revier in Lower Barton und ich«, erklärte Sandra und bat Christopher still um Abbitte. Er hatte ihr aber gesagt, sie solle mit Jane Odgers sprechen, und der Zweck heiligt bekannterweise die Mittel. »Wir haben Hinweise, dass sich jemand an Ihnen rächen will. So, wie er sich an Creeda und Phyliss gerächt hat.«

»Warum sollte sich jemand an uns rächen wollen?«, fragte Jane entgeistert. »Aus welchem Grund?«

Sandra atmete tief ein und aus. Mit ihrer Theorie lehnte sie sich weit aus dem Fenster, aber besser, Jane wusste Bescheid, bevor es auch für sie zu spät war. Ein zweites Mal wollte Sandra nicht den Fehler begehen, einen Mord nicht verhindert zu haben.

»Es gibt einen Grund, warum jemand nicht gut auf Sie, Creeda und Phyliss zu sprechen ist.« Aufmerksam beobachtete Sandra die Ärztin. »Wegen Ihrer Beteiligung am Tod von Lily Alden.«

Jane wurde leichenblass und schluckte schwer. »Was wissen Sie über Lily?«, krächzte sie. »Es war ein Unfall, ein tragischer Unfall …«

»Das scheint jemand anders zu sehen«, erwiderte Sandra. »Jemand, der Sie und ihre Freundinnen für Lilys Tod verantwortlich macht.«

»Es war ganz allein Lilys Entscheidung. Niemand hat sie gezwungen, an dem Abend zur Insel zu schwimmen.«

»Nach Looe Island, nicht wahr?«, hakte Sandra nach. »Warum hat es Lily getan?«

Jane zuckte mit den Schultern. »Sie wollte uns beweisen, dass sie Mumm in den Knochen hat.«

Sandra verstand. »Lily Alden wollte zu Ihnen, Creeda und Phyliss gehören, der angesagtesten Clique der Schule, in der Sie, Jane, den Ton angaben. Wollen Sie mir nicht erzählen, was an dem Abend geschehen ist, Jane?«

Jane seufzte, sie fühlte sich sichtlich unwohl und sagte leise: »Es war ein heißer Tag. Wir fuhren mit den Rädern zum Strand und wateten durchs Wasser, um uns abzukühlen. Dann lagen wir im Sand und haben Musik gehört. Phyliss hatte zum Geburtstag einen kleinen, tragbaren Kassettenrekorder bekommen, um den Creeda und ich sie beneideten. Plötzlich tauchte Lily auf und fragte, ob sie bei uns mitmachen dürfe. Ziemlich vermessen von der Kleinen! Sie sah nicht nur viel jünger aus, auch hier oben«, Jane tippte sich an die Stirn, »war sie noch ein Kind. Ich sagte, sie solle verschwinden, aber Creeda schlug vor, wir sollten Lily eine Chance geben.«

»Indem das Mädchen eine Mutprobe ablegte«, warf Sandra ein. »Wessen Idee war es, dass Lily zur Insel schwimmen soll?«

»Meine natürlich!«, antwortete Jane. »Jeder wusste, dass es auf Looe Island spukt, deswegen habe ich nicht gedacht, dass sich die Kleine das wirklich trauen wird. Ich sagte, wenn sie es auf die Insel hin- und wieder zurückschafft, nehmen wir sie vielleicht in unsere Clique auf.«

»Aber Sie mussten doch wissen, dass die Flut einsetzen wird!«, rief Sandra, schockiert über die Wahrheit.

Jane winkte ab. »Meine Freundinnen äußerten ein paar Bedenken, insbesondere Phyliss wollte Lily aufhalten. Sie meinte, das Mädchen könne die Mutprobe an einem anderen Tag machen, nicht jetzt, wenn es bald dunkel wurde. Die Kleine hatte aber schon ihre Schuhe, die Jacke und die Jeans ausgezogen. Ich bekomm' das hin, hat sie gesagt. Ihr werdet sehen, in einer Stunde bin ich zurück.«

»Lily Alden kehrte nie wieder zurück«, murmelte Sandra. »Was ist passiert?«

»Na ja, die Kleine hat die Insel tatsächlich erreicht, von dem Strand aus kann man gut hinübersehen. Dann wurde es immer dunkler, und wir mussten die Klippen hinauf, da die Flut stieg und den Sandstrand überspülte. Wir haben uns ausgeschüttet vor Lachen, dass Lily nun die ganze Nacht auf Looe Island verbringen muss. Jetzt war es eine richtige Mutprobe, denn niemand, der bei Verstand ist, übernachtet auf Looe Island. Ich dachte, am nächsten Morgen schwimmt sie zurück oder wartet auf das erste Ausflugsboot.«

»Lily hat jedoch versucht, trotz Dunkelheit und steigender Flut das Festland zu erreichen«, sagte Sandra.

»Das konnte doch keiner ahnen!«, rief Jane aufgebracht. »Ich dachte, sie wird so viel Verstand haben, um den Morgen abzuwarten.«

»Sie sind einfach weggegangen«, sagte Sandra fassungslos. »Was war mit Lilys Eltern? Die haben ihre Tochter doch bestimmt vermisst. Machten Sie sich keine Gedanken, was die Aldens empfanden, nachdem Lily am Abend nicht nach Hause kam?«

»Meine Güte, das Mädchen war sechzehn wie wir alle! Da bleibt man schon mal eine Nacht weg. Haben Sie das als Teenager nicht auch getan?«

Sandra verzichtete auf eine Antwort. In dem Alter hatte sie tatsächlich einen großen Fehler gemacht, der glücklicherweise in keiner Katastrophe geendet war und durch den niemand zu Schaden gekommen war.

Sie sagte: »Nachdem Lily am nächsten Morgen nicht zurückkehrte, haben Sie darüber geschwiegen, was passiert ist.«

»Creeda, Phyliss und ich haben einander geschworen, kein Wort zu verraten. Niemals zu niemandem, solange wir leben. Wir ritzten unsere Fingerkuppen an und besiegelten den Schwur mit Blut.«

Sandra fröstelte es. Ihr Schuss ins Blaue hatte mitten ins Schwarze getroffen. Jetzt wusste sie, was im Sommer 1977 wirklich geschehen war. Betroffen sagte sie: »Und Sie haben geschwiegen. All die Jahre bis heute. Jane, können Sie sich jemanden vorstellen, der sich nun an Ihnen rächen will, weil er oder sie weiß, unter welchen Umständen Lily Alden starb?«

Jane sah Sandra fest in die Augen und fragte: »Wie haben Sie die Wahrheit herausgefunden?«

»Zunächst waren es nur Vermutungen, nicht mehr als ein paar lose Fäden«, antwortete Sandra wahrheitsgemäß. »Ihre Aussage, Dr Odgers, bestärkt mich aber in der Vermutung, dass jemand an den für Lilys Tod Verantwortlichen Vergeltung übt.«

»Sie denken, ich könnte die Nächste sein?« Jane verstand schnell, wirkte aber nicht beunruhigt. Nachdenklich sagte sie: »Es ist nur noch eine Person aus Lilys Familie am Leben. Diese hält sich nicht nur in Cornwall auf, sie geht auch davon aus, von Creedas Tod finanziell zu profitieren.«

»Marion West«, flüsterte Sandra heiser. Ein kalter Schauer lief über ihren Rücken. »Ich scheine mich gründlich in ihr getäuscht zu haben. Jane, wie können wir beweisen, dass Marion ...« Sandra schluckte. »... eine Mörderin ist?«

Jane stützte sich mit den Handflächen auf die Tischplatte und stand langsam auf. Auf Sandra wirkte sie in den letzten Minuten um Jahre gealtert.

»Ich denke, wir brauchen jetzt etwas Stärkeres als Tee.« Sie ging zum Sideboard, öffnete eine Tür und nahm zwei Gläser heraus. »Brandy?«

»Für mich nicht«, antwortete Sandra.

Jane winkte ab. »Ach was, solange man es nicht übertreibt, beruhigt ein guter Brandy die Nerven. Nehmen Sie das als ärztlichen Rat an.« Sandra schwieg und dachte an Marion West. Vielleicht schlich sie schon um das Haus in der Tregarrick Road und beobachtete ihr nächstes Opfer. »Die Flasche ist in der Küche«, murmelte Jane und verließ das Wohnzimmer.

Einen Augenblick später kehrte sie zurück, schenkte sich ein und leerte ihr Glas in einem Zug. Dann setzte sie sich dicht neben Sandra auf das Sofa. Mit weit geöffneten Augen raunte sie: »Ich werde Ihnen sagen, was ich jetzt tun werde.« Sandra zögerte. Plötzlich fühlte sie sich in Gegenwart der Ärztin unwohl. Zu offen hatte Jane über die Umstände des Todes von Lily Alden gesprochen und schien ihre Befürchtung, zum nächsten Opfer zu werden, nicht zu teilen.

Entschlossen sagte sie: »Ich möchte Sie nun nicht länger aufhalten, Dr Odgers.«

»Warum so hastig? Wir plaudern doch gerade so angenehm.« Jane lächelte sanft. »Ich danke Ihnen, dass Sie mich gewarnt haben, aber ich glaube nicht, dass ich in Gefahr bin.«

»Ich muss jetzt wirklich gehen.« Sandra wollte aufstehen. Da sah sie aus dem Augenwinkel, wie Jane in ihre Hosentasche griff und dann den Arm hob, in der Hand etwas Langes, Schmales. Den Bruchteil einer Sekunde später spürte Sandra einen Stich in ihren linken Oberarm. Schlagartig wurde ihr bewusst, welch fatalen Fehler sie gemacht hatte.

FÜNFUNDZWANZIG

Beim Anblick von Tamara Stevens war DCI Christopher Bourke überrascht. Er hatte sie noch nie in einem Jogginganzug und ungeschminkt gesehen. Das blonde Haar hing ihr wirr um die Schultern, und unter ihren Augen lagen tiefe Schatten. Aus Tamaras geschwollenen Lidern schloss Christopher, dass sie geweint hatte. Der Anschlag auf Sam Pengelly ging der jungen Frau sichtlich nahe, offenbar liebte sie den raubeinigen Farmer aufrichtig.

»Wie geht es Sam?«, fragte sie ohne ein Wort der Begrüßung. »Mehrmals habe ich im Krankenhaus angerufen, sie wollen mir aber keine Auskunft geben.«

»Er ist noch bewusstlos, aber außer Lebensgefahr«, antwortete Christopher mitfühlend. Es war nicht seine Aufgabe, den Moralapostel für das ungleiche Paar zu spielen, wenngleich er es verwerflich fand, dass Pengelly seine Frau derart schamlos betrogen hatte.

Christopher folgte Tamara in die Wohnküche. Auf und neben der Spüle stapelte sich benutztes Geschirr, nicht ganz saubere Handtücher lagen herum, und der Tisch war noch vom Frühstück gedeckt, obwohl es später Nachmittag war.

Tamara bemerkte seine Blicke und sagte: »Entschuldigen Sie die Unordnung, Chief Inspector. Derzeit bekomme ich nichts auf die Reihe. Außer natürlich die Tiere, um die kümmere ich mich. Sie können ja nichts dafür und dürfen nicht leiden.«

Ihre Tierliebe nahm Christopher für Tamara ein.

»Ich muss noch mal mit Ihnen sprechen, Ms Stevens«, sagte er behutsam. »Ist Ihnen inzwischen etwas eingefallen, was an dem Tag, als Mr Pengelly vergiftet wurde, geschehen ist? Irgendein kleines Detail, das Ihnen auf den ersten Blick als banal und unwichtig erschien.«

Tamara schüttelte den Kopf. »Ich habe alles gesagt, was ich weiß. Den Vikar habe ich nur aus der Ferne gesehen, und Marion West ist, nachdem sie mit mir gesprochen hatte, direkt zum Auto gegangen. Das Haus hat sie nicht betreten. Sie und der Vikar sind gemeinsam weggefahren. Eine halbe Stunde später ging es Sam schlecht. Den Rest wissen Sie.« Tamara sah Christopher fragend an. »Es war doch nicht der Pfarrer, oder? Das kann ich einfach nicht glauben. Ein Mann der Kirche bringt doch niemanden um! Marion traue ich es auch nicht zu, obwohl sie am meisten gewinnt, wenn Sam tot wäre. Ach …« Sie verschränkte ihre Finger und knetete sie, bis die Knöchel knackten. »Ich glaube, es ist mir unmöglich, in einem Menschen das Schlechte zu sehen. Aber Chief Inspector, ich bin unhöflich und vergesse die Gastfreundschaft. Möchten Sie einen Tee?«

»Mein Besuch ist beruflich bedingt, Ms Stevens, aber ein Glas Wasser nehme ich gern.«

Tamara füllte ein Trinkglas aus dem Wasserhahn. Die Long-Rock-Farm verfügte über einen eigenen Brunnen wie fast alle Höfe in Cornwall. Als sie ihm das Glas reichte, zitterte ihre Hand.

»Sie lieben Sam Pengelly sehr, Ms Stevens«, sagte Christopher. Es war eine Feststellung, keine Frage.

»Nach dem Tod meiner Mutter ist er der Einzige, den ich habe.«

Christopher wollte sie gerade nach ihrem Vater fragen, als sein Telefon klingelte.

»Greenbow, was gibt's?«

»Sir, eben kam ein Anruf aus dem Krankenhaus«, antwortete der Sergeant. »Sam Pengelly ist aufgewacht. Sie können mit ihm sprechen, aber nur wenige Minuten, hat der Arzt gesagt.«

Christopher sprang auf. »Ich bin schon auf dem Weg!« Zu Tamara sagte er: »Mr Pengelly ist wach. Ich kann mit ihm sprechen und hoffe, er bringt Licht ins Dunkel.«

»Ich komme mit.«

»Das ist nicht möglich …«

»Ich komme mit!«, wiederholte sie energisch. »Ich muss mit eigenen Augen sehen, dass es Sam gut geht.«

»Ms Stevens, bei allem Verständnis, aber als seine …«, er suchte nach dem richtigen Wort, »als Pengellys Freundin wird der Arzt Sie nicht zu ihm lassen.«

»Seine Freundin?« Tamara lachte hell auf. Zum ersten Mal heute leuchteten ihre Augen. »Warten Sie, Detective, es dauert nur einen Moment.«

Sie rannte aus der Küche, Christopher hörte sie die Holzstiege hinauflaufen. »Ms Stevens, ich muss wirklich sofort los!«, rief er und überlegte, einfach zu gehen. Tamaras Verhalten hatte ihn aber neugierig gemacht.

Nur wenige Minuten später kam sie zurück. Sie trug jetzt eine Jeans und ein knallrotes Sweat-Shirt und hatte ihre Haare mit einem Reifen aus der Stirn geschoben. In einer Hand hielt sie einen größeren braunen Umschlag.

»Ms Stevens, ich fürchte, es wird Sie niemand zu Mr Pengelly lassen. In den nächsten Tagen dürfen ihn Verwandte vielleicht besuchen, wobei er ja niemanden mehr hat.«

»Da irren Sie sich, Detective Bourke.« Mit einem triumphierenden Lächeln streckte sie Christopher den Umschlag entgegen. »Lesen Sie selbst.«

Christopher, der sich auf Tamaras Verhalten keinen Reim machen konnte, zog aus dem Umschlag mehrere Blätter. Er las die Namen *Sam Pengelly* und *Tamara Stevens* und laut: »*Nach eingehender und sorgfältiger Untersuchung der eingesandten Proben kann eine Vaterschaft mit 99,9-prozentiger Sicherheit festgestellt werden.*« Geräuschvoll stieß er die Luft aus. »Ihr Vater? Sie sind die Tochter von Sam Pengelly?«

»Seine uneheliche Tochter, ja. Können wir jetzt fahren? Das hier«, sie nahm das Schreiben des Labors wieder an sich, »nehme ich besser mit, falls die Ärzte sich weigern, mich zu ihm zu lassen. Unterwegs erkläre ich Ihnen alles, Chief Inspector.«

»Ich wuchs in dem Glauben auf, mein Vater sei vor meiner Geburt gestorben«, erzählte Tamara, während Christopher in Richtung Bodmin fuhr. »Als ich sieben Jahre alt war, heiratete meine Mutter. Der Mann adoptierte mich und gab mir seinen Namen. Wir waren eine kleine, glückliche Familie, wenigstens für ein paar Jahre.« Tamara seufzte und starrte durch die Windschutzscheibe. »Dann wurde Mama krank. Man hat es zufällig festgestellt, als sie sich untersuchen ließ, weil sie nicht wieder schwanger wurde. Es war Multiple Sklerose, dabei war sie noch so jung. Bei manchen Menschen verläuft die Krankheit schleppend, sie können lange ein einigermaßen normales Leben führen. Mama hingegen hatte einen schweren Verlauf. Binnen kurzer Zeit war sie auf den Rollstuhl angewiesen.«

»Das tut mir leid«, murmelte Christopher und ahnte, was jetzt kam.

»Mein Vater, also mein Adoptivvater, kam mit der Situation nicht zurecht, die Ehe zerbrach, und er ging fort. Ich machte meinen Schulabschluss, dann kümmerte ich mich um meine Mutter, die zu dem Zeitpunkt schon dauerhafte Pflege benötigte. Niemals hätte ich sie in ein Heim abgeschoben! Erst als ihr klar war, dass sie nur noch wenig Zeit hat, sagte sie mir die Wahrheit.«

»Dass Sam Pengelly Ihr Vater ist«, warf Christopher ein.

Tamara nickte. »Es war eine flüchtige Affäre, nur Sex, Liebe war keine im Spiel. Sam war mit Creeda verheiratet, und als Mama merkte, dass sie schwanger war, hatten sie und Sam längst keinen Kontakt mehr zueinander. Mama hat es ihm nie gesagt. Sie wünschte sich ein Kind und war entschlossen, mich allein aufzuziehen. Nach ihrem Tod nahm ich Kontakt zu Sam auf. Natürlich bestand er auf den Vaterschaftstest. Als das Ergebnis schwarz auf weiß vor ihm lag, hat er sich gefreut. Ja, er war richtig happy, eine Tochter zu haben, auch weil er und Creeda keine Kinder hatten. Offenbar hat es an ihr gelegen. Da Creeda gerade die schwere Hüftoperation hinter sich hatte und es ihr schlecht ging, wollte er sie mit der Nachricht einer unehelichen Tochter nicht zusätzlich belasten. Es traf sich gut, dass sie auf der Farm Hilfe brauchten. Tiere habe ich schon immer geliebt, hart arbeiten kann ich auch. So kam ich auf die Long-Rock-Farm.«

»Es sind Monate vergangen, und Sie haben es Creeda nicht gesagt.« Diesen Vorwurf konnte sich Christopher nicht ersparen.

Tamara zuckte mit den Schultern. »Nie war der richtige Moment, und Creeda ging es immer schlechter. Sam und ich hatten keine Ahnung, dass sie vermutete, wir wären ein Liebespaar.« Tamara lachte bitter auf. »Sam hat Creeda geliebt. Nach der flüchtigen Affäre mit meiner Mutter hat es für ihn keine andere Frau mehr gegeben. Okay, er ist nicht gerade ein Romantiker, eher polternd und derb, dennoch ein herzensguter Mensch. Für Creeda hätte er alles getan. Es nahm ihn zwar mit, wie sie unter den Schmerzen litt, er konnte ihr seine Gefühle aber nicht zeigen. Von seinen Eltern ist Sam so erzogen worden, dass ein Mann hart sein muss. Wegen der Affäre mit meiner Mutter hatte er ein schlechtes Gewissen. Im Grund seines Herzens schämte er sich vor Creeda. Darum schwieg er und bat mich, es auch zu tun.«

»Die Tatsache, dass Sam gegen den Willen seiner Frau die Farm verkaufen und fortgehen wollte, lässt sich nicht von der Hand weisen«, erinnerte Christopher sie.

»Nur, um Creeda das Leben zu erleichtern«, erwiderte Tamara. »Sie haben Sie nicht gekannt, Detective Bourke. Creeda konnte nie Fünfe gerade sein lassen, sie musste immer etwas tun. Trotz ihrer Beschwerden rackerte sie sich ab, denn die Milchwirtschaft ist ein hartes Geschäft. Nur noch wenige Farmer können ihren Lebensunterhalt davon bestreiten und ihre Höfe halten. Ein Mensch muss auch erkennen, wann eine Sache aussichtslos ist. Sam ist fünfundsechzig, er hat über fünfzig Jahre hart gearbeitet. Jetzt wollte er in den Süden, wo es immer warm ist. Natürlich mit Creeda, damit sie noch viele schöne, gemeinsame Jahre zusammen haben. Er war überzeugt, dass es Creeda in der

Sonne besser gegangen wäre. Wir hatten alle keine Ahnung, dass hinter dem Kaufangebot der Zweck steht, aus der Farm ein Bordell zu machen. Dem hätte Sam niemals zugestimmt!«

»Ich glaube Ihnen«, sagte Christopher und meinte es so.

Sie hatten Bodmin erreicht. Christopher unterdrückte einen Fluch. Um zum Krankenhaus zu gelangen, musste er quer durch Stadt, und jetzt im Berufsverkehr reihte sich, wie üblich, Stoßstange an Stoßstange.

»Haben Sie kein blaues Licht, das Sie aufs Dach setzen können?«, fragte Tamara. »Und das Signal einschalten?«

Christopher schmunzelte. »Fernsehkrimis sind nicht die wahre Welt, Ms Stevens. Ah, ab dem Kreisverkehr da vorn wird es besser.«

Sie erreichten den Parkplatz der Klinik und gingen gemeinsam hinein. Im zweiten Stock wurde Christopher bereits von einem Arzt erwartet. Sergeant Greenbow hatte sein Kommen telefonisch angekündigt.

»Nur ein paar Minuten, Chief Inspector«, mahnte der Arzt. »Der Patient ist noch sehr schwach.«

»Er wird aber wieder ganz gesund?«, fragte Tamara flehend.

Der Arzt zögerte. »Ich weiß nicht, ob ich …«

»Das ist Ms Stevens«, erklärte Christopher schnell. »Die Tochter von Sam Pengelly. Nur ihrem schnellen, umsichtigen Handeln ist es zu verdanken, dass der Mann noch am Leben ist.«

Der Arzt sah keinen Grund, an der Aussage eines DCI zu zweifeln, und erklärte: »Ja, es war kurz vor knapp, Sir, Ms Stevens … Soweit wir es beim jetzigen

Stand sagen können, erwarten wir keine bleibenden Schäden. Mr Pengelly braucht aber noch ein paar Wochen absolute Ruhe.«

»Ich werde mich um ihn kümmern«, sagte Tamara. Ungeduldig trat sie von einem Fuß auf den anderen. »Kann ich jetzt zu … meinem Vater?«

Der Arzt führte sie zu einer Tür am Ende des Ganges und öffnete sie. »Nur fünf Minuten!«, mahnte er ein weiteres Mal.

Sam Pengellys Bett stand am Fenster. In seiner Nase steckte ein Schlauch, im rechten Handrücken eine Kanüle, durch die von einem Tropf eine helle Flüssigkeit in seine Vene lief. Mit Elektroden war er an ein EKG-Gerät angeschlossen. Tamara lief zum Bett, kniete sich hin und griff nach seiner linken Hand.

»Kannst du mich hören? Ich bin es, Tammy.«

Sam Pengelly öffnete die Augen. Der Anflug eines Lächelns huschte über seine Lippen. »Tammy …«

Christopher trat vor und räusperte sich. »Mr Pengelly, fühlen Sie sich in der Lage, mit mir zu sprechen?« Pengelly sah ihn fragend an, und Christopher stellte sich vor: »Detective Chief Inspector Bourke vom Revier in Lower Barton.« Er wollte nach seinem Ausweis greifen, den er in der Innentasche seiner Jacke trug, aber Pengelly schüttelte den Kopf.

»Der Arzt sagte mir, dass Sie kommen.« Seine Stimme war leise, aber klar. »Jemand hat versucht, mich umzubringen. Mit Arsen …«

»Sam, ich hatte furchtbare Angst«, rief Tamara. »Wenn du gestorben wärst, was wäre dann aus mir geworden?«

»Ach, mein Mädchen, du bist stark«, erwiderte Pengelly. »Aber ich bin froh, noch am Leben zu sein. So lange habe ich nicht gewusst, dass ich eine Tochter habe, und nun möchte ich versuchen, die verlorene Zeit nachzuholen.«

»Mr Pengelly, bitte …« Christopher zog einen Stuhl heran und setzte sich. »Der Arzt erlaubt nur ein paar Minuten. Bitte schildern Sie, was an dem Nachmittag geschehen ist. Ich weiß, dass der Vikar von Lower Barton sie aufgesucht hat, um Ihnen einen Vorschlag von Marion West zu unterbreiten. Sie lehnten ab und waren sehr aufgeregt.«

Pengelly nickte. »Ich lasse mich nicht mit ein paar Pennys abspeisen.«

»Mr Pengelly, warum tranken Sie von dem Wein?«, sprach Christopher schnell weiter. »Woher kam die Flasche?«

»Ach ja, der Wein …« Nun musste Pengelly etwas länger nachdenken, dann sagte er: »Creeda hat ihn gemacht. Jedes Jahr hat sie mehrere Flaschen Holunderbeerwein hergestellt, weil sie ihn sehr mochte. Sie durfte aber nur ein kleines Glas täglich trinken, wegen der Medikamente, die sie nehmen musste. Ich nahm die Flasche, machte sie auf und trank drei, vier Gläser. Ich war so wütend, dass Marion mir einen Pfaffen auf den Hals hetzt, um an die Farm zu kommen. Ich kann mich noch daran erinnern, wie mir übel geworden ist und Tamara mir ihren Finger in den Hals steckte. Danach weiß ich nichts mehr.«

»Sie sagen, Creeda habe den Wein selbst gemacht?«, fragte Christopher. Das überraschte ihn. Bisher hatte er angenommen, die Flasche sei ein Geschenk von jemandem gewesen, der den Wein gezielt vergiftet hat. »Erinnern Sie sich, ob die Flasche mit einem Schraub- oder einem Korkverschluss verschlossen war?«

»Ein Schraubverschluss«, antwortete Tamara an Pengellys Stelle. »Warum ist das wichtig?«

Christopher sah zu ihr. »So konnte der Täter das Gift in den Wein mischen, ohne dass es auffiel, dass sich jemand an der Flasche zu schaffen gemacht hat. Bei einem Korken wäre es schwieriger gewesen.« An Pengelly gewandt stellte er die nächste Frage: »Wo war der Wein gelagert? Hatte jemand die Möglichkeit, von Ihnen und Ms Stevens unbemerkt, an die Flasche zu gelangen?«

Pengelly zuckte mit den Schultern. »Sie stand im Küchenschrank, wie immer. Außer dem Vikar ist niemand im Haus gewesen, und der Pfaffe war keinen Moment allein. Die Flasche sah auch genau so aus, wie ich sie verschlossen habe.«

»Sie haben den Wein verschlossen?«, fragte Christopher. »Ich dachte, Creeda hat das gemacht.«

»Zuerst ja, aber ich habe die Flasche ja geöffnet, um das Stärkungsmittel reinzutun.«

Christopher zuckte zusammen, mit steifem Rücken beugte er sich vor. »Ein Stärkungsmittel?«, wiederholte er. »Was für ein Stärkungsmittel?«

Die Tür öffnete sich, und eine Schwester sah herein. »Sie müssen jetzt gehen, Detective.«

»Nur noch ein paar Fragen.«

»Nichts da, der Patient braucht Ruhe.«

»Es geht mir gut, Schwester«, sagte Sam Pengelly. »Die Fragen des Inspectors sind wichtig. Ich will wissen, wer mir das Licht ausblasen wollte.«

»Gut, noch fünf Minuten«, gab die Schwester zu und ließ sie wieder allein.

»Sie wollten von dem Stärkungsmittel erzählen«, erinnerte Christopher Pengelly.

»Es war was Pflanzliches, Vitamine, ein paar Kräuter und so«, erklärte Pengelly. »Creeda ging es so schlecht, und die Schmerzmittel hatten Nebenwirkungen, die durch das Pulver weniger werden sollten. Aber Creeda durfte es nicht wissen, weil sie Kräuter und solche Sachen für Unsinn hielt und nicht glaubte, dass sie helfen.«

»Gerade in der Homöopathie ist es wichtig, von der Wirkung überzeugt zu sein«, warf Tamara ein. »Okay, Creeda wusste nichts davon, aber geschadet hat das Pulver ihr sicherlich nicht.«

In Christopher schrillten die Alarmglocken. Er verbarg seine Aufregung und fragte: »Haben Sie das Pulver auch in andere Getränke und ins Essen gemischt?«

»Ja, aber immer nur eine Messerspitze voll. Nur im Wein war mehr, da Creeda ja nur wenig davon getrunken hat. Ich dachte nicht, dass es mir schadet, wenn ich ein paar Gläser trinke.«

»Von wem haben Sie das Pulver bekommen?«

»Von der Ärztin, die Creeda behandelt hat.«

»Und Creedas bester Freundin«, ergänzte Tamara. »Jane Odgers hat sich große Sorgen um Creeda gemacht und gesagt, das Mittel tue auch ihrer Psyche gut. Es ist Johanniskraut drin, das die Stimmung hebt.«

»Danke, Mr Pengelly, Ms Stevens. Sie haben mir sehr weitergeholfen.« Christopher schob den Stuhl zurück und stand auf.

»Wie das?«, fragte Tamara. »Sie wissen immer noch nicht, wer versucht hat, Sam umzubringen.«

Christopher zog eine Augenbraue hoch. Für ihn war jetzt so gut wie alles klar, er wollte Pengelly und Tamara aber nicht einweihen.

Tamara küsste ihren Vater auf die Wange. »Ich komme morgen Vormittag wieder, Sam.«

Pengelly schloss die Augen. Das Gespräch hatte ihn sichtlich erschöpft.

»Eines verstehe ich nicht, Chief Inspector«, sagte Tamara auf dem Flur. »Wie ist das Arsen jetzt eigentlich in den Wein gekommen?«

»Bitte, warten Sie am Wagen auf mich«, antwortete Christopher. »Ich muss noch einmal mit dem Arzt sprechen, um sicher zu sein. Nachher erkläre ich es Ihnen.«

Eine halbe Stunde später hatte Christopher Gewissheit. Seit Jahrhunderten war bekannt, dass Arsen, in kleinen Dosen verabreicht, einen Menschen nicht sofort tötet. Er wird nach und nach schwächer, ohne dass eine organische Ursache festgestellt werden kann. »Nur durch eine spezielle Untersuchung der Haut, der Haare oder der Finger- und Fußnägel ist eine schleichende Vergiftung eindeutig nachzuweisen«, hatte der Arzt erklärt. »Früher oder später kommt es zu einem allgemeinen Organversagen, besonders, wenn die Dosis drastisch erhöht wird.«

Obwohl Christopher die Farmerin nie kennengelernt hatte, stand für ihn fest: Creeda Pengelly war über Monate hinweg mit Arsen erst geschwächt und schließlich getötet worden. Die Frau hatte sich nichts eingebildet, alles, was Sandra vermutete, stimmte hundertprozentig. Christopher war geneigt, Sam Pengelly und Tamara ihre Unwissenheit über das angebliche Stärkungsmittel zu glauben. Sie hatten es von Jane Odgers bekommen. Warum bloß hatte die Ärztin ein Interesse, ihre Freundin erst zu schwächen und schließlich zu töten? Lag die Wahrheit in der Vergangenheit, wie Sandra es ebenfalls vermutete? Sandra! Mein Gott, er selbst hatte ihr geraten …

Während Christopher durch die Korridore zum Ausgang eilte, versuchte er, Sandra anzurufen. Es meldete sich nur die Mailbox.

Hastig sprach er aufs Band: »Sandra, Darling, ich bin es, Christopher. Du darfst nicht mit Jane Odgers sprechen! Auf keinen Fall, verstehst du! Halt dich von der Ärztin fern, und ruf mich sofort an, sobald du das abgehört hast. Ich komme jetzt nach Higher Barton.«

Christopher war es übel vor Angst. Wenn das, was sich durch die Indizien mehr und mehr verdichtete, die Lösung des Falls war, durfte Sandra unter keinen Umständen bei Jane Odgers sein.

SECHSUNDZWANZIG

Der Einstich war kaum spürbar gewesen, nur ein Pikser wie bei einer harmlosen Impfung.

»Was haben Sie mir gegeben?«, flüsterte Sandra. »Arsen?«

»Sie wissen es also«, sagte Jane Odgers, nicht sonderlich überrascht. »Es ist Insulin. Für Diabetiker ein lebenswichtiges Hormon, bei gesunden Menschen allerdings tödlich. Ein weiteres Mal Arsen wäre zu auffällig. Keine Angst, Sandra, Sie werden nichts spüren. Sie werden müde werden, einschlafen und nicht wieder aufwachen. Wenn man Sie findet, wird man von einem plötzlichen, tragischen Herztod ausgehen, denn das Insulin wird schon bald in Ihrem Körper nicht mehr nachweisbar sein.«

»Man wird mich hier finden …« Sandra hatte den Eindruck, ihre Zunge wurde schwer. Sie hatte zunehmend Mühe, sich zu konzentrieren. »Warum, Jane?«, presste sie hervor. »Sie haben Creeda vergiftet, Phyliss von der Klippe gestoßen und versucht, Sam Pengelly zu töten.«

»Mit Sam habe ich nichts zu tun«, wehrte Jane ab. »Phyliss und Creeda …« Sie zuckte mit den Schultern, ihre Augen wurden feucht. Auf Sandra wirkte es, als würde sie deren Tod wirklich bedauern. »Sie wollten reden, alle beide. Das durfte ich nicht zulassen.«

»Reden? Worüber?« Das Sprechen gelang Sandra kaum noch. »Über das, was wirklich geschehen war, als Lily Alden starb?«

Janes Augen wurden zu schmalen Schlitzen. »Es ist Jahrzehnte her, Lilys Eltern sind nicht mehr am Leben – warum die alte Geschichte jetzt wieder aufwärmen? Rechtlich hätte man uns wohl nicht belangen können, der Skandal wäre aber groß gewesen. Meine Freundinnen haben den Schwur gebrochen! Einen Eid, den wir mit Blut geschlossen haben.«

»Nur deswegen ...«, Sandras Zunge schlug an, »mussten ... sie sterben?«

»Ich konnte nicht zulassen, dass mein Ruf in den Dreck gezogen wird«, erwiderte Jane. »Es ist mir egal, wenn man Sie in meiner Wohnung findet, denn dann werde ich schon weit weg sein. Nach Creedas Tod hält mich nichts mehr in England. Ich hatte ohnehin vor, meine Zelte hier abzubrechen, und habe entsprechende Vorkehrungen getroffen.«

Sie nahm Sandras Handtasche, schüttete den Inhalt auf den Teppich, dann trat sie mit voller Kraft mehrmals auf Sandras Handy. Es zersplitterte in dutzend Teile.

»Nicht, dass Sie auf dumme Gedanken kommen. Jetzt leben Sie wohl, Sandra Flemming. Lange wird es nicht mehr dauern.«

Die Worte drangen wie durch dicke Watte an Sandras Ohren. Sie konnte kaum noch die Augen offenhalten und spürte, wie sie die Kontrolle über ihre Gliedmaßen verlor. Jane verließ den Raum, wohl, um ihre Sachen zu packen.

Warum habe ich niemandem gesagt, dass ich bei Jane Odgers bin?, dachte Sandra. Ihr Körper sackte in der Mitte zusammen, rutschte vom Sofa auf den Teppichboden, dabei spürte sie einen leichten Druck in ihrer Jackentasche. Mühsam und ganz langsam gelang es ihr, die rechte Hand in die Tasche zu stecken. Ihre Finger ertasteten den Schokoriegel. Sandra erinnerte sich vage, mal gelesen oder gehört zu haben, bei einem Zuckerschock sei Süßes hilfreich. Sie wusste nicht, ob es stimmte, ob das Insulin, das Jane ihr gespritzt hatte, darauf ansprechen würde. Unter Aufbietung ihrer letzten Kraft hob sie den Arm, schob sich den Riegel in den Mund, biss ab und kaute.

War es wirklich die Schokolade oder ihr starker Wille zu überleben, denn binnen weniger Minuten fühlte sie sich ein bisschen besser. Sie schaffte es, den Schokoriegel restlos aufzuessen, und fuhr sich mit dem Handrücken über die Lippen, damit keine Spuren verrieten, dass sie Zucker zu sich genommen hatte. Als die Ärztin wieder ins Wohnzimmer kam, stellte sich Sandra bewusstlos. Sie blinzelte nur ein klein wenig, um zu sehen, was Jane tat. Sie hatte zwei große Trolleys gepackt, nahm jetzt aus einer Schublade einen flachen Ordner und steckte ihn in einen Rucksack. Sandra schloss wieder die Augen und bewegte sich nicht. Dann spürte sie einen schmerzhaften Tritt in ihre Seite und verkniff sich ein Stöhnen. Jane wollte sich wohl vergewissern, dass Sandra dem Tod näher war als dem Leben.

Jane brachte erst einen, gleich darauf den zweiten Koffer nach draußen. Sandra vermutete, dass nahe dem Haus ihr Auto parkte. Dann schulterte sie den Rucksack und verließ die Wohnung, ohne einen Blick zurückzuwerfen.

Sandra wartete noch ein paar Minuten, schließlich gelang es ihr, sich auf die Knie zu stemmen. Langsam robbte sie zur Wohnungstür und drehte vergeblich am Knauf. Jane hatte die Tür von außen abgeschlossen.

Sandra sah sich in dem Wohnraum um. Ein Festnetztelefon gab es nicht, ihr Handy lag in Trümmern. Unfähig, auf die Beine zu kommen, kroch Sandra zum Balkon. Es gelang ihr, die Tür zu öffnen. Inzwischen war es dunkel geworden, und die Straßenlampen waren angegangen. Durch den Spalt zwischen den Platten, mit denen der Balkon verkleidet war, sah Sandra zwei Personen die Straße heraufkommen.

»Hilfe!« Sandras Stimme war kaum zu vernehmen, die beiden konnten sie nicht hören.

An der Seite standen drei Blumentöpfe mit verdorrten Kräutern. Unter immenser Kraftanstrengung schaffte es Sandra, einen Topf zu greifen und über die Brüstung zu schieben. Er zersprang zwei, drei Meter vor den Spaziergängern.

»He! Was soll das?«, hörte Sandra die Stimme eines Jugendlichen.

Sandra warf den zweiten Topf in die Tiefe. Jetzt sagte seine Begleiterin: »Da ist wohl jemand total hohl in der Birne oder stinkbesoffen. Lass uns verschwinden, Jake.«

Sandras Chance war der letzte Blumentopf. Sie merkte, wie ihre Kräfte wieder schwanden, der Schokoriegel hatte nur kurzzeitig geholfen. Mit letzter Kraft schubste sie den Topf vom Balkon und rief: »Hilfe! Ich brauche Hilfe!«

»Hast du das gehört?«, fragte der junge Mann seine Freundin. »Hallo, Sie da oben – alles in Ordnung mit Ihnen?«

»Hilfe! Polizei …«, murmelte Sandra. Sie sackte in sich zusammen, kalter Schweiß auf der Stirn. Wie aus weiter Ferne hörte sie die Frau sagen: »Ich glaube, wir sollten besser die Bullen anrufen …«

Nur ein fingernagelgroßer blauer Fleck am Oberarm erinnerte Sandra noch an die gestrigen dramatischen Ereignisse. Die von dem jungen Paar informierte Polizei war binnen fünf Minuten am Haus von Jane Odgers gewesen. Mit letzter Kraft hatte Sandra um Hilfe gerufen, woraufhin die Beamten die Tür aufbrachen und den Rettungsdienst informierten. Im Krankenhaus hatte sich Sandras Blutzuckerspiegel durch die Gabe eines Medikaments schnell wieder normalisiert. So konnte sie den Beamten in knappen Sätzen von Jane Odgers erzählen, danach war sie in einen tiefen Schlaf gefallen. Heute waren Sandras Blutzuckerwerte wieder im Normbereich, so durfte sie die Klinik am Nachmittag verlassen.

Christopher, von seinen Kollegen aus Looe informiert, holte sie ab und brachte sie nach Hause. Er verzichtete auf Vorwürfe. Schließlich war er es selbst gewesen, der Sandra vorgeschlagen hatte, mit Jane Odgers zu sprechen. Auch er hatte das wahre Gesicht der Ärztin nicht erkannt.

In eine flauschige Decke gehüllt, lag Sandra auf dem Sofa in ihrem Wohnzimmer. Sie fühlte sich noch etwas schwach und müde. Der Arzt im Krankenhaus hatte ihr aber versichert, in zwei, spätestens drei Tagen würde sie wieder vollkommen fit sein. Christopher saß neben ihr und hielt ihre Hand. Vor wenigen Minuten waren auch Ann-Kathrin und Alan Trengove nach Higher Barton gekommen. Sandras Freundin brühte eine große Kanne Früchtetee auf. Als alle eine Tasse vor sich hatten, berichtete Christopher den aktuellen Stand der Ereignisse.

»Noch in der Nacht wurde Jane Odgers am Flughafen Heathrow festgenommen, wo sie in einem Terminal auf den Flug nach Mumbai für heute Morgen wartete.«

»Mumbai?«, wiederholte Sandra überrascht. »Was wollte Jane ausgerechnet in Indien?«

»Dr Odgers hat alles gestanden«, fuhr Christopher fort. »Bereits vor Wochen nahm sie mit dem Virenforschungsinstitut in Mumbai Kontakt auf und bewarb sich um eine Anstellung. Es zählt zu den besten der Welt.«

Sandra warf ein: »Sie sagte zu mir, sie habe ohnehin vorgehabt, England zu verlassen und ins Ausland zu gehen. Wäre ihr die Flucht nach Indien gelungen, wäre Jane wohl nie zur Rechenschaft gezogen worden.«

»Wo ist die Ärztin jetzt?«, fragte Alan.

»Sie wurde nach Exeter ins Hauptquartier der De- von & Cornwall Police überstellt und heute Vormit- tag vernommen«, antwortete Christopher. »Ich bestand darauf, bei der Befragung dabei zu sein, da der An- schlag auf dich in meinen Zuständigkeitsbereich fällt.« Er zwinkerte Sandra zu. »Offiziell wie auch privat. Ganz besonders privat, das brauchen meine Kolleginnen und Kollegen aber nicht zu wissen.«

»Creeda hat Jane vertraut«, sagte Ann-Kathrin. »Die Farmerin hat sich nicht nur wegen ihrer physischen, sondern auch mit den psychischen Problemen an die Frau gewandt, die sie seit Jahrzehnten kannte. Auch Sam Pengelly wurde indirekt zu Jane Odgers Opfer. Christopher, glaubst du, Creedas Mann wusste wirk- lich nicht, was er seiner Frau heimlich ins Essen und in den Wein mischte?«

Nachdenklich rieb sich Christopher das Kinn. »Das Gegenteil wird nicht zu beweisen sein. Dr Odgers hat aber Pengellys Aussage bestätigt. Er hatte keine

Ahnung, dass es sich bei dem Pulver nicht um ein harmloses, homöopathisches Stärkungsmittel handelte, sondern um Arsen.«

Sandra richtete sich ein Stück auf und sah Christopher ernst an. »Ergo hat sich Pengelly tatsächlich selbst vergiftet, als er von dem Wein trank.«

Christopher drückte ihre Hand und sagte liebevoll: »Du hast auch in diesem Punkt recht gehabt, Darling.«

»Es hätte wirklich schlimm ausgehen können«, mahnte Ann-Kathrin mit einem sorgenvollen Blick auf Sandra. »Wenn der Schokoriegel nicht in deiner Jackentasche gewesen wäre …«

Sandra nickte. »Der Arzt bestätigte, dass der Zucker mir geholfen hat, nicht so schnell das Bewusstsein zu verlieren. Gerettet hat mich aber das junge Paar, ein paar Stunden länger hätte ich nicht überstanden.«

Alan schmunzelte. »Gute Idee, die Blumentöpfe auf die Straße zu werfen.«

»Was ist mit Phyliss Staunton?«, fragte Ann-Kathrin.

Christopher seufzte und sagte grimmig: »Phyliss konnte und wollte nicht länger schweigen. Die Schuld am Tod von Lily Alden hat sie ihr ganzes Leben lang belastet und sie in die Alkoholsucht getrieben, woran ihre Ehen scheiterten. Phyliss wusste, über kurz oder lang würde sie sich zu Tode trinken. Sie nahm mit Creeda Kontakt auf und teilte ihr mit, sie wolle zur Polizei gehen und gestehen, was an dem Abend von Lily Aldens Tod passiert ist und dass sie nichts zu deren Rettung unternommen haben.«

»Den Frauen wäre heute nichts mehr geschehen«, warf Alan ein. »Was die Mädchen getan haben, war keine Straftat, allenfalls unterlassene Hilfeleistung, und die ist längst verjährt.«

»Jane Odgers fürchtete einen Skandal, und dass sie nicht länger als Ärztin arbeiten dürfte«, erwiderte Sandra.

»Das ist richtig«, sagte Christopher. »Jane sagt, sie sei auf die Isle of Wight gefahren, um Phyllis von ihrem Vorhaben abzubringen. Diese war jedoch wild entschlossen, die Wahrheit zu sagen. So sah Jane nur eine Möglichkeit.«

»Eines verstehe ich nicht«, sagte Sandra nachdenklich. »Wenn Jane derart kaltblütig Phyliss von der Klippe gestoßen hat – warum betrieb sie bei Creeda einen so großen und langen Aufwand? Jane musste doch damit rechnen, dass ihre Freundin einen anderen Arzt aufsucht, der Spuren von Arsen in ihrem Körper feststellen wird.«

»Ich kann euch nur sagen, wie Jane Odgers es begründet hat«, erwiderte Christopher. »Wie wir wissen, war Jane bereits als Jugendliche in Creeda verliebt. Die Heirat mit Sam Pengelly konnte sie nicht verhindern, auch wusste Creeda nichts von Janes Gefühlen für sie. Für die Farmerin war Jane nur eine treue Freundin, die immer für sie da war. Der Kontakt zwischen den Frauen brach nie ab, egal wo sich Jane gerade aufhielt. Sie schrieben sich und telefonierten regelmäßig miteinander. Trotz der glänzenden Aussichten an der Charité hielt es Jane nicht länger aus, so weit von Creeda getrennt zu sein. Deshalb entschloss sie sich, nach Cornwall zurückzukehren.«

Sandra nickte verstehend. »Sie sagte mir, dass beruflicher Erfolg weniger wichtig ist als Glück. Jane musste aber gewusst haben, dass Creeda ihre Gefühle nie in der Art erwidern würde, wie sie es sich gewünscht hatte.«

Ann-Kathrin bemerkte nachdenklich: »Ich kenne die Ärztin nicht, nach allem, was ich jetzt über sie erfahre, denke ich, dass Jane sich mit der Freundschaft zufriedengab.«

»Nach der missglückten Hüftoperation wurde Jane Odgers in Creedas Leben noch wichtiger«, fuhr Christopher fort. »Sam Pengelly konnte mit den Beschwerden seiner Frau nicht umgehen. Wir haben ihn kennengelernt. Feingefühl ist dem Farmer nicht gegeben, und es fehlt ihm an Empathie. Seine Frau tat ihm zwar leid, er konnte seine Sorge aber nicht zeigen und vermittelte Creeda den Eindruck, eine Last zu sein. Ursprünglich plante Jane nicht, Creeda zu töten. Sie wollte die Freundin nur weiter schwächen, in der Hoffnung, Pengelly würde sich von seiner Frau abwenden. Oder Creeda würde ihn verlassen, weil sie mit der Gefühlskälte nicht leben konnte. Dann wäre sie, Jane, für die Freundin da gewesen, hätte sie bei sich aufgenommen und sich um sie gekümmert.«

»Dann wollte Phyliss auspacken«, sagte Sandra, während Christopher einen Schluck Tee trank. »Da Phyliss Creeda mitgeteilt hat, sie würde den Schwur brechen, musste Jane befürchten, auch Creeda würde nicht länger schweigen.«

Christopher nickte. »Die Operation, die ständigen Schmerzen und ihre zunehmende Schwäche brachten Creeda dazu, über ihren Tod nachzudenken. Sie sprach häufig von Lily Alden und meinte, ihre Nichte Marion habe das Recht, die Wahrheit zu erfahren, warum deren Tante Lily gestorben ist. Da hat Jane gehandelt.«

»Wobei es ihr zupasskam, dass Creeda den Verdacht hegte, von ihrem Mann vergiftet zu werden«, warf

Sandra ein. »Er wollte die Farm verkaufen, hatte eine Geliebte und wollte …«

»Tamara Stevens ist Pengellys uneheliche Tochter«, unterbrach Christopher sie. Diese Nachricht hatte er sich aufgespart. Sie schlug ein wie eine Bombe.

»Wie bitte?«, riefen Sandra und Ann-Kathrin unisono, und Sandra fragte: »Warum verschwieg Pengelly es seiner Frau?«

Christopher berichtete, was Tamara ihm erklärt hatte. »Ich kann sogar ein gewisses Verständnis für Vater und Tochter aufbringen.«

»Apropos Pengelly.« Alan räusperte sich. »Ich habe ihn heute Morgen im Krankenhaus aufgesucht. Es geht ihm den Umständen entsprechend gut, zum Wochenende wird er wohl entlassen werden. Er erkennt, wie unrecht er Creeda getan hat, und bat mich, die Klage gegen ihr Testament mit sofortiger Wirkung zurückzuziehen.«

»Tja, es besteht nun kein Zweifel mehr, dass Creeda nicht unzurechnungsfähig war«, sagte Sandra bitter. »Dass es nicht ihr Ehemann war, der ihr nach dem Leben trachtete, konnte sie nicht wissen.« Sie sah Alan an. »Marion West ist nun also die rechtmäßige und alleinige Erbin der Long-Rock-Farm.« Alan bestätigte es, und Sandra murmelte: »Ich habe ein denkbar schlechtes Gewissen, weil ich sie in Verdacht hatte, eine Mörderin zu sein.«

Christopher sagte beruhigend: »Darling, die von dir herausgefundenen Fakten ließen keinen anderen Schluss zu. Ich hätte ebenso gehandelt. Hast du schon mit ihr gesprochen?«

Sandra verneinte. »Heute Morgen verließ sie Higher Barton, um auf der Farm zu wohnen. Ich verstehe

sie jetzt, nachdem ich weiß, wer Tamara wirklich ist.«
Sandra schob die Decke weg und wollte aufstehen,
Christopher drückte sie wieder in die Kissen zurück.

»Du musst dich schonen.«

»Ach was, ich fühle mich pudelwohl«, widersprach
Sandra. »Es wird Zeit, dass ich mich im Hotel blicken
lasse und Eliza unterstütze. Außerdem«, sie zwinkerte
Christopher zu, »Unkraut vergeht bekanntlich nicht.«

Alan räusperte sich, lächelte Ann-Kathrin zu und
fragte: »Ist es nicht an der Zeit, auf unser frisch verlob-
tes Paar anzustoßen? Oder wollt ihr noch länger ein
Geheimnis um eure bevorstehende Hochzeit machen?«

Seit Monaten hatte Sandra Christopher nicht mehr
so heftig erröten sehen. Lachend erwiderte sie: »Noch
habe ich gar keinen Ring!« Demonstrativ hob sie die
rechte Hand.

»Äh … ja … Sorry …« Verlegen wand sich Christopher. »Wenn du immer Mörder jagen und ich auf dich
aufpassen muss, bleibt mir keine Zeit, einen Ring zu
besorgen.«

»Ich empfehle Michael Spiers in Truro«, sagte Ann-
Kathrin trocken. »Von dem Juwelier sind auch unsere
Ringe.«

»Wir fahren noch diese Woche nach Truro, Sandra«,
sagte Christopher. »Versprochen!«

»Sofern Sandra nicht wieder über eine Leiche stol-
pert«, bemerkte Ann-Kathrin trocken.

Während Sandra und Alan über den Scherz herzhaft
lachten, wirkte Christopher eher besorgt.

SIEBENUNDZWANZIG

Acht Wochen später

In der Luft lag der Duft nach Früchtepunsch, gebrannten Mandeln, Zuckerwatte und anderen Köstlichkeiten, die in Holzbuden verkauft wurden. Die Fassaden des Wohnhauses und der Ställe schmückten bunte Lichterketten. Eine hellgrüne Girlande umrankte das über der Eingangstür befestigte rechteckige Holzschild mit der Aufschrift:

Long-Rock-Farm for disabled and ill children.

Mit ausgebreiteten Armen eilte Marion West Sandra entgegen.

»Wie schön, dass du gekommen bist!« Sie waren längst zum *Du* übergegangen. »Wo ist dein rothaariger Detective?«

»In der letzten Nacht ist in Lower Barton eingebrochen worden«, erklärte Sandra. »Es ist bereits der zweite Einbruch in diesem Monat. Christopher hat also mal wieder alle Hände voll zu tun.«

Marion zwinkerte belustigt. »Tja, der neue Chief Superintendent wird den Täter bald zur Strecke bringen, denn in dir hat er ja eine perfekte Unterstützung.«

Abwehrend hob Sandra die Hände und lachte. »Von Verbrechen habe ich die Nase voll.« Sie wurde ernst. »Ich danke dir, Marion, dass du mir verziehen hast, weil ich dich verdächtigt habe …«

»Lass es gut sein, Sandra«, unterbrach Marion sie. »Ich an deiner Stelle hätte ähnliche Schlüsse gezogen. Komm, lass uns feiern! Hättest du gedacht, dass ich es binnen so kurzer Zeit schaffe, meinen Traum von einem Begegnungszentrum mit Tieren für behinderte und kranke Kinder zu realisieren?«

»Es ist wunderbar, wie Sam Pengelly und Tamara dir unter die Arme greifen«, erwiderte Sandra. »Ihr seid zwar nur über ein paar Ecken miteinander verwandt, aber doch eine Familie.«

»Früher habe ich meinen Onkel nie leiden können und mich gefragt, warum Creeda ausgerechnet ihn geheiratet hat«, sagte Marion nachdenklich. »Sam macht sich große Vorwürfe, Jane Odgers vertraut und Creeda unwissentlich vergiftet zu haben. Dass gegen ihn kein Verfahren eingeleitet wird, weil die Ärztin umfassend gestanden hat, ist Sam nur ein schwacher Trost. Er und Tamara packen hier kräftig mit an. Ohne ihre Hilfe hätte ich es nicht hinbekommen, die Begegnungsstätte noch vor Weihnachten zu eröffnen. Du kennst Sam, er spricht nicht viel und sagt kein Wort in dieser Richtung, aber ich weiß, er hat wegen mir ein schlechtes Gewissen. Außerdem lenkt ihn die Arbeit von der Trauer ab.«

»Wann musst du wieder nach New York fliegen?«, fragte Sandra interessiert, da sich Marion entschlossen hatte, West-MoDa weiterhin als Vorstandsvorsitzende zu leiten.

»Nicht vor dem nächsten Frühjahr«, antwortete Marion. »Bei Tyler Dean, dem Vizepräsidenten, ist die Firma in den besten Händen. Tyler hat ein ausgezeichnetes Näschen für Modetrends, und mittels E-Mails und Zoom bin ich auch hier auf dem neuesten Stand.«

Sie hängte sich bei Sandra ein. »Lass uns einen Früchtepunsch trinken, dann muss ich mich um die anderen Gäste und vor allen Dingen um die Journalisten kümmern.« Sie rollte mit den Augen und flüsterte: »Der Presserummel ist ganz schön anstrengend, aber eine ausgezeichnete Werbung.«

»Ich freue mich, dass deine Idee, Tiere und Kinder zusammenzubringen, so gut ankommt.«

Marion strahlte. »Ab dem kommenden Jahr wird das Krankenhaus in Truro jede Woche einen Bus mit krebskranken Kindern schicken, die im Rahmen ihrer Möglichkeiten einen unbeschwerten Tag verleben sollen. Tamara und ich werden uns um die Kleinen kümmern. Meine Schwiegernichte«, Marion grinste, »das ist Tamara ja, kann nicht nur mit Tieren, sondern auch mit Kindern bestens umgehen. Zusätzlich werden sie von ausgebildeten Psychologen begleitet.«

Marion führte Sandra zu einem Stand, hinter dem ein junger Mann mit einem aschblonden Stoppelhaarschnitt heißen Punsch ausschenkte. Er strahlte über sein rundes, gutmütiges Gesicht mit den schmalen Augen.

»Hi Sandra! Apfel-Zimt oder Ingwer-Kurkuma?«

»Ben Triggs!«, rief Sandra überrascht und entschied sich für Zweiteres. Während Ben aus einem großen Kessel das heiße Getränk in eine Tasse abfüllte, raunte sie Marion zu: »Hast du Ben eingestellt?«

Marion nickte. »Er hilft im Stall. Da ich auch Kinder und Jugendliche mit Trisomie 21 anspreche, ist Ben hier genau richtig. Und er kann kräftig anpacken.«

»Das hat Agnes Roberts auch festgestellt.« Sandra schmunzelte. Der junge Ben hatte früher regelmäßig in der Metzgerei ausgeholfen. Auf der Farm inmitten von Tieren hat er nun seine wahre Bestimmung gefunden.

Sandra sah sich um. »Ich vermisse Vikar Alverton«, wechselte sie das Thema. »Ich habe erwartet, ihn heute an deiner Seite zu sehen.«

Lächelnd erwiderte Marion: »Peter und ich haben festgestellt, dass wir nur Freunde bleiben werden. Er ist ein äußerst attraktiver Mann, dazu charmant, kultiviert, gebildet und voller Empathie. Peter vereint alle Attribute, von denen eine Frau träumt, zwischen uns hat es aber einfach nicht so richtig gefunkt. Über einen harmlosen Flirt sind wir nicht hinausgekommen. Peter hat seine Pfarrei in Lower Barton und braucht eine Frau an seiner Seite, die ihm den Rücken freihält und sich um seine Schäfchen kümmert. Menschliche Schäfchen, versteht sich.«

»Das ist schade, ihr hättet gut zusammengepasst«, erwiderte Sandra. »Als Pfarrfrau sehe ich dich allerdings auch nicht.«

Ein Mann kam auf Sandra und Marion zu und rief: »Ms West, ich habe ein paar Fragen an Sie. Ich komme vom Cornwall Observer, und unsere Leser möchten wissen, wie Sie auf den Gedanken gekommen sind …«

»Ich stehe Ihnen sofort zur Verfügung«, fiel Marion ihm ins Wort und raunte Sandra zu: »Du siehst, ich bin eine gefragte Frau.«

Marion eilte zu dem Reporter und unterhielt sich angeregt mit ihm. Sandra ließ ihre Blicke schweifen. Außer Marion und Ben Triggs sah sie keine bekannten Gesichter. Ann-Kathrins Mutter feierte heute Geburtstag, so konnten Sandras Freunde bei der Eröffnung der Farm nicht dabei sein. Ann-Kathrin hatte aber versichert, in den nächsten Tagen zusammen mit Demelza

Marion zu besuchen. Zu Sandras Überraschung erkannte Sandra jetzt doch noch jemanden. Er unterhielt sich angeregt mit Sam Pengelly.

Sandra ging zu den Männern und sagte: »Hallo, Major. Ich bin überrascht, Sie hier zu sehen.«

»Sie kennen sich?«, fragte Pengelly.

Major Collins nickte. »Für ein paar Minuten war Sandra Flemming meine Nichte.« Zu Sandras Überraschung legte er einen Arm um ihre Schultern. »Wenn ich tatsächlich eine Nichte hätte, müsste sie genau wie Sie sein, Sandra.«

»Und ich kann mir keinen besseren Onkel vorstellen«, erwiderte Sandra. Sie sah zu Sam. »Sie sind wieder ganz gesund, Mr Pengelly?«

»Mir geht es gut«, antwortete der Farmer. In den Wochen schien er gealtert zu sein. »Ich muss mich bei Ihnen entschuldigen, Ms Flemming. Major Collins hat mir erzählt, welchen Anteil Sie an der Aufklärung der mörderischen Machenschaften von Jane Odgers haben.«

»Nicht zu vergessen, dass wir einen gesuchten Schwerverbrecher aus dem Rotlichtmilieu gestellt haben«, warf der Major ein. Zur Unterstützung seiner Worte klopfte er mit der Spitze des Spazierstockes auf den Boden.

»Ms Flemming, ich wusste nicht, welche Zwecke die Investorengruppe verfolgt«, sagte Pengelly. »Für den Bau eines Bordells hätte ich den Grund und Boden niemals verkauft! Hätte Creeda doch mit mir geredet, hätte sie mir nur gesagt, was sie und ihre Freundinnen damals getan haben!«

»Auch dann hätten Sie Jane Odgers Plan nicht durchschaut«, versuchte Sandra, Pengelly zu beruhigen. Bei sich dachte sie, dass, wenn der Farmer mit offenen Karten in Bezug auf Tamara gespielt hätte, vieles einfacher gewesen wäre. Es war müßig, über verschüttete Milch zu sinnieren. Creeda und Sam hatten beide Fehler gemacht.

»Der Major unterstützt großzügig unser Projekt«, sagte Pengelly.

Major Collins wiegelte ab: »Ich habe nur eine kleine Spende getätigt, kaum der Rede wert. Ich freue mich, wenn ich mitverfolgen darf, wie sich die Sache entwickelt.«

»Sie sind uns jederzeit herzlich willkommen«, erwiderte Pengelly. »Sie natürlich auch, Ms Flemming.«

»Ich komme gern«, sagte Sandra. »Leider muss ich jetzt nach Higher Barton zurück. Nicht, dass meine Mitarbeiterin kündigt, weil sie ständig Überstunden machen muss. Soll ich Sie mitnehmen, Major?«

Der alte Haudegen nahm das Angebot gern an.

Sandra suchte Marion, um sich von ihr zu verabschieden. Sie fand sie am Pferch mit den Ziegen, von einer Traube von Menschen umringt, sie wirkte sehr glücklich. Sandra wollte sie nicht stören und wandte sich ab.

Im Hotel zog sich Major Collins in seine Suite zurück, um vor dem Abendessen noch ein Stündchen zu ruhen. Sandra trat zu Eliza hinter die Rezeption.

»Irgendwelche Vorkommnisse?«, fragte sie.

»Eigentlich nicht.«

»Eigentlich?«, wiederholte Sandra. »Eliza, Sie sind hoffentlich nicht verärgert wegen der vielen Überstunden, die während der Renovierungsarbeiten aufgelaufen sind? Die Handwerker kann man einfach nicht allein lassen.«

»Das ist in Ordnung, Sandra, und die neuen Badezimmer sind sehr ansprechend und modern geworden. Monsieur Peintré ist auch glücklich, dass nicht dauernd eine Sicherung herausspringt, wenn er mehr als zwei elektrische Geräte gleichzeitig anschaltet.«

»Ich verspreche Ihnen, wenn das Weihnachtsgeschäft hinter uns liegt, bekommen Sie Ihre längst fälligen drei Wochen Urlaub. Werden Sie wieder zu Ihrem Bruder und seiner Familie fahren?«

»Dieses Mal nicht«, antwortete Eliza lächelnd. »Emma und George haben mich eingeladen, Sie auf Teneriffa zu besuchen. Ich freue mich schon auf die Wärme.«

»Das ist wunderbar!«, rief Sandra. »Im Januar ist im Hotelgewerbe sowieso Saure-Gurken-Zeit, Sie können sich auch vier Wochen freinehmen. Sie haben es sich mehr als verdient.«

»Ich werde darüber nachdenken«, erwiderte Eliza. »Spätestens im Februar muss ich wieder zurück sein.«

Sandra runzelte die Stirn. »Im Februar? Habe ich einen Termin vergessen?«

»Wir haben die Buchung einer Dame für das ganze Hotel angenommen. Sie erinnern sich an die Anfrage vom Herbst? Insgesamt erwarten wir zehn Gäste.«

»Daran habe ich wirklich nicht mehr gedacht«, musste Sandra zugeben. »Zehn Gäste und Major Collins – das bekomme ich auch allein hin, Eliza.«

»Das ist es nicht.« Sandras Mitarbeiterin wurde plötzlich ernst. »Heute Nachmittag rief Ms Carmichael, so der Name der Dame, an. Wir führten ein langes Gespräch, in dem sie mir erläuterte, was genau sie von uns erwartet. Auf das bezieht sich mein vorheriges *eigentlich*.«

Sandra hatte ein feines Gespür für Zwischentöne. »Gibt es Probleme?«

»Sandra, ich denke, wir sollten die Reservierung stornieren.«

»Warum denn?«, fragte Sandra überrascht. »Gerade im Februar haben wir selten mehr als zwei, drei Gäste in Higher Barton, da kommt eine größere Gruppe gerade recht. Wo ist der Haken, Eliza? Es gibt doch einen Haken, nicht wahr? Das sehe ich Ihrer Nasenspitze an.«

Eliza lächelte, es wirkte gezwungen. »Sie kennen mich inzwischen gut, Sandra. Ich habe mir erlaubt, mit Emma Penrose zu telefonieren und ihr von der Sache zu berichten. Sie teilt meine Meinung, es sei besser, die Finger davon zu lassen und Ms Carmichael abzusagen.«

»Wir werden eine bereits bestätigte Buchung nicht ohne wirklich triftigen Grund stornieren!«, rief Sandra aufgebracht. In all den Jahren hatte Eliza niemals eine solche für Sandra unsinnige Forderung gestellt. »Meine Güte, Eliza, erklären Sie mir bitte, was Sie und Emma zu einem derart unprofessionellen Vorgehen veranlasst!«

Eliza sagte es ihr. Nachdem sie geendet hatte, verkniff sich Sandra ein lautes Lachen, denn sie sah, dass Eliza es durchaus ernst meinte.

Eliza fuhr mit einem mahnenden Unterton fort: »Es liegt mir fern, Ihnen Vorschriften zu machen, Sandra, dazu habe ich kein Recht. Sie sind die Chefin, aber ich muss meine Bedenken äußern. Eine solche Sache kann leicht aus dem Ruder laufen.«

Sandra legte eine Hand auf Elizas Arm: »Eliza, wir leben im 21. Jahrhundert, die Pläne von Ms Carmichael mögen vielleicht seltsam anmuten, beim besten Willen kann ich mir aber nicht vorstellen, was dabei gefährlich werden kann. Lassen wir ihr und ihren Anhängern doch das Vergnügen.«

»Und wenn wieder jemand zu Schaden kommt?«, fragte Eliza skeptisch. »Oder gar stirbt?«

»Ich bin sicher, das wird nicht geschehen.«

Es gelang ihr nicht, Eliza zu überzeugen. »Sandra, Sie nehmen es auf eine zu leichte Schulter! Das Higher Barton Romantic Hotel und Morde – das ist unmittelbar miteinander verbunden.«

»Dieses Mal nicht!«, erwiderte Sandra bestimmt. »Ich verspreche es Ihnen, Eliza.«

In diesem Moment ahnte Sandra noch nicht, dass sie ihr Versprechen nicht würde halten können.

Rebecca Michéle
DIE BRAUT SIEHT ROT
Cornwall-Krimi mit Sandra Flemming Band 4

„Ein Zimmermädchen, das sich in einen Adeligen verliebt. Eine Schwiegermutter in Spe, die gegen die Verbindung ist. Und eine Leiche."

kartoniertes Buch
320 Seiten
Preis 13,50 EUR [D]
ISBN 978-3-948483-10-4
lieferbar
Ebook epub
ISBN 978-3-948483-13-5
Ebook PDF
ISBN 978-3-948483-39-5

Rebecca Michéle
EIN MÖRDER ZIEHT DIE FÄDEN
Cornwall-Krimi mit Sandra Flemming Band 3

„Ein flüchtiger Doppelmörder hält Higher Barton in Atem."

kartoniertes Buch
330 Seiten
Preis 13,50 EUR [D]
ISBN 978-3-940855-90-9
lieferbar
Ebook epub
ISBN 978-3-940855-91-6
Ebook PDF
ISBN 978-3-948483-16-6

Rebecca Michéle
LEBENSGEFÄHRLICH SCHÖN
Cornwall-Krimi mit Sandra Flemming Band 2

„Die Leiche einer ertrunkenen Frau meilenweit vom Wasser entfernt gibt Sandra Flemming Rätsel auf."

Englische Broschur
320 Seiten
Preis 14,00 EUR [D]
ISBN 978-3-940258-88-5
lieferbar
Ebook epub
ISBN 978-3-940258-95-3

Rebecca Michéle
AUF EIS GELEGT
Cornwall-Krimi mit Sandra Flemming Band 1

„Ein romantisches Hotel in Cornwall mit einer Leiche in der Kühltruhe"

kartoniertes Buch
352 Seiten
Preis 13,00 EUR [D]
ISBN 978-3-948483-70-8
lieferbar
Ebook epub
ISBN 978-3-940258-78-6